MINGUO TONGSU XIAOSHUO
DIANCANG WENKU

民国通俗小说典藏文库·张恨水卷

偶像

张恨水 ◎ 著

中国文史出版社

小说大家张恨水（代序）

张赣生

　　民国通俗小说家中最享盛名者就是张恨水。在抗日战争前后的二十多年间，他的名字真是家喻户晓、妇孺皆知，即使不识字、没读过他的作品的人，也大都知道有位张恨水，就像从来不看戏的人也知道有位梅兰芳一样。

　　张恨水（1895—1967），本名心远，安徽潜山人。他的祖、父两辈均为清代武官。其父光绪年间供职江西，张恨水便是诞生于江西广信。他七岁入塾读书，十一岁时随父由南昌赴新城，在船上发现了一本《残唐演义》，感到很有趣，由此开始读小说，同时又对《千家诗》十分喜爱，读得"莫名其妙的有味"。十三岁时在江西新淦，恰逢塾师赴省城考拔贡，临行给学生们出了十个论文题，张氏后来回忆起这件事时说："我用小铜炉焚好一炉香，就做起斗方小名士来。这个毒是《聊斋》和《红楼梦》给我的。《野叟曝言》也给了我一些影响。那时，我桌上就有一本残本《聊斋》，是套色木版精印的，批注很多。我在这批注上懂了许多典故，又懂了许多形容笔法。例如形容一个很健美的女子，我知道'荷粉露垂，杏花烟润'是绝好的笔法。我那书桌上，除了这部残本《聊斋》外，还有《唐诗别裁》《袁王纲鉴》《东莱博议》。上两部是我自选的，下两部是父亲要我看的。这几部书，看起来很简单，现在我仔细一想，简直

1

就代表了我所取的文学路径。"

宣统年间，张恨水转入学堂，接受新式教育，并从上海出版的报纸上获得了一些新知识，开阔了眼界。随后又转入甲种农业学校，除了学习英文、数、理、化之外，他在假期又读了许多林琴南译的小说，懂得了不少描写手法，特别是西方小说的那种心理描写。民国元年，张氏的父亲患急症去世，家庭经济状况随之陷入困境，转年他在亲友资助下考入陈其美主持的蒙藏垦殖学校，到苏州就读。民国二年，讨袁失败，垦殖学校解散，张恨水又返回原籍。当时一般乡间人功利心重，对这样一个无所成就的青年很看不起，甚至当面嘲讽，这对他的自尊心是很大的刺激。因之，张氏在二十岁时又离家外出投奔亲友，先到南昌，不久又到汉口投奔一位搞文明戏的族兄，并开始为一个本家办的小报义务写些小稿，就在此时他取了"恨水"为笔名。过了几个月，经他的族兄介绍加入文明进化团。初始不会演戏，帮着写写说明书之类，后随剧团到各处巡回演出，日久自通，居然也能演小生，还演过《卖油郎独占花魁》的主角。剧团的工作不足以维持生活，脱离剧团后又经几度坎坷，经朋友介绍去芜湖担任《皖江报》总编辑。那年他二十四岁，正是雄心勃勃的年纪，一面自撰长篇《南国相思谱》在《皖江报》连载，一面又为上海的《民国日报》撰中篇章回小说《小说迷魂游地府记》，后为姚民哀收入《小说之霸王》。

1919 年，五四运动吸引了张恨水。他按捺不住"野马尘埃的心"，终于辞去《皖江报》的职务，变卖了行李，又借了十元钱，动身赴京。初到北京，帮一位驻京记者处理新闻稿，赚些钱维持生活，后又到《益世报》当助理编辑。待到 1923 年，局面渐渐打开，除担任"世界通讯社"总编辑外，还为上海的《申报》和《新闻报》写北京通讯。1924 年，张氏应成舍我之邀加入《世界晚报》，并撰写长篇连载小说《春明外史》。这部小说博得了读者的欢迎，张氏也由此成名。1926 年，张氏又发表了他的另一部更重要的作品《金粉世家》，从而进一步扩大了他的影响。但真正把张氏声望推至高峰的是《啼笑因缘》。1929 年，上海的新闻记者团到北京访问，经钱芥尘介绍，张恨水得与严独鹤相识，严即约张撰写长篇小说。后来张氏回忆这件事的过程时说："友人钱芥尘先生，介绍我认识《新闻报》的严独鹤先生，他并在独鹤先生面前极力推许我的小说。那时，《上海画报》（三日刊）曾转载了我的《天上人间》，独鹤先生若对我有认识，也就是这篇小说而已。他倒是没有什么考虑，就约我写一篇，而且愿意带一部分稿子走。……在那几年间，上海洋场章回小说走着两条路子，一条是肉感的，一条是武侠而神怪的。《啼笑因缘》完全和这两种不同。又除了新文艺外，那些长篇运用的对话并不是纯粹白话。而《啼笑因缘》是以国语姿态出现的，这也不同。在这小说发表起初的几天，有人看了很觉眼生，也有人觉得描写过于琐碎，但并没有人主张不向下看。载过两回之后，所有读《新闻报》的人都感到了兴趣。独鹤先生特意写信告诉我，请我加油。不过报社方面根据一贯的作风，怕我这里面没有豪侠人物，会对读者减少吸引力，再三请我写两位侠客。我对于技击这类事本来也有祖传的家话（我祖父和父亲，都有极高的技击能力），但我自己不懂，而且也觉得是当时的一种滥调，我只是勉强地将关寿峰、关秀姑两人写了一些近乎传说的武侠行动……对于该书的批评，有的认为还是章回旧套，还是加以否定。有的认为章回小说到这里有些变了，还可以注意。大致地说，主张文艺革新的人，对此还认为不值一笑。温和一点的人，对该书只是就文论文，褒贬都有。至于爱好章回小说的人，自是予以同情的多。但不管怎么样，这书惹起了文坛上很大的注意，那却是事实。并有人说，如果《啼笑因缘》可以存在，那是被扬弃了的章回小说又要返魂。我真没有料到这书会引起这样大的反应……不过这些批评无论好坏，全给该书做了义务广告。《啼笑因缘》的销数，直到现在，还超过我其他作品的销数。除了国内、南洋各处私人盗印翻版的不算，我所能估计的，该书前后已超过二十版。第一版是一万部，第二版是一万五千部。以后各版有四五千部的，也有两三千部的。因为书销得这样多，所以人家说起张恨水，就联想到《啼笑因缘》。"

不论张氏本人怎样看，《啼笑因缘》是他最有影响的作品，这一点毫无疑问，可以随便举出几件事来证明。《啼笑因缘》发表后，被上海明星公司拍成六集影片，由当时最著名的电影明星胡蝶主演，同时还被改编为戏剧和曲艺，在各地广泛流传；再有《啼笑因缘》被许多人续写，迫使张氏不得不改变初衷，于1933年又续写了十回，张氏在《我的写作生涯》中说："在我结束该书的时候，主角虽都没有大团圆，也没有完全告诉戏已终场，但在文字上是看得出来的。我写着每个人都让读者有点儿有余不尽之意，这正是一个处理适当的办法，我绝没有续写下去的意思。可是上海方面，出版商人讲生意经，已经有好几种《啼笑因缘》的尾巴出现，尤其是一种《反啼笑因缘》，自始至终，将我那故事整个地翻案。执笔的又全是南方人，根本没过过黄河。写出的北平社会真是也让人又啼又笑。许多朋友看不下去，而原来出版的书社，见大批后半截买卖被别人抢了去，也分外眼红。无论如何，非让我写一篇续集不可。"这种由别人代庖的续作，出书者至少有四种：惜红馆主《续啼笑因缘》、青萍室主《啼笑因缘三集》、康尊容《新啼笑因缘》和徐哲身《反啼笑因缘》。虽然远不如《红楼梦》续作之多，但在民国通俗小说中已经是首屈一指了。张氏在《我的小说过程》一文中还说："我这次南来，上至党国名流，下至风尘少女，一见着面便问《啼笑因缘》。这不能不使我受宠若惊了。"

《啼笑因缘》使张氏名声大振，约他写稿的报刊和出版家蜂拥而至，有的小报甚至谣传张氏在十几分钟内收到几万元稿费，并用这笔钱在北平买下了一所王府，自备一部汽车。这自然不是事实，但张氏当时收到的稿酬也有六七千元，的确不能算少。这样，他就可以去搜集一些古旧木版小说，想要作一部《中国小说史》。就在此时，日寇侵华的"九一八事变"爆发，张氏的希望随之化为泡影。作为一位爱国的作家，在国难当头的状况下自不会沉默，张恨水在1931至1937的几年间，先后写了《热血之花》《弯弓集》《水浒别传》《东北四连长》《啼笑因缘续集》《风之夜》等涉及抗敌御侮内容的作品。

　　1934年，张恨水到陕西和甘肃走了一遭，此行使他的思想发生了很大的变化。张氏在《我的写作生涯》中说："陕甘人的苦不是华南人所能想象，也不是华北、东北人所能想象。更切实一点地说，我所经过的那条路，可说大部分的同胞还不够人类起码的生活。……人总是有人性的，这一些事实，引着我的思想起了极大的变迁。文字是生活和思想的反映，所以在西北之行以后，我不违言我的思想完全变了，文字自然也变了。"此后，他写了《燕归来》，以描写西北人民生活的惨状。

　　抗日战争全面爆发后，张恨水取道汉口，转赴重庆，于1938年初抵达，即应邀在《新民报》任职。抗战八年间，他除去写了一些战争题材的小说外，还有两种较重要的作品，即《八十一梦》和《魍魉世界》（原名《牛马走》），均先于《新民报》连载，后出单行本。抗战胜利，张氏重返北平，担任《新民报》经理，此后几年他写了《五子登科》等十来部小说，但均未产生重大影响。1948年底，张氏辞去《新民报》职务。1949年夏，他患脑溢血，经过几年调治，病情好转，张氏便又到江南和西北去旅行。1959年，张氏病情转重，至1967年初于北京去世，终年七十三岁。

　　张恨水一生写了九十多部小说，印成单行本的也在五十种左右。说到张氏作品的总特色，一般常感到不易把握，因为他总在不断地变。其实，这"变"就正是张恨水作品最鲜明的总特色。

张恨水是一个不甘心墨守成规的人，他好动不好静，敢于否定自己，这正是作为开创者必须具备的素质。读一读张氏的《我的写作生涯》，就会发现他总是在讲自己的变，那变的频繁、动因的多样，在民国通俗小说作家中实属仅见。……待到《金粉世家》《啼笑因缘》相继问世，张恨水的名声已如日中天，他在思想上的求新仍未稍解，他说："我又不能光写而不加油，因之，登床以后，我又必拥被看一两点钟书。看的书很拉杂，文艺的、哲学的、社会科学的，我都翻翻。还有几本长期订的杂志，也都看看。我所以不被时代抛得太远，就是这点儿加油的工作不错。"

追求入时，可说是张恨水的一贯作风，不仅小说的内容、思想随时而变，在文字风格上也不断应时变化。仅就内容、思想方面的变化而言，在民国通俗小说作家中也很常见，说不上是张氏独具的特色，但在文字风格上也不断变化，就不同于一般了。张氏在《我的写作生涯》中经常提到这方面的事例，譬如他曾提及回目格式的变化，他说："《春明外史》除了材料为人所注意而外，另有一件事为人所喜于讨论的，就是小说回目的构制。因为我自小就是个弄辞章的人，对中国许多旧小说回目的随便安顿向来就不同意。即到了我自己写小说，我一定要把它写得美善工整些。所以每回的回目都很经一番研究。我自己削足适履地定了好几个原则。一、两个回目，要能包括本回小说的最高潮。二、尽量地求其辞藻华丽。三、取的字句和典故一定要是浑成的，如以'夕阳无限好'，对'高处不胜寒'之类。四、每回的回目，字数一样多，求其一律。五、下联必定以平声落韵。这样，每个回目的写出，倒是能博得读者推敲的。可是我自己就太苦了……这完全是'包三寸金莲求好看'的念头，后来很不愿意向下做。不过创格在前，一时又收不回来。……在我放弃回目制以后，很多朋友反对，我解释我吃力不讨好的缘故，朋友也就笑而释之，谓不讨好云者，这种藻丽的回目，成为礼拜六派的口实。其实礼拜六派多是散体文言小说，堆砌的辞藻见于文内而不在回目内。礼拜六派也有作章回小说的，但他们的回目也很随便。"再譬如他在谈及《金粉世家》时说："以我的生活环境不同和我思想的变迁，加上笔路的修检，以后大概不会再写这样一部书。"诸如此类的变化不胜列举。

张氏的多变还体现在题材的多样化。他说："当年我写小说写得高兴的时候，哪一类的题材我都愿意试试。类似伶人反串的行为，我写过几篇侦探小说，在《世界日报》的旬刊上发表，我是一时兴到之作，现在是连题目都忘记了。其次是我写过两篇武侠小说，最先一篇叫《剑胆琴心》，在北平的《新晨报》上发表的，后来《南京晚报》转载，改名《世外群龙传》。最后上海《金刚钻小报》拿去出版，又叫《剑胆琴心》了。"第二篇叫《中原豪侠传》，是张氏自办《南京人报》时所作。此外，张氏还写过仿古的《水浒别传》和《水浒新传》，他说："《水浒别传》这书是我研究《水浒》后一时高兴之作，写的是打渔杀家那段故事。文字也学《水浒》口气。这原是试试的性质，终于这篇《水浒别传》有点儿成就，引着我在抗战期间写了一篇六七十万字的《水浒新传》。""《水浒新传》当时在上海很叫座。……书里写着水浒人物受了招安，跟随张叔夜和金人打仗。汴梁的陷落，他们一百零八人大多数是战死了。尤其是时迁这路小兄弟，我着力地去写。我的意思，是以愧士大夫阶级。汪精卫和日本人对此书都非常地不满，但说的是宋代故事，他们也无可奈何。这书里的官职地名，我都有相当的考据。文字我也极力模仿老《水浒》，以免看过《水浒》的人说是不像。"再有就是张氏还仿照《斩鬼传》写过一篇讽刺小说《新斩鬼传》。张恨水的一生都在不停地尝试，探寻着各色各样的内容及表达方式，他甚至也写过完全以实事为根据、类似报告文学的《虎贲万岁》，也写过全属虚幻的、抽象的或象征性的小说《秘密谷》，他的作风颇有些像那位既不愿重复前人也不愿重复自己的现代大画家毕加索。

张恨水写过一篇《我的小说过程》，的确，我们也只有称他的小说为"过程"才最名副其实。从一般意义上讲，任何人由始至终做的事都是一个过程，但有些始终一个模子印出来的过程是乏味的过程，而张氏的小说过程却是千变万化、丰富多彩的过程。有的评论者说张氏"鄙视自己的创作"，我认为这是误解了张氏的所为。张恨水对这一问题的态度，又和白羽、郑证因等人有所不同。张氏说："一面工作，一面也就是学习。世间什么事都是这样。"他对自己作品的批评，是为了写得越来越完善，而不是为了表示鄙视自己的创作道路。张氏对自己所从事的通俗小说创作是颇引以自豪的，并不认为自己低人一等。他说："众所周知，我一贯主张，写章回小说，向通俗路上走，绝不写人家看不懂的文字。"又说："中国的小说，还很难脱掉消闲的作用。对于此，作小说的人，如能有所领悟，他就利用这个机会，以尽他应尽的天职。"这段话不仅是对通俗小说而言，实际也是对新文艺作家们说的。读者看小说，本来就有一层消遣的意思，用一个更适当的说法，是或者要寻求审美愉悦，看通俗小说和看新文艺小说都一样。张氏的意思不是很明显吗？这便是他的态度！张氏是很清醒、很明智的，他一方面承认自己的作品有消闲作用，并不因此灰心，另一方面又不满足于仅供人消遣，而力求把消遣和更重大的社会使命统一起来，以尽其应尽的天职。他能以面对现实、实事求是的态度对待自己的工作，在局限中努力求施展，在必然中努力争自由，这正是他见识高人一筹之处，也正是最明智的选择。当然，我不是说除张氏之外别人都没有做到这一步，事实上民国最杰出的几位通俗小说名家大都能收到这样的效果，但他们往往不像张氏这样表现出鲜明的理论上的自觉。

张恨水在民国通俗小说史上是一位名副其实的大作家，他不仅留下了许多优秀的作品，他一生的探索也为后人留下了许多可贵的经验。

目　录

自　序

　　抗战时代，作文最好与抗战有关，这一个原则自是不容摇撼，然而抗战文艺要怎样写出来？似乎到现在，还没有一个结论。

　　我有一点儿偏见，以为任何文艺品，直率地表现着教训意味，那收效一定很少。甚至人家认为是一种宣传品，根本就不向下看。我们常常在某种协会，看到存堆的刊物原封不动地在那里长霉，写文字者的心血，固然是付之流水，而印刷与纸张的浪费却也未免可惜。至于效力，那是更谈不到了。

　　文艺品与布告有别，与教科书也有别，我们除非在抗战时代，根本不要文艺，若是要的话，我们就得避免了直率的教训读者之手腕。若以为这样做了，就无法使之与抗战有关，那就不是文艺本身问题，而是作者的技巧问题了。

　　这本小说是我根据以上的意见写的，是否能写得与抗战有关，是否能表现一点儿用意，我自己是陷于主观的境地，无法知晓，还有待于读者的判断了。

三十二年九月将尽张恨水序于南温泉

（载于重庆、南京新民报社 1944 年版《偶像》）

第一章

艺术与战争

　　疏建区的房子是适合时代需要的一种形式。屋顶带些西洋味，分着四向，不是砖，不是瓦，更不会是铅皮，乃是就地取材的谷草。黄土筑的墙用沙灰粉饰得光滑如漆，开着洞口的大窗眼。窗格扇外层是百叶式，木板不缺。里层大四方木格子，没有玻璃嵌着，却是糊的白纸。屋外也有一带走廊，没剥皮的树干支着短短栏杆。栏杆外的芭蕉是那样肥大而肯长成。屋子还是新的，一列六七棵芭蕉都有两丈多高，每片叶子都不小于一扇房门，因之这绿油油的颜色，映着屋子里也是阴暗的。

　　屋子里的陈设简陋而又摩登，那正与这屋子一样。靠窗户有一张立体式的写字台，但没有上漆，也没有抽屉。主人翁的一幅半旧的白布，遮盖了这木料的粗糙的本色。桌上有个大白瓦盘子，盛着红滴滴的橘子与黄澄澄的佛手柑，配着一个椭圆的白皮萝卜，还带了一些绿色的茎叶，叶下正有一圈红皮。桌子角上放了一只三叉的小柳树兜，上面架着钵大的南瓜。那瓜铜色而带些翠纹，颇有点儿古色斑斓。一个尺来高的瓦瓶子，在这两种陈设之间，里面插了二枝野菊花，又一枝鲜红的野刺珊瑚子。这些田沟山坡上的玩意儿，平常满眼皆是，不经人留意，于今放在这四周粉墙的白布桌子上，

1

便觉得有些诗情画意。

这屋靠左边墙下有一个竹子书架，虽是每格将书本列得整齐，其实并没有百十本书，所以最上一层又是一个小瓶子插了一丛野花。一只水盂里面浸了一块圆木，木上放出两箭青葱的嫩芽。另有一个淡黄色的瓷碟子，蓄了一圈齐齐密密的麦芽。但右首一桌一书架却陈设得十分富足，那里有大大小小几十尊泥人。这泥人有全身的，有半身的，也有只雕塑着一颗人头的。这其中有个二尺高的全身像，是个中国式的绅士模样。留着短发的圆头，下面是个长方面孔。高高的鼻子，下面垂着一部长可及胸的浓厚胡子。身穿了长袍，外罩了马褂。在长衣下面还露了一对双梁头的鞋子。这一切，表示着这个相貌，是代表古老一派人物的，否则也不这样道貌岸然。这是雕刻家丁古云的作品，而这个偶像，就是他拿了自己的相片塑捏的自己。

丁先生在艺术界，有悠久的历史，是个有身份的智识分子。他爱艺术，爱名誉，更爱祖国。所以在中日战争爆发以后，由华北而香港，由香港而武汉，终于来到这大后方的重庆。

丁先生由东南角转到这西南角来的时候，也没有计划到他艺术的本身上去。他早就想到，在对付飞机与坦克车的战场上，那里不需要一尊偶像；而在后方讲统制货物、增加生产的所在，也不需要大艺术家在这里讲雕刻学。可是他想着，他是中国一个有名的艺术家，艺术家自然是智识分子，是中国人便当抗战，是中国智识分子更当抗战。这大前提是不错的，问题是怎样去抗战呢？无论自己已过四十五岁已无当兵资格，便算是个壮丁，而根本手无缚鸡之力也不能当兵，所以谈抗战，是要在冲锋陷阵以外去想办法的。那么，既不必冲锋陷阵，在前方便无法去发展能力，还是随了政府到四川去。到了四川，再找一样自己可尽力的工作去做，多少总可以对抗战有所贡献。这样决定着，就到了四川。

在一路舟车旅行之间，虽然也偶一想到入川以后的生活问题，但是自己早已下了决心，将生活水准放低，只须每日混两顿饭，于愿已足。这还有什么办不到的吗？譬喻到后方总有中小学，中小学里去当个教员也不就解决生活了吗？他在华北、上海、武汉经过，知道前方人民是过着一种什么生活，他就打算着过那极艰苦的生活。

谁知到了四川以后，他发现自己有点儿过虑。首先自然是住在旅馆里，后来慢慢地将朋友访着了，依次地和朋友交换意见，也就感觉出来，生活不至于十分严重。先是托朋友介绍，在各种会里当几名委员。有的是光有名义的，有的也能支给佚马费，而且在机关里做事的朋友又设法给予一个名义，几处凑合起来，也有二百元上下的收入。那时生活程度很低，旅馆论月住，不过是四五十元的开支。两顿饭是在小饭馆里吃，倒很自由，爱在哪里吃就在哪里吃。而且还可以尽量地省俭，甚至不到一块钱就可以吃饱了，所以二百元的收入，除吃喝住旅馆之外，还可以看看电影、买几本杂志看。

只是有件事感到苦闷的，便是这样混着将近一年，前方不需要任何一种雕刻，后方也不需要任何一种雕刻，自己的正当本领无法表现，也无事可做，而饮食起居太自由了，又觉着这生活无轨道可循，成了个无主的游魂。就公事上说，抗战两三年了，作为智识分子，可以不做一点儿工作吗？就私事上说，终年不做事，过于无聊。自己曾好几次奋励起来，打算用黄土和石灰磨研细了做一种塑像的材料，极力地叫这种作品与抗战有关，雕塑抗战名将的肖像，并且雕塑些抗战故事做教育用品。

这个计划在穷极无聊的时候想了起来，自己很觉是个办法；可是随着来，又有两个困难问题。第一是住在旅馆里，小小的一间屋子里，根本无法安排雕塑工作。第二点，自己的作品向来价格很高，平常和人塑一尊石膏像，可以要到千元以上。教育用品要大量地产生，要低价卖出，虽说为抗战不惜牺牲，可是怕引起人家的误会，以为丁古云不过是个无聊做泥像的匠人，那就影响到自己的立场了。他有了这一个转念，便停止了他的新计划。

这样就是好几个月，物价颇有点儿上涨，原来的收入有些不易维持生活。而在重庆市上过着相类似生活的朋友也都纷纷有了固定的职业。自己想着，抗战还有着长期的年月，这样游移不定实在不是办法，也当找个固定职业才好。有了这个意思，自不免向可以找工作的地方去寻找机会。

他到底是艺术界有名的人，有关方面想到他的艺术，尽管与抗战无关，而究竟是国家一个文化种子，为了替国家传扬文化起见，便是暂时用不着这一个人也当维持他的正常生活，并且让他继续他的研究，留他在国家平定以后再来发挥。在这种情形之下，于是一位教育界的权威莫先生便定了时间，约着丁古云去谈话。

丁古云生活在艺术圈子里，本就不曾去多方求教人，所以对于有关方面，常保持一种不即不离的态度。这时接到请约谈话的通知，为了找职业，不能不去；而又想着，当了教书匠二三十年，也不能成了一种召之便来、挥之便去的人物，所以他虽是照着约会的钟点去，可是到了莫先生家里，在传达房里递过名片，就到普通会客室里去候着，并不如其他人物，先去见莫先生的左右，也不按下什么敲门砖。莫先生在他会过一群要钱要事问安上条陈的来宾之后，才着听差将丁古云约到他屋子里去。他一见面之后，就觉丁先生颇有点儿不同凡响。他大袖郎当的高大的个儿，一件青布马褂套着蓝布夹袍子，脸上带着沉郁的颜色，将一部连鬓的长黑胡子垂到胸前，完全是种老先生的姿态。

莫先生是诸葛亮在五丈原一般的人物，食少事烦，计划勤劳，身体是瘦小而衰弱，虽然不养一根胡须，可是头发稀疏全白，站起身来，半弯着腰，老相毕露，和丁古云一比，便很有点儿分别了。他伸出右手五个指尖，和丁古云握了一握，然后伸手做个招呼的姿势，请他在客位上坐。

这丁古云和莫先生的教育主张向来有点儿凿枘不入，今天虽为衣食而来屈尊就驾，可是"瞧不起你"那一点儿意思根本不能剔除，所以在谦逊之中，依然带了几分骄傲，大模大样地在客位上坐下。莫先生在他主位上坐着，展开他书桌上放的一叠会客表格，看了两行，然后向丁古云道："丁先生的艺术，我久仰得很。"丁古云淡笑道："自己人说话，用不着客气，研究艺术的人，都要讨饭了，哪里还敢要人仰慕？"

莫先生也许是每日会客太多，无从知道每个来宾的身份，也许满脑筋里被政治哲学装满了，没有一点儿空隙来装艺术，所以对艺术家的一切很是隔膜，说了两句话，将手慢慢抚摸面前的表格，又去看看表上所填的字句。这是他左右早已把丁古云履历及来意，已填好了的一张，所以他听到丁先生第一句话就是牢骚语，有些莫名其妙，赶快又翻了一翻表格。但这会客的表格每人只有一张，无论左右填得怎样详细，不会把来人有某种牢骚预先推测了出来，因之莫先生在无所得的情形下，强笑着向他道："在军事第一的条件下，当然关于非军事的都得放在一边。"

丁古云手摸了胸前的长胡子，正色道："不然。抗战期间，军事第一是当然的，但是有个第一，就有个第二第三以至第几十、第几百，绝不能说第一之外无第几。果然第一之外无第几，这第一也就无从算起了。而且严格地说，某一国的文化，就与某一国对外的战事有关。艺术也是文化之一，未见得就与抗战无关。若以为可以放到一边去的话，却多少当考量考量。许多艺术是不能像故宫博物院的古董可以暂时藏到山洞里去的。抗战以后，古董搬出洞来还是古董。有若干艺术，是要活人来推动的。若是停止若干时候，这运动恐怕要脱节。等到抗战以后，古董回到故宫博物院，我们再来谈艺术时，那么古云敢断言，有些艺术不但会没有进步，就是想保持到古董一样原封不动，那已很困难了。"

这位莫先生最爱听人家谈理论。丁古云这一段话，他倒是听得很入味，因点头道："兄弟所说放到一边，也非完全不管之意，不过放在中间而已。我们现在谈的是抗战建国，就建国一方面而言，当然也包括了文化在内。就兄弟平素主张而论，至少对于培养文化种子以为将来发展文化一层未曾放松。"

他说这话时，不免向丁古云望着。见他只管用手理那长胡子，瞪了一双眼，挺直了腰杆，颇有些凛凛不可犯之势。莫先生所见念书教书的多了，尽管闻名已久，等着到了见面之时，也和官场中下属见上司一样很是有礼貌，一问一点头，一答一个"是"，向来很少见到他这样泰然相对毫不在乎的，便微笑道："中国是礼仪之邦，虽然在和敌人做生死斗争，但为了百年大计着想，我们当然不会忘了文化，也就不会忘了艺术。丁先先是艺术大家，正希望丁先生传播艺术的种子。我想，不但关于丁先生个人的生计应当设法，而且关于艺术教育方面，少不得还要由大家来商量个发展计策。这件事我们正注意中。严子庄先生，想丁先生是认得的，可以去和子庄谈谈。"

古云知道，莫先生不会做了比这再肯定的允诺，便告辞了。他这样走了，自觉没有多大的收获，但是在莫先生一方面，有了极好的印象。他觉得社会上对艺术家的批评，一贯都是认为浪漫不羁的；可是这位丁先生道貌岸然，在自己提倡德育的今天，这种人倒可以借用借用以资号召，否则大家同吃教育饭，这种人不为己用，也不当失之交臂。这样想着，他就通知了所说的那位严子庄先生，和丁古云保持接触。

这位严先生是法国留学生，专习西洋书，其曾出入沙龙，那是不必说。但他回国以后，却早已从事政治，所以抗战军兴，他并没有遭受其他艺术家那种残酷的境遇。只是为了和莫先生合作的缘故，有关于艺术的举动，还是出来主持，因之艺术界的人物都和他往来。

在丁、莫谈话之后，严子庄就去看望了丁古云两次。因为法国人谈的那套艺术理论，和丁古云谈的希腊罗马文化相当地接近，两人也相当谈得来。两个月内，便组织了一个战时艺术研究会，除了在大后方的各位艺术家都被请为会员，会员之外，又有一批驻会的常务委员，这常务委员是按月支着佚马费的，大概可以维持个人的生活。丁古云便被聘为常务委员之一。

因为艺术是要一种安静的环境去研究的，所以这会址就设在离城三十里外一个疏建区里。又为了大家研究起见，距会所不远，还建了一片半中半西的草房当为会员寄宿舍。丁古云在重庆城里，让那游击式的生活困扰得实在不堪，于今能移到乡下来换一个环境，自是十分愿意。便毫无条件地接受了这种聘请，搬到寄宿舍来住。

在寄宿舍里的会员，有画家，有金石家，有音乐家，有戏剧家。而雕刻家却只有丁古云一位。大家因为他虽只略略年长几岁，究竟长了那一部长胡子，言行方面都可为同人表率，隐隐之中就公认他为这寄宿舍里的首领，对他特别优待，除了他有一间卧室而外，又有一间工作室。这一带寄宿舍，建筑在竹木扶疏的山麓下，远远的是山峦包围着。寄宿舍面前正好有一湾流水、几顷稻田，山水不必十分好，总算接近了大自然。

丁古云到了这里，有饭吃，有事做，而且还可以赏鉴风景，精神上就比较的舒服。在开过一次大会、两次常会之后，大家便得了一个唯一的工作标的，就是一方面怎样使艺术与抗战有关，一方面继续研究艺术以资发扬，免得艺术的进展脱了节。他自然也就这样地做去。只是在这寄宿舍里，艺术家虽多，而研究雕刻的就是自己一个，若要谈到更专门一点儿的理论，还是找不着同志。而为了达到会场议决下来的任务起见，又必须赶出一批作品来拿去参加一种义卖。这便由自己出了几个题目，细心研究着下手。

题目都是反映着时代的，如哨兵、负米者、俘虏、运输商人、肉搏等等，都很具体，脑筋一运用，就有轮廓在想象中存在。但如苦闷者、灯下回忆、艺术与抗战，便太抽象，这题目不易塑出作品来，尤其是最后一个题目太大，要运用缩沧海于一粟的手腕，才能表现出来，未免有点儿棘手。但有了这个困难题目，他倒可以解除苦闷与无聊。

打开工作室的窗子，望了面前的水田，远远的山，公路上跑过去的卡车、半空里偶然飞过的邮航机，都让他发生一种不可联系而又必须联系的感想。他端坐在一把藤椅上，在长胡子缝里衔着一枚烟斗，便默默地去想着一切与战事，也就是艺术与战争。甚至他想到，要他这样去想，也无非产生在艺术与战争这个题目里呢。

第二章

老牌艺术家的脾气

这是一个清朗的天气，在四川的雾季里很是难得。蔚蓝的天空浮着几片古铜色的云朵，太阳就被这云朵遮掩了，茅屋前便洒下了昏昏然的阳光。丁古云对这片昏昏的阳光出神，正像那战神之翼挡住了维纳斯的面孔。艺术与战事便是如此一种情调。他想着想着，口里衔着烟斗，半晌喷出一阵烟来。那烟雾由烟斗里陆续上升，在丁古云的视线里打着圈圈。等那烟雾继续上升以至于不见，他又再喷上一口烟出来，继续着这个玩意儿。他这样做，好像是说艺术与战争的答案就在这个烟管里面，所以他只管看了下去。

他身后有人轻轻笑道："丁先生只管出神，想着你的夫人吧？"

丁古云回头看时，乃是同住在这寄宿舍里的画家王美今。他穿了一套随带入川的西服，头发正像自己吐的烟雾，卷着圈儿向上拥着。不能断定他今天是否洗了脸，脸上黄黄的带些灰尘。他的西服上身是罩在毛纯褂上，没有衬衫，自也不见领子，因笑道："老弟台，我想什么夫人？她在天津英租界上住着，我想会比我安适得多吧？只是你弄得这不衫不履的样子，很需要太太在身前帮忙。"

王美今将赤脚踏着的木板鞋抬起来给丁古云看，笑道："我这样弄惯了，也无所谓。抗战期间，一切从简，这并不影响到我们艺术家的身份吧?"

丁古云道:"正当的看法,在这抗战期间,究竟以独身主义为便利,家眷能放下就放下。还有些人,因未曾带眷入川,又重新找个太太,这大可不必。"

王美今在旁边椅子上坐了,两脚直着伸了个懒腰,笑道:"这有个名堂,叫作伪组织。"

丁古云喷了一口烟,摇摇头道:"不会伪,是一个累赘。将来战事结束,法院里的民事官司有得打,产业的变换与婚姻的纠葛,这几年来前后方知道发生多少。若都像我这胡子长的人,家中又无一寸之田、一椽之瓦,这可为将来的司法官减去不少麻烦。"

王美今道:"老先生你有所不知。人在苦闷中实在也需要一种精神上的安慰。说句良心的话,说到战时男女问题,毋宁说我是同情于那些临时组织的。"

丁古云站起来,将烟斗指了他,笑着骂道:"岂有此理,精神上的安慰,可以放在女人问题上的吗? 太侮辱女人了。像田艺夫兄那种行为,那并非找安慰,乃是找麻醉。抗战时代的中国男子,不问他是干什么职业的,麻醉是绝对不许可的。"

王美今道:"这话诚然。不过艺夫这一个罗曼斯有些可以原谅的地方。"

丁古云摇摇头道:"在这个日子谈恋爱,总有点儿不识时务。"

王美今见他板了面孔,长胡子飘飘然撒在胸前,人家这堂堂之阵、正正之旗,却不便驳斥。只得转了话锋道:"丁先生,你今天老早便坐在这里若有所思,一定有什么事在想着吧?"

丁古云坐下来,缓缓地吸着烟道:"我自己出了几个题目来考自己,我要另做几个新作品。而最难的一个题目就是艺术与战争。这个题目是很抽象的,我还没有抓住要点,当用一个什么作品来象征它。你能贡献我一点儿意见吗?"

王美今摇摇头道:"不行。这几个月来脑子里空虚得很,什么概念也寻找不出来。"

丁古云道:"但是我看到你天天在画。"

王美今道:"我这是响应募捐运动,要画几张托人带到南洋去卖。为了容易出卖起见,我就想画得好一点儿。所以特地多多地画些,要在里面挑出几张较好的来。我们画匠,除了画几张宣传品而外,只有这个办法能有利于抗战。"

丁古云还没有答言,窗子外的芭蕉荫下有人插嘴道:"你能画宣传品,我呢? 可能背上一张筝到街上去弹呢? 那成了西洋式的叫花子了。我们除了开音乐会,实在没有别的办法可以想法子募捐。前几天我们同志出了一个新主意,说是我们可以拿了乐器,到伤兵医院去慰劳伤兵。究竟这还是消极作用。而且我们玩的这套古乐不入民间,伤兵医院的荣誉弟兄,他们多半是来自田间,我拿了一张筝去弹,纵然费尽九牛二虎之力,恐怕他也莫名其妙。"

丁古云笑道:"记得我们在北平的时候,提起古筝大家陈东圃谁人不知,若是要请陈先生表演一下,既要看人还要看地点。于今却是送上门表演给人听,还怕人不肯听,这真是未免太惨。"

说着话时,这位陈先生由芭蕉荫下走了过来。他穿了一件半新不旧的蓝布袍子,胸前还有个小小补丁。稀疏的长头发,正是夹着几分之几的白毛。虽是他嘴上剃得精光,然而他面皮上究竟减退不了那苍老的颜色。

王美今看到他这样子,因笑道:"陈先生大概也是无聊,秋尽冬初的日子,你会站到芭蕉树下乘凉。"

陈东圃靠了窗户,向屋子里看看丁古云的作品,因叹口气道:"说起来是很惭愧的。我们的年纪都比丁先生小,但是为艺术而努力，我们就没有一个赶得上。"

王美今道："最难得的，还是他没有一点儿嗜好，嫖赌吃穿之类自是不必谈了，酒既不喝，纸烟也不必吸。"

丁古云将手上的烟斗，抓着举了一举，因笑道："这不是烟是什么？"

王美今道："吸这种国产烟，那就比吸纸烟便宜得多了。连吸这种老烟叶也要说是一种嗜好，未免人生太苦。"

丁古云道："其实不吸这种纸烟，不但与人无损，而且有益。严格地说起来，究竟是一种不良的习惯。我也并不是自出娘胎就会吸烟的，直到于今，我还有些不明白，为什么当年学会了这种不良的习惯？我想爱好艺术者，他根本不必有什么嗜好。他的作品就是他精神所寄托，艺术便是他的嗜好。而且也唯其如此，那艺术才能和人化为一个。"

陈东圃点头道："这话自是至理名言。但真做到这份地步，那便是艺术界的圣人了。"

丁古云斜躺在椅子上坐着。口角里衔着烟斗，吸了两口，拖出烟斗来，手握烟斗，将烟嘴子连连指了两下鼻子尖，笑道："我老丁虽不及此，敢自负一句话，也相去不远了。"

王美今忽然站了起来道："我倒想起一件事，某大学希望我们这会里去一个人，讲一点儿抗战时代的艺术。我们就想着，走了出去，貌不出众，话不惊人，不足为本会增光。还是请胡子长的人辛苦一趟吧。"

丁古云将手抚了长胡子道："我讲演有一点儿骂人，甚至连听讲的人都会骂在内。"

陈东圃笑道："讲演若不骂人，那正像我们奏古乐的人弹着那半天响一声的古筝，叮叮咚咚，让听的人闭着眼去想那滋味，那是不能叫座的。于今的学生最欢迎刺激，刺激得适当，你就是当面骂了他，他也愿意听。也许他对人这样说，我让艺术圣人骂过一顿，还引以为荣呢。"

丁古云听了，张开口哈哈大笑。

陈东圃笑道："倒不是言过其实，艺夫在身后就说了好几回。他说丁先生说话总是义正词严的，他的行为丁先生不会谅解。因之在同桌吃饭的时候，他最怕谈话谈到女人问题上去。那时，你当了许多人的面指斥他起来，他真觉面子上有点儿混不过去。"

丁古云听了这话，立刻收起笑容，将脸色一沉道："并非我矫情，说是这年月就根本不许谈恋爱。可是艺夫这行为实在不对。第一，女方是他的学生，师生恋爱有丧师道尊严。第二，女方是有夫之妇，无端破坏人家家庭，破坏女子的贞操，损人利己。第三，他自有太太，把太太丢在沦陷区，生死莫测，他都不问，而自己却又爱上了别人，良心上说不过去。乱世男女，根本我还不拿法律责备他。第四才谈到抗战时代的智识分子的立场。他任什么干得不起劲，只是沉醉在爱人的怀抱里。倘若智识分子全都像他，我们中国还谈什么抗战？还谈什么抗战？"他说得高兴了，声音特别提高，几乎这全部寄宿舍都可把他声浪传到。老远的有一阵高跟鞋声响了过来。陈东圃伸头望了一望，向王美今摇了两摇手，他由芭蕉树下迎着出去了。

丁古云淡笑道："准是那位夏女士来了。"

王美今低声笑道："老先生，你眼不见为净吧。我得着一个机会，我一定和老田说。以后他们还要谈恋爱的话，可以另找地方去嘀咕。"

丁古云手摸了长胡子，微微地摆了两摆头，因道："并非我喜欢干预人家的事，实在因为这件事太让人看不下去。她的丈夫也算是

13

我一个学生。我应当和我那位学生打一点儿抱不平。"

王美今笑道："我又要说一句你老兄反对的话了。在现时这离乱年中，女人找男人很容易，男人找女人也不难。你怕你高足失落了这位夏女士，他不能另寻一个对象吗？"

丁古云微微摆着头，连身体也有些摇撼，然后他哼了道："得鹿不免是祸，失马焉知非福？像夏女士这般人物，得失之间真谈不到什么悲欢。"

王美今站近一步，低声笑道："说低一点儿吧，人家可进来了。"

丁古云道："我也不怕她听见。"

王美今觉得这位丁先生有点儿别扭，越说他越来劲，只得含着笑不作声，就在这时，一阵皮鞋踏着地板响，他们所论到的那位田艺夫先生穿了一套紧俏挺括的西服走了进来。手里提了一只拴绳的白铁盒子，高高提起，向丁古云点个头笑道："丁先生，我这里有一盒杭州真龙井，送你助助兴。"

丁古云听说是真龙井，便站了起来，对盒子望了望道："这样三根细绳子拴着，未免太危险。这东西现在为了交通关系，十分难到后方来。打泼了岂不可惜？"说着，立刻两手将盒子接了，放在桌上。田艺夫笑道："几千里也走了，到了目的地会打泼了？"

丁古云也笑道："这话又说回来了，这便是泼了也不过是沾上一点儿灰。这样难得的东西我也不会放弃了，依然要扫起来泡茶的。"

陈东圃跟着后面，也走了进来了，笑道："密斯夏这一件礼品可说是送着了。丁先生是非常之欢喜。"

丁古云这才放下脸色，吃了一惊，因道："什么？这是夏小姐送的？素无来往，这可不便收。"

田艺夫两手插在裤袋里，头向前仰了一仰，表示着一番若有憾惊的神气，因笑道："这东西是我送来的，这笔人情当然记在我账上。我们是多少年的朋友了，难道还和我客气吗?"

丁古云的脸上依然未带着笑容，在衣袋里掏出一只装烟叶的黑布小袋子，左手握了旱烟斗提住袋上绳子，右手伸了两个指头到袋口子里面去掏烟，只管望了那茶叶盒出神。谁知那位夏女士也在门外，伸头望了一望之后，便在门口叫了一声丁先生。

丁古云虽然不甚欢迎这位小姐，但是人家很客气地来到房门口，不能再加以不睬。便放出了一些笑容，向她点头道:"请进来坐。"

这在夏女士，可以说受到了特殊的荣宠，便如风摆柳似的走了进来了。迎风摆柳一个姿势，在丁古云眼里那倒是适当的。这时虽然天气很凉，可是她还穿的是一件薄薄的呢布夹袍子。虽是布质，然而白的底子配有红蓝格的衫子，依然透着很鲜艳。她的烫发不像后方一般妇女的形式，乃是前顶卷着一个峰头，脑后卷成五六股组丝，已追上了上海的装束。脸上的脂粉自是涂抹得很浓，只老远的便可以嗅到她身上传来一阵脂粉香气。她衣服紧紧围了曲线，衣摆只比膝盖长不了多少，半截腿子踏了两只高跟鞋，显着她身体细长而单薄，便摇摆着不定了。丁古云对她冷看了一眼，觉得她为了迷惑男子做出这极不调和的姿态，有些何苦。但是他为了同人的面子，既是叫人家进来了，也不便完全不睬，便站起来点点头道:"对不起，我这里椅子都没有第三把，简直不敢说请坐两个字。"

夏小姐向来没见这位长胡子艺术家和她这样客气过。今天这样客气实在是一种荣宠，倒不可以含糊接受，便笑道:"在老先生面前，根本我们没有坐的位分。啊! 这架子上这么些个作品，让我参观一下，可以吗?"

丁古云对她这个要求却没作声。夏小姐也想到，自己是一派的恭维，当然也不会有什么反响。于是便站住了脚，挨着书架子一项项地看了去。田艺夫忘了丁先生是看不惯人家青年男女搂抱着的，因和夏小姐并肩站了，指着作品告诉她某项是某种用意，某项是表现得如何有力。虽是搭讪着不便就走，其实借花献佛也是恭维丁先生。越说越近，两人紧紧地挨着。

丁古云口衔了烟斗，仰坐在椅子上看了很久。王美今知道老先生有些不高兴，可又不便明白通知他两人，只是将两手插在西服裤子里在屋子里走来走去，以便观察丁古云的情绪，可是偷眼看他的脸色时，他脸色沉郁下来，头微微地摆着，只看项下他那部长胡子不住地抖颤，可知他气得很厉害了。这已不容再忍了，再忍是田艺夫吃亏。便向前拉了他的臂膀，笑道："老田，来到外面来，我有话和你说。"艺夫还不曾置可否时，已被王美今给拉了出来。那夏小姐见田艺夫出来了，也就跟着出来。这里是进门来的一间屋子，略似堂屋，只摆了一张打台球的白木板桌子。

王美今高声笑道："来来来，我们来打球。"

夏小姐道："球也没有，拍子也没有，打些什么？我要把丁先生的作品多领略一会儿。"说着，又待转身向那屋子里面去。

王美今只好将她衣袖拉住，低声笑道："老牌艺术家有老牌艺术家的脾气，你们何必去打搅他，他正在构思怎样完成他的新作品呢。"田艺夫便携了夏小姐的手，同到他屋子里去。

王美今复回到丁古云屋子里来，笑道："我总算知趣的，把你这两位恶客送走了。"丁古云将桌上那盒茶叶提了起来，交给他道："王先生托你一件事，这盒茶叶请你交回夏小姐去。因为，若是由我直接送去，恐怕她面子上下不来。我很不愿和她发生友谊。今天这种相待，我已是二十四分地客气了。"

王美今道："这又何必。人家对你是很尊敬的。"

丁古云道："这个我不相信。一个人自己不知道尊敬自己，她会尊敬别人吗？"

王美今掉转话锋道："要出去散步，一块儿走吧。"丁古云想了一想，因道："也好。这样，我可以对她做一种消极的抵抗。"于是他拿了手杖，就和王美今一路出去了。可是他这消极的抵抗，却是对田艺夫积极的帮助。他们见这位讨厌的老先生走了，落得在这寄宿舍畅叙一番。到了太阳由云雾脚下反射出淡黄的光彩的时候，这日的时光快完了，丁古云才缓缓地回来。然而夏小姐还是刚推开田艺夫房间的窗子，靠了窗栏，向外闲眺。

丁古云在屋外空场上，就高声叫了一句艺夫，夏小姐抬手理着鬓发，微笑道："丁先生散步回来了，他睡午觉呢。"丁古云带笑着道："青天白日这样消磨时光，真是孔夫子说的，朽木不可雕也。喂！夏小姐，天色晚了，你也该回去了，再晚就雇不到滑竿，又要老田送你走了。而我们这里呢，一个大缺点，又没房间容留女宾。"夏小姐听他这话是说是笑，也是损也是骂，真不好怎样答复，把脸红着，说不出话来。

第三章

师道尊严法相庄严

那位丁古云所痛恨的画家田艺夫，虽然躺在他自己床上，并不曾睡着，这时听了丁古云挖苦夏小姐的那番话，觉得她有些受不了。但是自己心里恰有点儿怯懦，又不敢和他计较着，便跳起来隔了窗户向他点了个头道："我们商量着一件事情，不觉把时间混晚了，现在我马上送她走了。"丁古云淡笑不笑的，向他摸着胡子点了两下头，自回屋子去了。

田艺夫看着西边天脚，云雾里透露几条红霞，天空里一两只鸟，扇了翅膀单调地飞着，正是鸟倦飞而知还。因向夏小姐道："大概时候真是不早，我送你走吧。"夏小姐也没有什么话，只有跟了他走。离开这屋子不远，在水田中间的人行路上与王美今碰个正着，这路窄，彼此须侧了身子让路，便站着对看了一看。

夏小姐又抬起手来理着自己的鬓发，王美今笑道："夏小姐送艺夫到这里来，于今艺夫又送夏小姐回去，你们这样送来送去送到什么时候为止？"

艺夫笑道："我本来可以不送她。因为老丁板着面孔下了逐客令，夏小姐十分不高兴，我只好又送出来，借示安慰之意。"

王美今笑道："老丁就是这种脾气，不必理他。"

夏小姐笑道："谁又理他呢，彼此不过是朋友，说得来，多见两回面，说不来，少见两回面。而且我在下星期一要去上课了，你们这贵地，我根本不会多来，他也讨厌不着我。"说时，将眼睛斜溜艺夫一下道："这都是为着你！"

艺夫笑道："你还埋怨做什么？反正下星期一你就走了。"夏小姐倒是大方，伸着手和王美今握了一握，笑道："再会再会。"

王美今站在路边，见他两人缓缓地走着，将头低了，好像是极不高兴，倒不免替他们难过一阵，于是缓缓地走回寄宿舍，见着丁古云笑道："老先生，我劝你麻糊一点儿，结果你还是给他们一个钉子碰，将他们碰走了。"

丁古云道："他们这种行为，应该给他们一些钉子碰。"

王美今道："他们也不会再讨你的厌了。夏小姐在下星期一就要去上课了。"

丁古云道："上课？她是当学生呢，还是先生呢？"

王美今道："既非先生，也非学生。她是去当职员。"

丁古云点点头道："我懂了她这种用意，目的是离开她的丈夫和两个小孩。"

王美今笑道："你始终也不会对她有点儿好感。"

丁古云道："你如不信，缓缓地向后看吧，反正艺夫是不会离开这里的。"

王美今把这话放在心里，且向后看。到了下个星期，在艺夫口里听到的消息，夏小姐果然要与她丈夫离婚，而且她丈夫在贵阳得着信息，因她离开了家庭，丢了孩子不问，也很快地要回到重庆来，打算答应她的要求了。王美今虽是羡慕着田艺夫的恋爱将要成功，同时也就感觉到夏小姐心肠太狠。和丁古云闲谈的时候，不免赞同丁古云以往的批评，愿主张公道。

他笑道："她若太与她丈夫以难堪，我有法子制裁她。"

王美今道："你有什么法子制裁她呢？她并不是你的晚辈，也不是你的下属。"

丁古云道："她服务的那个学校，依了各位推荐我本星期六去演讲。我可以和她学校当局说，免了她的职务。而且望你把这话通知艺夫。"

王美今笑着摇头道："这我又不赞成了。她既下决心离婚，你强迫她合作有什么用处？而况她为了恋爱，连亲生的儿女也可以丢得下，职业的得失怎能变更她的意志？"

丁古云道："那当然是不可能的事。我又何必要变更她的意志？不过我劝她对她丈夫的离婚条件要提得和平一点儿。"

王美今道："这当然可以。好在主动离婚的是她自己，她把条件提得太苛刻了，岂不是和自己捣蛋？虽然你这意思是很好的，我可以通知艺夫。"

丁古云道："老弟台，直到现在你相信我是个好人了吧？"说着，手理长胡子梢，向着王美今微笑。王美今这番为丁古云的正义感所感动，当日就去通知了田艺夫。

凡人在恋爱进行时代，对于爱人的是非得失有时关念过于生命。艺夫听了这个消息，哪肯停留？即日就转告夏小姐。那夏小姐向教务处打听，果然学校敦请了丁古云先生星期六来演讲，她心里转了几番念头，觉得必要先加防范，以免职务摇动。就向教务处毛遂自荐，说是认识丁先生，愿意出任招待之责。教务处的人知道她是学过艺术的，觉得派她招待也气味相投，就答应了她这个要求。夏小姐有了这个使命，就暗地里布置了一切。到了星期六，她便早早地带了一位女朋友到汽车站上去等候着丁古云。原来由丁古云寄宿舍到某大学很有几十里路，必须搭公共汽车前来。夏小姐和那女友静坐在车站外的露椅上，注意着每一辆经过的公共汽车。不到一小时之久，汽车上下来一位长袍马褂垂着长胡子的人。

夏小姐不用细看，便知道这是丁古云先生到了，这便率着她的女友迎上前去。丁古云右手提着一只藤篮，左手扶了手杖，缓缓走向前来。

夏小姐笑嘻嘻地一鞠躬，因道："丁先生，教务处特派我来迎接丁先生。这是我的朋友蓝田玉小姐。"说着指了她身边站着的那位女友，这位蓝小姐也是笑盈盈地向丁古云一鞠躬。

丁古云看她时，约莫二十上下年纪，鹅蛋脸上一双水汪汪的眼睛，簇拥极长的睫毛，笑起来腮上印着两个酒窝儿。她穿着一件宝蓝色绒绳紧身褂子，肩上披着一方葡萄紫的方绸手巾，托住头上披下来卷着银丝绞的长发。褂子是那样的窄小，鼓出胸前两个乳峰，拦腰紧了一条皮带，束着鸳鸯格的呢裙子，健壮而又苗条的个儿，极富于时代的艺术性。

丁古云突然看到，不免一呆，蓝小姐笑道："丁先生，你大概忘记了我了。在北平的时候我还上过您的课呢。"

丁古云道："哦！我说面貌很熟呢。"

蓝田玉道："丁先生这篮子里是什么？"

丁古云道："是我一件作品。"

蓝田玉便伸手去接那藤篮子，因笑道："有事弟子服其劳，我给先生拿着，可以吗？"

丁古云待要多事谦逊，蓝田玉已勉强地把篮子夺在手上提着。只得点了头笑道："那有劳你了。"

夏小姐见这位古板先生已有了自己向来未见的笑容，这就增加了心中一番安慰。心想纵然他见了学校当局，然而不能立刻就说我的坏话，自还有其他办法来和缓这个局势。因向丁古云笑道："丁先生，我和这位蓝小姐是老朋友，现在我们同在这附近租了一间屋子住。是她在家里看书，我办完了公回去就和她谈天取乐。有时说到了丁先生的艺术，我们就说，可惜没有时间，要不然的话，我们就可以在丁先生指导下学些雕刻。"

丁古云将手摸了胡子杪，向她们微笑，问道："这话是真的？"

蓝田玉笑道："当然是真的。"

丁古云道："蓝小姐现在没有什么工作吗？"

她笑道："现时在一个戏剧团体里混混，那还不是我真正的志愿。"

丁古云还要向下继续问时，那学校里又派了一批人前来欢迎，见面之下大家周旋一番，自把谈话打断。到了学校里，蓝田玉和他提了那个篮子，直送到受招待的客室里。学接方面免不得问问，这位是谁。

丁古云因她是替自己提篮子来的，却不好说是方才见面的人，因笑道："是我的学生。"学校当局以为是他带来的人，也就一并招待。而招待的主要分子又是夏小姐，更不会冷落了蓝小姐。

在客室用过一小时的茶点，已到了丁古云演讲的时间。为了容纳全体学生听讲起见，演讲的地方是大礼堂。学校当局，并把篮子打开，将丁先生新作的一件作品送到演讲台的桌子上陈列起来。然后由教务主任引导他走进大礼堂，踏上演讲台去。当丁古云随在教务主任之后走上演讲台时，台下面数百学生见他长袍马褂，胸前垂着长的黑胡须，鼻子上虽然架起了圆框大眼镜，依然藏不了他眼睛里对人所望的威严之光。这些学生不少是闻名已久，立刻噼噼啪啪，猛烈地鼓了一阵巴掌。

教务长先走到讲台口向下面介绍着道："今天请丁先生到我们学校里来讲演，这是我们一种光荣。我说光荣二字，并非敷衍朋友的一种套话。要晓得丁先生是实际工作的人，平常不大讲演。还有一层，北平艺术界，外面有许多传说，全不正确。虽然有几个艺术学校风纪不大好。可是丁先生无论走到哪个学校，决计维持师道尊严，不许学生有闹风潮的事发现。至于丁先生个人的修养那更不必说。今天在见着丁先生，各位可以看出丁先生这朴质无华的代表，可以证明平常人说，艺术家多半是浪漫的那句话，未免所见不广。"说着，他指了桌上一尊半身头像道："这个作品，便是丁先生自己的像。这作品是他对了镜子塑出来的，由他的手腕，表现他内心的情感，自然是十分深切。而丁先生对这个作品，是由一个'教书者'的题目下产生出来的。这很可以用佛家法相庄严一句话来称赞他。莫说别人，便是我看了这庄严的法相，心里也油然起了师道尊严之感。便是这一点，也可以证明丁先生的艺术手段如何了，现在就请丁先生讲着他的艺术心得。"说着，他退后让丁古云上前，又是噼噼啪啪先一阵欢迎的掌声。

丁古云在教务长那一番恭维之下，越是把他所预备好了的演讲词加重了成分。最后，他也曾说到自己塑自己的像。他说："我们走进佛殿里，看到那伟大庄严的偶像，便会起一种尊敬之心，这就是宗教家的一种传教手腕，便是中国的佛家所讲的许多礼节，又何尝不是一种造成偶像的手段呢？孔子说'君子不重则不威'就是这个道理。偶像两个字，并不一定是坏名词。一家商店必须做出一个好字号来，才能得着商业上的信任。一个人必须做出一种身份来，才能得着社会上的信任。这身份与字号，就是被崇拜的偶像。不客气地说，史大林是一尊偶像，希特勒也是一尊偶像。唯其苏德各有这样一尊偶像，才能够领导着全国人民死心塌地对了一个目标去做。日本的天皇就不够做一尊被崇拜的偶像，因为他不能让全日本人听他的话，而只是被戏弄的一具傀儡罢了。大家不要看轻了偶像。一个国家要为自己造成一尊到世界示威的偶像，要耗费多少钱财，要流多少血？一个人要把他自己造成对社会有荣誉的偶像，要费多少年月，要耗多少精力？这些话，是我雕刻塑像时候揣想得来的。偶像的做作，也许人认为是一种欺骗，可是也不妨认为是一种诚敬的示范。所以宋儒的理学，有人认为是治国平天下之本，有人就认为是作伪。但我在学校的时候，我宁可把我的思想偏重于前者。因为这样便含有一点儿教育性了。以我自己为例，假使我成了一尊偶像，引得大家信任，而对雕刻有进步的研究，岂不是我所心愿的吗？"

丁古云这种说法，倒也是人所不敢言，曾引起了好几阵热烈的掌声。最后，丁古云指了那件作品笑道："这一点儿东西，送与贵校，作为今日演说的一个纪念。看看我将来做得了偶像做不了偶像。"他于此便说完了。

教务长又向讲台口上申谢了一番，他说："若以今日这种观感而论，丁先生在艺术界的地位已经够得上一尊偶像了。我们敬祝丁先生这偶像发扬光大，变成佛殿上的丈六金身。那应要崇拜的还不仅我区区同堂师生而已。"

丁古云听说，摸了胡子微笑，好像是接受他们的这种颂词。在欢笑和鼓掌声中结束了这场演讲，学校当局依然引导着他到会客室来，再进第二次茶点。

那位蓝田玉小姐随着夏小姐的招待，却也跟在这里陪用茶点。她似乎感到丁先生道貌岸然，自己这摩登的装束侍立近了是不大协调的，所以很镇静地坐在客室角落上。

丁古云虽觉得她还随在一处，有些可怪。也许她特重着以往的师生情感，不忍先行告别。这也是当学生的人的一种礼貌，也只好随她去了。正因为不曾到五分钟，听讲的学生又鱼贯而入，各个拿了签名簿子递送到面前，要丁先生签字。他摸了两摸头发，垂了两只马褂大袖子，向南面望着。台阶下面草地上，在一群青年前面摆了一架相匣子，镜头正对了这位法相庄严的丁先生。他后面是客室房门，那里正有一块横匾，写着"齐庄中正"四个字，益发衬托着这相照得是得其所哉了。

第四章

孰能遣此？

这一场演讲会虽没有什么伟大的盛典，可是对于丁古云的人格有一种极高尚的估价。他觉着一个教书先生，得到这种崇敬，那是不易有的成绩。所以签字签得精神饱满，照相也照得精神焕发。把学校方面的酬酢对付完毕，便到了下午四点钟。他打听得还有一两班长途汽车经过，便向学校当局告辞。学校方面，依然派着夏小姐送他到车站。

当丁古云离开客室的时候，蓝田玉小姐还是默然由屋角的椅子上悄悄地站了起来。等着丁古云到了学校大门外时，在前面引路的夏小姐却回转头来笑道："假如赶不上汽车的话，我们共同招待丁先生吧。"

丁古云觉这话显然不是对自己说的，回过头来看时，那蓝小姐跟着在后面，便向她点点头道："蓝小姐可以请便，不劳远送了。便是夏小姐也可以回学校去了。长途汽车站我找得到。"

夏小姐笑道："现在四点钟了，学校里也没有什么事。我们应当送丁先生到车站。蓝小姐也是您的学生，那她更要尽她的弟子之道了。"

蓝小姐悄悄地随在丁古云身旁，只是微笑了一笑，还是继续地走着。

丁古云因为天色既然晚了，夏小姐已没有了工作，由她护送几步也好。可是到了汽车站时，车站上空荡荡的不见什么人影，购票房的窗门紧紧地关着。丁古云站在车站中间，手摸了胡子，只是沉吟着，因道："这怎样办？可以雇到滑竿吗？"

夏小姐道："这时候也雇不到了，除非是走了去。不过据我的经验要三小时才能走到，那恐怕要天色太黑了。而且这样长的路程，一个人走去也太寂寞。"

丁古云只管摸了胡子沉吟道："我是极不愿再去打搅学校方面了。这附近有旅馆没有？"

夏小姐道："不但有旅馆，而且有很好的旅馆。到这里约莫有半里路，有家花园饭店很可以休息。而且那里附带餐堂，我和蓝小姐就在那里请丁先生晚餐好不好？"

丁古云道："那倒不必，我还是慢慢走回去吧。这里既是公路，又是月亮天，现在请二位回去了。万一不能走，旅馆我自然也找得着。"

夏小姐笑道："我们也回去，我们也引丁先生到花园饭店。因为我们就住在那花园隔壁的一幢房子里。请请。"

蓝田玉笑道："这就叫人不留客天留客。天色已经很晚了，丁先生不必沉吟。若是冒夜走了回去，山上有山羊子叫，那声音怪不好听，听得了毛骨悚然。"

丁古云道："小孩子话，我这么一大把胡子的人，深山大谷哪里没有去过，会怕了野羊。"

蓝田玉道："丁先生您是少于入境问俗，这山羊子最喜欢咬胡子长的人。"

丁古云笑道："那是什么缘故呢？"

蓝田玉道："它妒忌别人有更长的胡子。"

丁古云笑道："哦！是了。山羊也是胡子长的动物。"

夏小姐笑道："蓝小姐，你岂有此理，你转了弯子骂老师。"

丁古云笑着还没有说什么呢，蓝田玉即走向前来，向他一鞠躬，因道："丁先生，您别见怪。不是这样说着您不会发笑。您不发笑，我们就挽留不下来。您说要打多少手心，回家之后，我就叫夏小姐照数打我。"

夏小姐道："你说笑话，我不打你，你留不住老师就是你老师瞧不起你，那才该打手心呢。"

蓝田玉站着离丁古云约莫有三四步路。她又正在上风头，那风由她身上经过，带来一种若有若无的脂粉香气，直送入丁古云的鼻孔里。她眼珠向丁古云很快地溜着看了他两下。那个小酒窝微微地闪动了，在那两弯眉毛上，颇透着几分聪明女人的好意。

丁古云笑道："你们过于客气了，让我不能不留下。但我实在不愿你们受着客气的拘束。"

蓝田玉道："并不是我们客气。师母也不在四川，又没有什么要紧的事，为什么丁先生要冒夜走了回去呢？夏小姐说留不下您就因为您瞧不起我们。这话是真的吗？"

丁古云哈哈大笑道："既是你们再三挽留我，我就只好在这里耽搁一宿了。但是我预言在先，你二位不可过于破费，一切我自己料理。"

蓝田玉笑道："既是一切都归丁先生自理，我们还破费些什么？丁先生请随了我来，我来引路。"说着，向丁古云微微一笑。

丁古云心想，引路就引路吧，这微微一笑，岂不有些画蛇添足？但也不管她笑是何种理由，一个人发笑总是表示好感，人家表示好感了，还有什么可疑的？因之也就随在她身后，顺了大路向前面走去。夏小姐倒是不忙，又慢慢陪了在丁先生后面走着。这时，丁先生又在蓝小姐的下风头，那脂粉香气在晚风里面腾空而来，只管扑着人的面孔。

这雾季的开始，到了四五点钟的时候，很容易在偏西的云雾下面微微透出那鸡子黄似的太阳，于是在这山谷旷野上，撒下一片微紫的霞光，草木和人，那带着另外一份光彩，也就另外有一种灵感。

丁古云在这另外一种灵感之时，他仿佛这情绪有点儿异乎平常。他在蓝小姐背后，看她披在肩上的长发，看她束着裙带的细腰，最后看到她脚上穿的那双玫瑰紫的镂花皮鞋。他是向来反对女人穿高跟皮鞋的，以为那是违反自然的法则。现在看到蓝小姐这双皮鞋，是细瘦的一双。行走时的脚后跟带起长裙边沿的浪纹，他想着这有些艺术性，原来女人之要穿高跟皮鞋，其原因在此，可是这话不尽然，女人岂能够都懂得艺术？是了，这是挑拨性的玩意儿，人与一切动物大半成反比例，阴性的全部都带挑拨性。而眼前其他动物，却是阳性全身带挑拨性。我丁古云若不是人而是普通一种动物，太没有挑拨性，一定……他想着想着，只管沉思了向前走，蓝田玉笑道："不走了，到了。"

丁古云猛可地站住了脚，抬头一看，却见面前现着一座花圃。里面有座西式洋楼，环绕着三面绿色走廊，因道："就是这里了？"

蓝田玉笑道："丁先生看怎么样？除了是带一点儿洋气之外，还是有些诗意的所在。"

丁古云道："外表这样雅静，内容大概不错。好好，就是这里勾留一宿了。"

于是三人走进了花圃，找了旅馆茶房，在楼上开一间面朝花圃的房间。屋子里床帐桌椅都很干净，还有一张休息的藤睡椅。

夏小姐道："丁先生休息休息吧，我们回去一下，就来陪丁先生吃晚饭。"

丁古云道："二位可以请便，把你们忙了半天了。"

夏小姐站在屋子中间，望了一望蓝小姐。这蓝小姐恰是对着玻璃窗，背朝了人，左手拿了粉镜对脸照着，右手在理鬓发。夏小姐将皮鞋尖点着楼板，提起脚后跟颠了几颠。她沉吟了几秒钟，点了一个头，似乎得了一个结论，因道："蓝小姐在这里陪丁先生稍谈一会儿，我立刻就来。"

蓝田玉将粉镜塞在短衣的小口袋里，回转身来，点着头道："好！我等着你。"于是夏小姐先走了。

旅馆里茶房送着茶水进来，丁古云走到脸盆架子边去洗脸，蓝田玉便将桌上茶壶提起，斟了一杯茶，放在桌沿边，向他鞠了一个躬，笑道："请喝茶。"

丁古云先啊哟了一声，笑道："你又何必这样客气?"

蓝小姐道："自到四川以来，总是这样漂泊无定，像孤魂野鬼一样。今天看见从前的老师，像遇到了亲骨肉一般，我心里说不出来那一份高兴。一个年轻女子过着流浪生活，那一份痛苦丁先生是不会明白的。"她说到这里，脸上有些黯然，手扶了桌沿站着，掉过身去。

丁古云洗完了脸，手理了半下胡子，坐在藤椅上，咳嗽了两声，然后问道："密斯蓝，你是怎样到四川来的呢?"

蓝田玉这才扭转身来，坐在对面椅子上，因道："七七的时候，我还在北平呢。后来我由天津到上海，由上海到香港，由香港到汉口，兜了个大圈子，这样一个圈子，川资自然是花得可观。我原说到汉口找一个亲戚的，不想到了汉口，我那亲戚又到湘西去了。那时钱完了，又没有可靠的人投奔，我非常着急。后来我遇到一个朋友。"说着，她顿了一顿，接着道："是一个女朋友，她在第二剧团里当演员，就介绍我也加入那个团体。那团体里虽供给膳宿，可是薪水两个字简直谈不上。越混是越穷，越穷又越走不动。后来得着两位同乡帮忙才得到重庆来。夏小姐是我唯一的好朋友，就和她住在一处。可是她的力量也有限，不能在经济上帮我们的忙，我就到处写信向亲友告贷。直到于今还没有个正当工作。"

丁古云道："原来如此。你现时没有继续加入剧团吗?"

蓝田玉道："不演剧是没有收入的，加入剧团也不足以维持生活，把演剧当一份正当职业的自然是有，可是我所认得的女朋友正和我一样，全是靠亲友帮忙的。有人还以为我手头方便呢，十块八块的，不免在我手上扯着用，我还找谁? 所以在圈子里是毫无办法，只好向外发展。今天遇着丁先生，那就好极了，请丁先生和我找一个工作。您是我老师，您看到学生受困在重庆，总不能无动于衷吧?"说着，微微一掀酒窝儿。

丁古云手刚要去摸胡子，又收回来，正坐了，静静地听她的话，这就点头道："好，慢慢想法子吧。"

蓝田玉笑道："哪里能慢慢想法子啊? 我要不是和密斯夏在一块儿住着，和其他的同志一样，那早就索我于枯鱼之肆了。因为他们中午一顿饭在办事处抢着吃，晚上一顿饭大家出去打游击，男子们无所谓，哪里也可以去，一个青年女子，每天下午出去找饭吃，怪难为情的。所以我对于演剧，早就没有了兴趣。丁先生，您在教育界和我想点儿办法，好不好?"

丁古云道："好! 我一定和你想办法。可是教育界是清苦的，而且是要守秩序的。你在戏剧界过惯了自由的生活，恐怕不容易改行吧?"

蓝田玉笑道："老师你怎么说这样的话! 现在多少享福的太太小姐都洗衣服做饭成了老妈子。我的命生得格外高贵些吗?"

丁古云望了她时，她微微地低了头，将雪白的牙齿微咬了下嘴唇皮，两只脚互相交叉着皮鞋，在椅子下面来回地摇摆，左手扶了椅靠，右手抚摸着紧胸的皮带。便是这样子，很透着有点儿难为情，便安慰着她道："我们并不是外人，这没有关系，我不过这样说，也是有则改之无则加勉的意思。既是你不怕吃苦，这就好办，在一个星期之内，我可以给你的回信。多的日子你也等了，一个星期你总可以等。我尽力而为，也许不要一个星期。"

蓝田玉并不抬头，只撩着眼珠在长睫毛里，转动着向他飘了一个眼风，酒窝儿掀着，微笑了一笑。丁古云摸胡子的习惯，很耐了一些时候不曾发作。现在想不出什么话来对她说，而又感到有些感情荡漾，要销蚀了尊严，因之又情不自禁地伸着手将胡子摸了两下。

蓝田玉因他不说话了，又望了他道："丁先生说是一个星期的回信，是有成功的希望呢，还是……"说着面皮红着笑了一笑，接着道，"若是有希望，当然愿意这消息越快越好。若是失望的回信，我倒愿意过两天知道呢。"

丁古云道："我极力和你去想办法就是，大概不至于失望。再说，你也不会那样急迫地需要工作吧？"

蓝田玉说到这里，将眉毛微微地皱着，又淡淡地笑着，因道："您还不知道我现在是住在密斯夏一处吗？她自己也是不得了，怎能够又添上我一个人的负担？"

丁古云道："若是为了目前的生活需要，这个倒也没有多大问题，我私人先和你想想法子就是了。"

蓝田玉向他微微笑道："那怎好连累老师呢？"

丁古云笑道："既是老师，又有什么不能连累，现在大家流浪到大后方来的，也无非是彼此互相帮忙。"

蓝田玉将手理着鬓发，站了起来，因笑道："究竟是自己的老

32

师，一说就有了办法。平常求起人来，真是叫人哭笑不得。"她觉着话是交代完了，一时更想不起别的话来说，于是搭讪着来到桌子边提起茶壶来，斟了一杯茶喝。丁古云坐着向窗子外看看，也是端起茶来喝。

蓝田玉见他伸手去扶茶杯，便道："哟！这杯茶凉了，我来给先生换上一杯热的吧。"于是就在丁古云手上夺过茶杯去，斟了一杯茶，两手捧着杯子送了过来。她站到面前，丁古云见她那双白嫩的手，指甲上涂着鲜红的蔻丹，并有一阵香气在她手上放出。因按了杯子笑道："这是我的旅馆，我暂时便是主人了，倒要你来伺候我。"

蓝田玉笑道："学生在先生面前，总是可以代劳的。"说着，她整理了一下衣服领子。

丁古云的眼光随了她那手上所在看去，发现了她那乳峰下面，绳衣胸襟前，有个银制的小天使，张了两只翅膀做个下飞姿势，手上弯了弓，架上了爱情之箭。那箭头正对了她的心窝射去。丁古云不免微笑了一笑。蓝田玉也觉他这一笑是有所指，过去两步，面窗而立，隔了玻璃窗子向外面张望着。口里的舌尖嘀当当发着声音，轻轻地唱着英文歌，脚尖在楼板上头动打着拍子。

丁古云端了那杯茶在屋子里来回地踱了几个转身，便站在屋子中间，望了蓝田玉披在肩上的长发，微笑道："我们那里倒有两位音乐家同住，密斯蓝有工夫可以到我们那里去玩玩。"

蓝回转身来道："我听到密斯夏说，丁先生在那边寄宿舍里住，我早就想去拜访丁先生。可是夏小姐到那边去，她总是守着秘密的。她又说，丁先生很不欢迎女宾。我既找不着她陪我去，我一个人又不敢冒失了去。要不还用先生说吗？"

丁古云道："哪来的话？不欢迎女宾？若是不欢迎女宾，夏小姐怎么去的呢？"

蓝小姐笑道："我也是这样说。无论哪个地方，也没有不欢迎女宾上门的。至于艺术圈子里，那是更不消说，好像有人说过，女人就是艺术。丁先生，您说这话对吗？"她说时，身子微微地耸了一耸，做出小孩子在大人面前顽皮的样子。

丁古云哈哈大笑，把茶杯放在桌上，笼起两只袖子，望了她道："多年不见，你倒还是这样天真。"

蓝田玉鼻子哼了一声，微鼓了腮帮子道："丁先生这是骗我的话。今天下午见面的时候，您都不记得有我这样一个学生。于今连我在学校里顽皮的事，您都记得了。"

丁古云笑道："我和你初见面的时候，你已不是学生打扮了，个子也长成了，我一刻哪里记得起来？"

蓝田玉道："本来嘛，终年风雨漂泊，成了煤铺里小掌柜了。"

丁古云笑道："离开北平这多年了，你顺口说起来还是北平的习惯语。据我看来，你不但没有憔悴一点儿，而且漂亮得多了。"

丁古云说出这话时，不知道这位高足是否接受，就坐下来一阵哈哈大笑，掩盖了所感觉到的那份难为情。蓝田玉两手反背在身后，靠了玻璃窗，身子微微向墙上撞着，抿了嘴唇皮，忍住笑容，望了丁古云，在长睫毛里连连转着眼珠。

丁古云本来想维持着自己的师道尊严，无奈这位蓝小姐尽管用她的艺术来刺激自己的神经，叫人实在不好处理这幽静旅馆中单独相对少女的环境。因之斜靠在椅子背上，眼望了天花板，做出一种沉吟事情的样子，这蓝小姐却和其他的摩登女子一样，每到需要搭讪之时，便唱着英文歌。这时她将皮鞋高跟打着拍子，嘴里又团着舌尖叮叮当当起来了。

第五章

天人交战

这屋子里是清寂极了。那走廊隔壁的屋里挂了一架时钟，那钟摆吱咯吱咯地声响着，每一下都听得清清楚楚。丁古云对窗子外面望望，夜色益发昏黑，隔了玻璃窗户的光线，但见蓝田玉一个模糊的人影子，很苗条地挡了晚光。他看她时，心里也就想着，这倒很像一幅投影画。

蓝田玉口里唱着歌，很久很久没有听到丁古云说话，也感觉无聊，这歌是不能继续向下唱了，回转身来，又向窗外望了一望，因道："怎么夏小姐还没有来？"

丁古云笑道："可惜她的好朋友没有来。若是那个人在这里，她一去立刻就会回来的。她是个感情最热烈的女子，你倒和她说得来。"丁古云说这话，在屋子里的光线暗淡中，颇在探望蓝田玉的颜色，然而相隔两丈路，恰是不大看得见，仅仅听到她咻咻笑了一声。

随着是茶房送进灯火来了，他倒是关心着这旅客，怕久坐在屋子里闷得慌，便向丁古云道："今天晚上天气很好，有很大的月亮，城里是看不到这好的月色的。先生你要不要去散步？"

丁古云只微笑了一笑。他出去了，蓝田玉笑道："这茶房倒是一个雅人。"

丁古云道："若不是等夏小姐，我们就出去步月一番也好。"

蓝田玉开了窗子向外望时，一柄银梳子似的新月正挂在半空里，百十粒稀疏的星点，远近着配合了月亮，眼光所望到的地方，正不曾有得半片云彩。那清淡的月光洒在地面上与树木上，正像是涂漆了一道银光。远近的虫声随了这月下的微微晚风送到耳朵里来。她看到，也觉心里清凉一阵，因道："这月景果然不错。在重庆这地方倒是一年很有限的几次，丁先生也来……"她一面说着，一面回过头去呼唤着丁古云。不想他早已站在身后，背了两手在身后，向天上望着。

这出于不意的行动，倒让蓝田玉大吃一惊。心房怦怦乱跳，将身子向旁边一闪，就离开了他。丁古云看她这种情形，也觉得是自己出于鲁莽了，便手指了天外道："这夜景是很好，尤其是在楼上看很好。"

蓝田玉站着定了一定神，笑道："丁先生饿了吧？我陪你吃晚饭去。"

丁古云道："我们应当等夏小姐。"

蓝田玉道："我们不妨到楼下食堂里去等着她。"

丁古云沉吟了一会儿，点头道："也好。"于是两人回到楼下食堂里来。这里倒是距离乡场不远的所在，食堂里系了几盏油灯，照见来就食的男女，竟有六七成座。丁古云由蓝田玉引到食堂角落里一副座头上坐下，向四处望了一望，因笑道："这个幽静的所在，居然光顾得不少。"

蓝田玉在他对面坐了答道："正是好幽静的人都向这里来，这里反是热闹起来了。若是在星期或星期六，来晚了，照例是什么都买不到吃。"

丁古云道："既然如此，我们先要菜。"说着，把茶房叫了过来，要了六七样菜。蓝田玉明知是他要请客了，便说太多。丁古云说有三个人吃饭，必须这些菜。正这样磋商，一个八九岁的小女孩手上拿了一张纸条，跑到蓝田玉面前来交给她看。她看了笑道："夏小姐不来了。这个小孩子是房东家的小姑娘。"

丁古云笑道："她为什么不来，莫非她的好朋友来了？"

蓝田玉道："这个时候，哪会有朋友来拜访她？"

丁古云笑道："蓝小姐难道还不晓得她现在恋爱期中？"蓝田玉抿嘴微微一笑。因握住了那小女孩子的手道："没有什么事了，你回去吧。请你对夏小姐说，吃完了晚饭我就回家的。"那小女孩子鼻子里答应着，小眼珠只管滴溜地转，向丁古云望着。

蓝田玉笑道："小妹妹，你认得这位老先生吗？你老看着他。"

小女孩笑道："他好长的胡子哟！比我祖父的胡子还要长着多得多呢。"

蓝田玉轻轻拍了她一下肩膀，笑道："这孩子一点儿礼节不懂。"那女孩子一扭身子跑着走了。

丁古云对这小女孩的批评倒很透着难为情，手摸了胡子强笑道："为了这一把胡子常常引起人家误解，以为我是很大年纪的一个人。其实我还是个中年人罢了。在欧洲，像我这样大年纪的人，还是一个年轻小伙子呢。"

蓝田玉笑道："既然如此，丁先生为什么故意养起这一把胡子，冒充老年人呢？"

丁古云笑道："这倒不是我要冒充年老，因为我觉得在艺术的观点上说起来，长胡子是很有一些诗意的。不过在抗战期间，我这种看法也许有些错误。"说着，哈哈一笑。蓝田玉自不敢说老师留胡子错误，也只是随了他一笑，并没有说别的事情。随着茶房是送上酒菜来了。

蓝田玉望了茶房放下酒杯子，因道："我仿佛记得丁先生是不喝酒的。"

　　丁古云笑道："我也勉强可以奉陪一杯。我想蓝小姐一定是会喝酒的，所以我在菜单子上就悄悄地写上了二两白酒。"

　　蓝田玉笑道："酒当然会喝两杯，可是怎好在先生面前放肆。"

　　丁古云已伸手在她面前取过酒杯子来，给她斟上了一杯酒，一面笑道："当年我在学校里的时候就已经说过，我们在讲堂上是师生，出了学校门就是朋友。现在你早已在社会上服务了，还谈什么师生？自今以后我们只当是朋友就得了。来来来，现在各干一杯酒，敬贺我们友谊的开始。"说着，他就自斟了一杯酒，举着杯子，向蓝田玉望了一望。

　　蓝田玉早就心想这老长胡子的话越来越露骨了。可是自己正需要一个偶像和自己找出路，原就怕这老家伙一本正经，不肯对青年女子帮忙。既是他自己愿意钻进我的圈套里，我还不放手做去，等什么？什么事都像舞台上一样，做戏的人从来也不会认真。这时她听丁古云的话，心里笑着说，做朋友就做朋友，我什么也不含糊。不过她心里虽如此想着，可是她没有忘了什么事都像在舞台上一样，所以她还不免做戏，面皮微微地红着，将头一低。可是她虽然低下头，却还把眼皮一撩。丁古云对于她那眼珠在长睫毛里一转，常是有一种敏锐的感觉性，这就向她笑道："在这个大时代里，我们流浪到大后方，都透着苦闷，在精神上想求得一种安慰，实在不能不结合一两个志同道合的朋友。尤其是……"他说到这里，把声音低了好几分，接着道，"异性的朋友。"

　　蓝田玉伸手拿了杯子，再低下头慢慢地呷酒。她似乎听到，又似乎不听到，丁古云偷看她脸色，恰是没有什么笑容，倒不知道这话是否冒昧一点儿，便顿了一顿，没有把话向下说。

因为茶房陆续着将茶盘子送了来，便举着筷子尝了两下菜。因向她道："口味还不错。不用客气，不吃也是白剩下给茶房吃。"

　　蓝田玉这才开口笑道："我早就说菜多了不是？少点两样，留着明天早上吃，我还可以扰丁先生一顿呢。"

　　丁古云听了这话十分高兴，笑道："密斯蓝若肯赏光，明天我决计在这里耽搁一天，再请你两顿。"

　　蓝田玉笑道："那我倒是吃出一个主顾来了。不过丁先生有那好意，最好是和我早些找到工作，我倒不在乎丁先生请客。而且我愿意丁先生始终看着我是你一个学生。"

　　丁古云听她这话，却没有十分了解她什么意思，便是看她的颜色，平平常常的，也看不出她什么意思。自己也就想着，这闪击战术也许不大通用，不可太猛烈了，致她不敢接近。这一转念，也就很平淡地说些艺术上的论题与艺术界的故事，混过了一顿饭的时间。丁古云也想着，在这饭厅里，究不便和她畅谈，还是约她到房间里从从容容地谈吧。因之将饭吃完，赶快地就拿出钱来会账。

　　可是蓝田玉站起身来，还不等他的邀约，便笑道："吃了我就要走了。丁先生明天几时上车，我邀着密斯夏一块儿来送你。"

　　丁古云道："你不是说要我请你吗？"蓝田玉一面向外走着，一面笑道："那不过是和丁先生闹着玩的罢了，哪里真要丁先生请我吃饭？"

　　丁古云紧随着她身后，送到花园里，抬头向天上望了一望，因笑道："这月色果然是好。"

　　蓝田玉倒不理会他这番艺术的欣赏，回转身来点了两点头道："丁先生请回去休息吧。明儿见。"

　　丁古云也只得站定了脚，说了一声明天见，遥望她那苗条的影子渐渐在月亮下消失。自己在花圃中心月光下呆站了一会儿，缓缓地回到屋子里去。一架腿坐在藤椅子上，回想着过去的事。觉得今天与蓝田玉这一会实在有点儿出乎意外，在北平是否教过这样一个学生倒想不起来。但是，丁某人并没有做什么部长与院长，似乎她也不至于冒充我的学生。想到这里，不免手摸了胡子，静静地出神。在摸胡子的当儿，忽然又起了一个新的感想。是啊！刚才和她对坐的时候，自己不敢去摸胡子，免得在她面前做出倚老卖老的样子。奇怪，向来对于学生谈话，是不肯失去尊严的面目的，为什么见了这么一个女子，就不能维持自己的尊严？今日在这大学的礼堂上受着全体学生的欢迎，证明我是一位有道德有学问的艺术家。一下讲台，我就为了一个青年女子所迷恋，而这女子恰是我的学生。若是有人知道，我的师道尊严在哪里？便是没有人知道，自己问自己，在人面前一本正经，背了人却来追求自己的女学生，口仁义而行盗跖，我还算个教育界的有名人物？想到这里，自己伸手拍了一下大腿。又想：赶快先濯了过去几小时那卑污的心理吧！好在这一切罪恶的产生并非由于自身，是由于那女子有心的引诱。可是她那样年轻而又漂亮的女子，为什么要引诱我这么一个长胡子的人呢？大概是我的误解。我之所以有此误解，大概是由于她那份装束和她那份殷勤。的确，她那个面貌和她那份身材，不是美丽两个字可以包括的，觉得在美丽之外还有一种风韵。美丽是在表面上的，而且可以用人工去制造的。这风韵是生在骨子里的东西，却不易得。

想到这里，他不能再在这里呆坐着了，背了两手在身后，在屋子里来往地踱着步子。有时站到窗子边向大地上看看月色，有时沿了墙，看看墙上旅馆所贴的字条，有时坐到桌子边，手扶了茶壶，待要倒茶喝，却又不肯去倒。心想，这个女子可以说是生平少遇的。生平也多少有些罗曼斯，但于今想起来，对手方并不是什么难遇的人物。像她这样的人才自己送上门来，将她放过未免可惜。大时代

40

里的男女随随便便结合一番，这实在算不得什么。不用谈平常的男女，就是我们教育界的人物也很多艳闻。就像某大校长，也是桃李盈门的人物，他就娶了一位十八岁的新太太。这件事既无损于某君之为人，而且他还很高兴地送这位新太太进中学去念书呢。至于我们这艺术界的人物，根本就无所谓。蓝小姐已走入浪漫圈，那一个圈子里更是开通，几乎用不着结婚仪式就生儿女。对于这样一个女子，又何必有什么顾忌？好！明天就在这里再耽搁一天，看她是怎样来应付？有了，我明天就对她说，她那种姿态很可代表某一种女子，我要借她的样子塑一尊像，甚至就约她一路到我寄宿舍里去，好在她现时住闲，有的是时间。她不至于不去吧？

丁古云心里这样想着，两只脚就只管在楼板上走着。他似乎忘记了脚下在走路，在屋子里走了一个圈子，又是一个圈子，就是这样地走。也不知经过了多少时候，忽然听到那屋外面的时钟当当响了九下，在乡下居住的人，几乎是七点钟就要熄灯上床，随便一混就到了九点钟，这实在是过了睡觉的时候了。于是走到房门口，向外探望一下，见全旅馆的房间都掩了房门，静悄悄的没有声息，也没有了灯光，但见月华满地，清光入户，心里头清静一下。这也就感到这里夜的环境倒也值得留恋。于是缓步下楼，走到花圃中心，在月亮下站着。他抬头先看看月亮，并看看环境的四周。后来就也低头看看自己的影子。在看这影子的时候，觉那轮廓所表现的，还是一具庄严的姿势。他忽然心里一动，立刻跑回屋子去。那屋子壁上，正悬了一面尺来长的镜子，对了镜子看时，里面一个长袍马褂垂着长胡子的人，非常正派。心想这样看来，我本人的影子大概还没有失掉尊严吧？我是个塑像家，我倒有研究这姿势之必要。那田艺夫引夏小姐到我寄宿舍里去，我就屡次表示反对，到了我自己，就糊涂了吗？这个姓蓝的女子就是夏小姐介绍的，我有什么行动，夏小姐必是首先知道。不用说再有什么行动，就是今日这一番周旋，她也必定会转告田艺夫。田艺夫是碰过我的钉子的，他必定大肆宣传，报复我一下。我自己塑的这尊艺术君子的偶像，只要人家轻轻一拳，就可以打个粉碎。

　　想到了这里，他再一看镜子里的丁古云，已是面红耳赤，现出十分不安的样子。于是手摸胡子，把胸脯一挺，想道，不用怕，亡羊补牢，犹未为晚。明天一大早，我就离开此地，回去见了同寓的人，我坦然地告诉他们，夏小姐引了一个旧日的女学生来求我找工作。一个当老师的人见见自己的旧学生，这有什么了不得？他这么一兴奋，那镜子里丁古云的尊严又恢复了起来。于是不朝镜子看了，坐到旁边椅子上，手摸胡子静静地想了一番。他自己点点头道："对的对的，这是对的。我半生的操守，怎可毁于一旦？这蓝田玉对我这份殷勤，若说她演戏的人只是当了戏演，那倒罢了。若是她为了要和我找工作，就不得不做出这份媚态来，那她是用心良苦，我更不应当乘人于危。若说前二者都不是，她是爱上了我，绝无此理！她这样个有挑拨性的女子，还会少了青年追求她？她爱上了我？爱我这把胡子？爱我这穷的艺术家？"想到这里，倒不觉自己笑了。

　　他自言自语地道："不管如何，我必须知她那份殷勤是假的。她既是假的，我倒真的去着魔吗？好了，一语道破，我就是这样决定了向前做。不必顾虑什么了。"他想定了，突然将大腿一拍站起身来，掩上房门，展开被褥自去睡觉。在身子安贴在被褥的时候，才觉得身体颇是疲劳，这一睡下极其舒适。回想着一下午心绪的纷乱，实在也就太无聊了。

第六章

失了灵魂吗？

丁古云在这个时候，自是停止了这一天的心理动荡，安安静静地合着眼睡了过去。可是这蓝田玉小姐倒着实地钟情于他，忽然推了房门进来，笑道："这样好的月色，不要辜负了它，我们一路出去踏踏月华吧。"说着，手扶了丁古云的臂膀就向外走。

丁古云也就没有考虑到是否会被人看见，紧紧挽了她一只粉臂。睁眼看时，两人同站在一丛蔷薇花架下，浓香醉人。这花架下十分僻静，正放了一张露椅。便挽了蓝田玉一同坐下，笑道："密斯蓝，我实在是爱你。但是我这句话，真不敢冒昧地向你说。你觉得我这话不过分吗？"说着偷看她的颜色，只见她低了头只管微笑，两个小酒窝儿旋着，实是爱人。

丁古云挽了她的手，心房乱跳，正不知如何是好。忽然蔷薇架下有人哈哈大笑道："好一个谈师道尊严的大艺术家，带了女学生在这地方干什么？"

一言未了，挤出一群人来，看时，正是今天听讲照相的那群青年。丁古云吓得手足不知所措，转身就跑。不想跑得急了，奔入那蔷薇花架子里，被枝蔓紧紧把身子缚住，倒弄得进退两难。这就有人喊道："不让他跑了，绑了他游街。"

丁古云听了这话，更是着急，心房狂跳，跳得那颗心几乎要由口腔子里跳了出来。周身的冷汗下雨一般地向外涌着。但仔细睁开眼一看，哪里有什么蔷薇架？哪里又有什么蓝小姐？自己还是直挺挺地躺在床上，因为盖的棉被紧紧地裹住了，所以好像人奔入了蔷薇花架子，让花枝把自己缚住了。其实乃是一个梦。

看看桌上的那盏植物油灯，已经细微得只剩了一丝丝红光，已没有了火亮，反是那窗户外面的月光，由玻璃窗户上射了进来，倒照映着满屋子里清光隐隐。在枕上闭着眼睛，想了一想梦中的情景，觉得梦境究竟是梦境。世间上哪有那样容易的事，一手就把蓝田玉的手臂挽着，听了自己摆布，便是梦里也未曾没有反应，你看那些青年破口大骂，竟要绑了我游街。若是自己真做出这一项事来，也就真有被绑着游街的可能。这样看起来，自己还是小心为妙，若是真弄成那样一天，那还有什么可活的？干脆自杀完事得了。想了一想，觉得是原来的计划不错。明日一大早起来，就离开这是非之地，自己可以用理智强迫了情感就范。这样想着，也就安然睡觉。

偏是天色刚亮，房门就咚咚敲得乱响。打开门来，那夏小姐和蓝田玉竟又一同地来了。

丁古云笑道："二位小姐怎么这样的早？"

夏小姐笑道："为什么不这样早呢？丁先生已经订好了计划，打算背着我们逃跑呢。丁先生，你这就不该。蓝小姐这样诚心待你，你倒忍心把她丢了。你若是个有良心的人，你就应当为她牺牲。"

丁古云看蓝田玉时，只见她靠了房门站着，低了头微笑。因问道："你为什么不进来呢？"

她道："我进来做什么，你都要偷着走了。"

丁古云挽了她的手，拖进房来，笑道："我不走，我不走，我一定为你牺牲。"可是自己拖她拖得太快吧，拖进屋来的不是蓝小姐，却是夏小姐。

夏小姐猛可地伸出手来，向他脸上一个耳光，骂道："我和田艺夫公开恋爱，你就常说我们不是正经人。你是正经人，你干的好事？"丁古云被她这一下，打得脸腮上发烧。睁开眼来看时，还是一个梦。

看看窗子上的白色月影，已长斜地倒在楼板上，想是好个半夜了。自己翻眼看着月光，很出了一会儿神。心想：怎么只管梦着呢？难道是自己的欲望没有打断吗？这还了得，事情不过是有一线接近，自己就如此梦魂颠倒。若再进若干步，自己非得神经病不可了。在床上翻了个身，且向里面睡去。心里也就估计着，再要看到蓝田玉，一定是梦，就不必睬她了。想着想着，那蓝田玉已经是站在面前，便喝了一声道："这是梦，这是梦，我不信的。"这回算他猜着了，简直自己在睡梦里喊醒过来。可是自己这时起，远远已听到村鸡的叫声，在床上清醒白醒地睁开眼望了天亮，在枕上合眼养了一会儿神，便起床匆匆地漱洗了。

他决定了躲开这地方，免得自己把持不住。会过了店账，茶也不肯喝，就走出旅馆来。这时，天地浑然一团，早雾蒙蒙，几丈外的田园树木都在乳白色的云气里隐隐地透出影子。那地面上的草沾着了雾气，像是细雨洒过了。匆匆地走出这旅馆来，路径不大熟悉，在这密雾里不辨东西南北，却不知向哪里奔汽车站。只好又回转身来向茶房打听。

茶房道："这样大的雾罩，长途汽车也不会开的。你先生还是在这食堂里吃一碗茶等雾散了再走吧。我们这里还有两位赶车子的客，不都是没有走吗？"

丁古云迟疑了一会儿，觉得这样大雾，蓝田玉也未必会到这里来，就是到这里来，我现在已觉悟过来了。青天白日的，我又会迷上不成。他站着只管摸了胡子出神，茶房倒误会了他的意思，因道："你先生信我的话，绝不会错。你这时候到车站上去，那里也没有人。"

丁古云淡笑了一笑，便到食堂里去坐着。果然，这里也有几个人坐在座位上喝茶，并带了旅行袋或手提箱，显然是个要赶汽车的样子。这些座客里面，有三对是成双的旅客，并有一个中年汉子，带了一位极年轻的女子共围了一个桌子角坐着。虽然这样早晨，那女子已把烫发梳得清楚，脸上有红有白，脂粉擦得调匀，向那男子挤眉弄眼，不住地微笑。那男子看了这位年轻女子，也是嘻嘻地笑。

丁古云就想到这一副尴尬情形，歇在这幽静的旅馆里不会干出什么好事来。看看在座的人不少，谁也没有介意这一点上去。正是这个动乱的大时代，男女结合或分散太算不得一回事了。假使我和蓝田玉这样，一般地很平常，自己少见多怪，倒有点儿庸人自扰呢。他看着别人的举动，自己捧了一碗茶喝，慢慢地赏鉴着。忽然有了娇滴滴的声音笑道："在这里，在这里，还没有走呢。"

丁古云抬头看时，正是夏、蓝两位小姐笑嘻嘻地站在食堂门口。他忽然一惊，心想：这不要是又在做梦吧？昨晚上闹了一宿的梦，不是看到蓝小姐就是看到夏小姐。她们是来也容易，去也容易，怎么又来了？他如此想着，呆了一呆，就没有起身。

这两位小姐倒没有什么踌躇，立刻走到他面前来，夏小姐先笑道："丁先生不是说在这里耽搁一晚的吗？怎么又要走了呢？"

丁古云因她两人已走到面前，而且已有一阵脂粉香气送到了鼻子尖里，这已不能再疑惑是梦，便站起来向她们点了个头，笑道："这样大的雾，你们也来了？"

蓝田玉道："因为是这样大的雾，料着丁先生没有走，丁先生一人在这旅馆里，一定又是很寂寞的，所以我约了夏小姐来看看丁先

46

生。"说时，撩着眼皮向他一笑。

丁古云本来是不肯正眼去看蓝田玉的，却偏偏自己向她看一眼之时，正碰着她红嘴唇皮露出两排雪白的牙齿，那小酒窝儿深深地旋着，实在有一种娇媚。觉得昨晚和今早上的努力、设法要避开她的计划都成了灰烬，更也就不会再疑心这是什么噩梦。这就向她两人笑道："请坐请坐。吃红茶呢，还是吃清茶呢？"

蓝田玉倒好像更熟识一点儿了，她向夏小姐道："密斯夏，我们就先坐一会儿再说吧。"

丁古云笑道："来来来，坐下吃些早点。"

夏小姐看了蓝田玉一眼，微笑着和她一路坐下了。茶房送上茶杯。丁古云便问两位小姐要吃些什么点心。夏小姐道："那倒不必。这里都是城里买来的糖果饼干，是古典派。丁先生如不嫌弃，我挽留先生半日，到我们寓所里去坐坐，我亲自下碗面给丁先生吃。"

丁古云笑嘻嘻的，正想答复这个邀请。蓝田玉把眼皮向她一撩，微笑着低声道："那不好。"夏小姐笑道："你以为我们屋子里乱七八糟的，不能屈丁先生大驾吗？丁先生也不是外人。艺夫来了，在我那小屋子里，一坐就是半天。"

蓝田玉道："丁先生怎样可以比他呢？老田是你好朋友。丁先生是我先生。"说着，瞟了丁古云一眼。

丁古云虽不解她拒绝自己前去是何用意，但在她瞟过一眼之后，就认为她拒绝前去，是绝对的好意。便笑道："不去打扰吧，雾开了，我还是要走。"

夏小姐道："密斯蓝，不是还有话要和丁先生说吗？"

蓝田玉脸一红像难为情似的，低头微笑道："也没有许多话。不过请丁先生和我多多寻点儿工作机会而已。"

夏小姐将一个手指点了她道："丁先生要和你找工作是没有问题

的，这样的得意门生，他还有什么不帮忙的吗？只是丁先生要反对你上舞台演戏的。"

丁古云笑道："那也不见得。"说着，端起茶杯子来喝了一口茶。

大家默然了一会儿，夏小姐道："丁先生，我托你一件事，你肯不肯？"

丁古云笑道："只要办得到的，无不从命。"

夏小姐将带来的一个纸包递给了他道："这是一件毛绳背心，请你帮我带给艺夫。"说时，笑着改学了一句四川话，"要不要得？"

蓝田玉在旁边点了头，笑道："要得要得！"

丁古云笑道："当然可以。不是为这个，夏小姐还不赶早向这里来呢。你对于老田这番情意，颇可称颂。"

夏小姐笑道："一件背心用不到一磅毛线。于今的价钱一二百块吧？而况我这还是旧货。"

丁古云笑道："这不在钱上说话，而且旧毛线更好。"

夏小姐向蓝田玉笑道："看不出丁先生这道学先生，也懂得这一些。这有什么可欣慕的呢？丁先生若是要的话，一定有！"便望着蓝田玉。她将手表抬起来看一看，因道："八点多钟了，你该去办公了。"夏小姐道："你可以陪丁先生坐一会子，我是要走了。"

蓝田玉道："我也要走，我打算到城里去一趟，我先回家去写两封信吧。"说着，她站起身来。丁古云料着夏小姐又会打趣两句，叫蓝田玉和自己同搭一程汽车，但是她并没有这样说。她也站起来笑道："好，我们先告辞。改日我奉陪蓝小姐到丁先生寄宿舍里来奉访。丁先生欢迎不欢迎？"说着，抿嘴向他微笑着。

丁古云也只好起来相送，连说欢迎欢迎。她二人缓缓地离开茶座，蓝田玉还回头向他微微点着头，笑道："改日见，丁先生，恕我没有送到车站。"

丁古云连说不必客气。她在夏小姐身后走着，到了食堂门口，还回转头来向他微微地笑着。丁古云站在茶座边倒是呆了，再看桌上放的两杯茶，夏小姐那茶算喝了半杯。蓝小姐的这杯，只浅了十分之一二，记得她就是端起杯子来在嘴唇上碰了几碰。于是坐下来又凝神了一阵，不知她们赶了来是什么用意。莫非就是托自己带这件毛绳背心而已？那么，蓝小姐跑来干什么？或者是夏小姐怕面子不够，要她一齐来。不会不会。蓝小姐的意思，只看她走到食堂门口去，还会回转头来微笑。那绝不是偶然。想到这里，又看了桌上蓝小姐的那杯茶，觉得颇有趣味。向着隔座的茶客张望了一下，看有没有人注意到这桌上，便猛可地把这只杯子移到自己的面前来，却把自己这杯茶送了过去。这还不放心没人注意，又向左右茶座上看了。见他们实在不曾注意到这里，于是把蓝田玉喝的那只茶杯拿在手上，估量了一下，看她嘴唇接着的杯沿是哪一边。这竟是有心人发现了一处金矿，在杯子沿口上有一小块模糊的红印子，那不成问题，必是蓝小姐的唇膏印。既是唇膏之印，那也就等于蓝小姐的香唇了。

　　想到了这里，他情不自禁地就把那胭脂印移就了自己胡须蓬蓬的嘴唇，缓缓地呷上一口茶。在这样呷茶之时，似乎有一股香气送入鼻中。而自己肺腑里经一滴温茶灌溉着，也就像喝下去一杯浓烈的香酒一般，简直是周身麻酥一阵。心里想着，有趣有趣。不想心里是明想着，口竟听着这心里的支配，不由自主地也喊着"有趣有趣"。他一个人在茶座上发出这种言语，把周围的座客都惊动了，全都向他望着。他喊出来之后，不到一分钟，他也发觉自己一人说话，回头向旁座一看，见有人望了他，他便一手摸了胡子，向着食堂门外道："那一只猫追着一只麻雀，真是有趣得很。"

　　有一个茶房正经过身边，便向茶房笑道："你们这只猫长得很好，不把绳子拴着，也不怕它跑了吗？"这样说着，四座的人才知道他是为了猫儿捉麻雀呐喊，也就不稀奇了。只是这么一来，丁古云就不大好意思继续在这里坐着。于是把蓝小姐剩下的那杯茶都喝光了，就会了茶账，带了夏小姐给的那个纸包，奔向汽车站。

十点钟附近，汽车随着雾气开朗，也就开行了。丁古云赶到寄宿舍里，同志们正在饭厅里围了桌子吃午饭。田艺夫自然也就坐在桌上。丁古云将手上的纸包举了一举，笑道："我和你当了一回邮差了，你怎么样感谢我？"田艺夫虽不曾接过那纸包，在丁古云这一种言行上看去，已知道这纸包是谁寄来的。心里就埋怨着夏小姐荒唐。这种男女恋爱投赠表记的行为，怎好托老夫子传递？一阵惶恐，早是面红耳赤，放下了饭碗，赶着迎上前去，将那纸包接了过来，鞠着躬连说谢谢。

同座的人早闪开了座位，让丁古云入座吃饭。他且不坐下，站在饭桌前，向田艺夫笑道："这回去演讲，累坏了夏小姐，由下汽车起直到离开旅馆为止，都在招待我。"他一连串地说着，似乎很有趣。及至把话完全说完了却有点儿觉悟，便手摸了胡子笑道："对不起，我说急了，话有语病。是今天早上，夏小姐到旅馆里来看我的，而且还带了我一位女学生同来。我说急了，原谅，原谅！"说着，便向田艺夫连连地拱了两下手。他不说明倒还罢了。说明之后，田艺夫倒更是难为情，那脸红着涨到耳朵后面去。

在座吃饭的人，都觉今天发现了一个奇迹。丁老夫子和田艺夫带了爱人的投赠，而且还说上许多笑话。就以他的话而论，他还受着夏小姐的招待有一日一夜之久，这实在是意想不到的事。而看到艺夫难为情，大家又哈哈大笑起来。艺夫拿着空碗，盛了一碗饭送到空席面前，笑道："无以为报，小小代劳吧。"

丁古云也就哈哈大笑，坐下吃饭。在吃饭的时候，他又说着夏小姐要请他到家里去吃面，还是自己一位女学生蓝小姐没有表示同意，未能实现。又说，过了两天夏小姐要带了那位蓝小姐到这里来。大家听他滔滔地叙述着小姐的事，这又是他向来不干的事，不知道他是什么用意，也没有人敢去多问他。

饭后，丁古云笑嘻嘻地回到自己屋子里去，首先一件事是拿镜子照照自己。一拿了镜子在手，立刻让自己起了一种不快之感。那镜子里面呈现着一颗长胡子蓬松的脑袋。回想到蓝小姐那样漂亮而年轻，这一种对照，是人所不能堪的事。于是放下了镜子，靠着窗台站定，昂头望了天上的白云。不知站了多少时候，觉得心里有一种说不出来的烦躁，于是背了两手在身后，缓缓踱出大门来。

这里有一道石板面的人行路，穿过了一片水田。这冬季里，川农不种庄稼，满满地蓄着明春栽秧的水，是一片汪洋。这水田埂上，栽着青的蚕豆秧子，界划了这梯形的水块。白鹭鸶三五或七八只，各自成群，站在浅水田里找小鱼吃。水田两边的山麓下，也有鹭鸶站在树梢上，好像是开的白花。人家放的鹅鸭在水里游泳，鹭鸶也有两只杂在它们队里。丁古云看到，心里就想着，动物都是有感情的，只要相处得久了，自然会成起伴侣来。不看这雪白的鹭鸶会和那笨拙的麻鸭混在一处？蓝小姐是一只白鹭，我呢？总不至于是一只笨拙的麻鸭吧？心里想着，脚下是只管顺了青石板路走，抬头看时，水田落在背后，把这一个坪坝走完，到了屋对面的小山脚下了。这里有棵黄桷树，丑陋的树干，分着两根歪曲而长满了疙瘩的树枝，向天空里张牙舞爪。树枝铺张了半亩地方那样大，虽是冬天，还有一半巴掌大的焦绿叶儿，抖颤着微风。树根下混堆了些石块，配着一座木箱子大的山神庙。他心想，此间的分路口，必有黄桷树，树下必有山神庙，此时无所谓，到了夏天，这浓厚的树荫下是行人不忍离开的所在，一尊山神也免不了依赖这黄桷树。这黄桷树好像是我，而这山神庙应该是蓝小姐。丑老的东西，有丑老的好处，没有这黄桷树庞大的浓荫，就不会有这座山神庙。再说我若是把这把大胡子取消，换了西装，也不见得就是这样丑陋。

他正这样站在黄桷树下，对了山神庙出神，恰好有批行路人由这里经过，他恍然醒悟过来，回转了身向原路退回去，正好这路的前面有个中年男子，背着个大旅行袋，随在一位少妇身后走。虽然看不见这少妇是什么面貌，然而她微卷了烫发的后梢，穿着窄小的花布旗袍，装束相当入时，比之后面这位穿旧蓝长衫的汉子，就丑美相差太多。可是他两人很亲密地说着话，毫无嫌疑。这也可见男女结合，完全系乎感情，不在男人长得好看与否。那么，我对于蓝小姐也可以大做其感情功夫。感情是怎样入手呢，当然要由诚恳、殷勤、温存做起。这些功夫，在艺术家手里，似乎没有什么难办。但最大的前提，还是要密切地接触着。不然，就有诚恳殷勤温存各种水磨功夫，又怎能表示得出来？好！立刻写一封快信去帮她来。想到这里，将手一拍，脚一顿，表示了态度的坚决，不料只管想蓝小姐，却没有理会到脚下的路。脚踏了个虚，眼见人向水田里倒栽下去，口里只喊得一声哎呀，人已躺在水田里了。

第七章

认定了错路走

丁古云在那猛可一跌之下，他下意识地还用两手到泥水田地去撑着。本来是两只脚插入水泥里，于今两手同向下插着，索性也陷进了泥里去，自己胡乱挣扎着，打得水花一阵乱响，滚到人行路边，抓着路边的草，才撑起了上半截身子，喘过一口气，踏在石板上，低头向身上一看，成了个泥人了。衣服是蓝的，变了黄色。人向上升，长衫上的泥水却向下倾泻着，所站的这两三块石板，全被泥水打湿，自己顿着脚，连喊了几声糟糕。真个是拖泥带水，一路印着水渍，向寄宿舍里跑。这坪坝上往来的人不住地在身后大笑，丁古云既是羞惭又是气愤，神经错乱地胡乱向前跑。正是如此，到了寄宿舍大门口，还跌了个鲤鱼跳龙门，被石块绊了脚，身子直梭出去一丈路扑跌在地上。好在这里是沙土地，上面又满长了青草，倒不怎么伤得皮肤。可是在他十分懊丧之下又跌了这样一跤，加倍地懊丧。爬了起来，喘着气向屋子里跑。

王美今首先一个看到，随着跟到屋子里来，连问怎么了。

丁古云跌着脚道："倒霉不倒霉？掉下水田里去了不算，在这门口，又摔了一跤。"

王美今道："衣服都湿透了，赶快换衣服。我去叫听差给你打盆热水来。"他这么一嚷，把所有寄宿舍里的朋友都惊动了。

丁古云是老大哥，自不免一齐追进屋来慰问。足足忙乱了一下午，才把这个泥人收拾得干净。王美今和他是更投机一些的朋友，留在屋子里，笑问道："好好儿的，你怎么会落下水田里去了？"

丁古云道："我站在水田埂上，看着那站在水里的白鹭有些出神。不想后面来了个牵水牛的，对面又来了个挑担子的，三方面一挤就把人挤下田里了。"

王美今道："你可别中了寒，打四两酒来冲冲寒吧。"

丁古云笑道："我也正想着喝一点儿酒呢。人在世上，一点儿嗜好没有，这精神就有点儿无从寄托。"

说到这里，门外有人插言道："哦！丁老夫子，不反对人有嗜好了。"说时，陈东圃缓步走了进来。接着扛了肩膀，笑道："玩女人你反对不反对呢？"

丁古云摸了两下胡子，微笑道："你这话就应该受罚，女人上面可以加一个玩字？"

陈东圃笑道："这话还得解释。丁先生的意思是尊重女权呢，还是认男女恋爱为人生大事呢？"

丁古云道："都有！"

王美今坐着，昂头向站立的陈东圃望着，微笑道："这样看起来，丁先生去讲演这一次，受过夏小姐的招待，已经被感化过来了。"

丁古云笑道："不要胡说，老田听到这话，岂不会发生疑心？"他这样说了，脸上也有点儿发着红晕，他想着，自己所得的遭遇，也许被他们知道一点儿了。因之又摇摇手向王陈两人道："以后不必再说这话了。"

王陈两人自己知道丁古云的为人，果然就不谈了。便是王美今

54

提议打四两酒为他冲寒的话，也不敢再提。倒是丁古云自动地拿出钱来，叫听差去打四两酒来，放在晚餐桌上，和两个好酒的朋友同饮。结果是自己只喝了两口就不能继续了，倒是请了别人。不过他仅喝两口酒，倒提起了精神不浅，晚上掩起了房门，在菜油灯下摊开纸笔，就写起给蓝小姐的信来。

平常给朋友写信，最烦腻写那些无关事实的废话，一张八行，不容易写满，今晚写信给蓝小姐却变了往日的气质。从中国抗战写起，继写到艺术家抗战的贡献，再写到彼此为抗战而遭遇的流浪生活，又再写到彼此的关系应当互相帮助。然后一转，说到在女学生中，她是一个最堪造就的人才。接着便写上自己对蓝小姐这番倾慕，简直以艺术之神看待。最后才说到自己对于她愿竭尽一切力量来帮忙。不过昨日没有怎样谈得好，不知她究竟愿意哪一项工作，希望有个机会畅谈一阵。一口气把信写完，将信纸数一数，竟写了十八张之多。写的时候却也无所谓，放下笔，凝一凝神，眼看着灯发黄，颈子有点儿僵，手腕更是十分疼痛。但这封信的工作并没有完，既不曾校对，又没有写信封。正待再接再厉，灯焰昏暗着，看时，灯盏里的菜油没有了。原来每夜一灯盏油，点两根灯草，总可点到半夜，心想，难道已半夜了？待要出房门去加油，站起来，偏头听听万籁均寂，全寄宿舍里人都睡了。走到房门口，正还在打算着，出去呢不出去呢？这灯焰突然一亮，仿佛有人剔了灯草一般。这正是灯的回光返照。他猛可醒悟，要去维持灯亮，然而不及移开脚步，灯已熄了，立刻满眼漆黑。

他自言自语地说了一声捣乱，只得暗地里摸索着去上床睡觉。但是桌上那一叠信纸，他是放在心上的，既怕耗子出来拖乱了，又怕风吹开了窗子，会把信纸吹掉，已经安然落枕了，这一想，复又爬起床来。他走时，虽然两手伸着，老远地就去摸索，可是又不曾顾到脚下。嗵一声，把一张木凳子踢倒，却吓了自己一跳。摸索着搬开了凳子，缓缓地摸到书桌上，嗵的一声，又把瓦灯盏推倒。口里连说着糟糕，两手在桌面上按了十几下才按到那一叠信纸，摸开了抽屉，将信纸放了进去，才算放了心。不过重新睡到床上的时候，觉得在脚杆上很有点儿疼，必是那木凳子碰重了。这也不去管它，明日一早起来，先把这信校对后发出去要紧。现在当休息几个钟点以便明日早起。这样想了，神经是支配了自己，听到村鸡乱叫，自然地便醒了。

清醒自醒地在枕上睁了眼睛，望着纸窗户慢慢地发白。等着窗纸全幅大亮了，一骨碌爬起来，不由得又连连地叫了几声糟糕。原来有两张信纸落在地上，被自己脚踏了，印了大半边脚印，赶快跳下床来，将两张信笺拾起来看时，却已完全不适用了。再扯开抽屉看看那十几张信纸，底面几张全部染上了手指油印，正是昨晚摸过灯盏之后又摸信纸，是自己手指捏着的油印。假如昨晚不发神经，不摸黑起来摸信纸，就不会有这种扫兴的事了。这样的信纸如何能寄给蓝小姐？

站着出了一会儿神，立刻下了决心，不开房门，也不洗脸漱口，坐到书桌边来，就按照了那毁坏信纸的张数，一张一张补写起来。为了怕写的字大小不与原件相同，就会不能恰好填满那张纸，于是把纸模着原件，一个字、一个字地印着写。这困难自然克服了，可是埋头痛干之下，却把抽屉里一叠信纸写完了，到了抽着最后一张信纸，发现难以为继的时候，检点原信，还有两张信纸不曾补完，天下就有这样不巧的事，将手上这张信纸填补上了，就还差着一张纸。本想不开房门就把这封信补写起来的，这事已不可能，因为拿了一张别的纸来补齐，这一叠信纸的样式就不一律了。

他将信纸收到抽屉里，匆匆漱洗一过，也来不及喝茶了，立刻就走出寄宿舍到附近一个小镇市上去买信纸。不想买回来了，信纸与原来的又不一样，只得带了信纸式样，第二次再上小镇市上去买信纸。买回来后，还是掩上了房门，伏在桌上补写完那封信。寄宿舍里早上本来是有一餐稀饭的，听差看到他关门工作，不知道他有什么要紧的事，只好随他，没有敢去请他吃饭。

丁古云把信补好，自己又从头至尾看上一遍，贴好了信封邮票赶快就出去寄。这是上午十点钟，他在早上三小时之间，匆匆地就出去了三次，同寓的人看到，不能不认为是一件奇事，只因他的脾气古怪，没有人敢问他罢了。他回来的时候似乎是饿了，手里拿了几个烧饼，站在正中屋子里，靠了桌子喘气。这桌子上是有一壶公共用的白开水的。他将粗瓷碗斟了一碗水，手里捧着喝，一面向屋里走。

王美今随着他身后走进屋子，因道："丁兄今天很忙啊。我们正还有个问题等着你决定呢。"

丁古云坐着，左手端了一碗白开水，右手拿了烧饼咀嚼，因道："今天赶着写两封家信。你有什么事和我商量呢？"

王美今道："你在写信的时候，来了一位尚专员。他说，会里的意思，愿我们筹办一些作品送到华盛顿去展览募捐，希望你也参加。为了筹办这事，并可开支一笔款子。"

丁古云听到最后一句话，心里忽然一动。心想，正愁着进行大事缺少一笔现款。既是有这个要钱的机会，何妨顺便捞他几文？便道："为了国家抗战，我当然照着气力去办。不过上次我的作品，为了原料不高明的缘故，东西做得十分不凑手。这次若要做得好一点儿，必须给我一笔经费，让我自己到仰光去采办一趟原料。"

王美今笑道："叫我们自己拿钱买飞机票当然是困难的事。可是这事让公家出钱，那就太不成问题了。你这个要求我想尚专员可以接受。"

丁古云道："若是时间赶得及的话，搭公家汽车来往也可以，我不一定要坐飞机。原料方面大概要三五万元的本钱。总而言之一句话，若除了车票或飞机票不算，能给我那个数目，我一定有百十件作品贡献出来。"

王美今点点头道："你若是拿出一百件作品，只要这些个本钱，那不算多。今天入城，我给尚专员回信，就是这样说吧。"

丁古云端了碗，缓缓地喝着白开水，凝神想了有四五分钟，因道："就是再要多一点儿作品也可以，不过我要找一个助手。"

王美今道："但是你的助手很难找呀!"

丁古云道："只要给我钱，我自然有法子找。"

王美今道："作品自然是越多越好，你这个要求尚专员也是乐于接受的。"

丁古云向他拱拱手道："那就全靠你帮忙了。"

王美今笑道："你老先生的性格我是知道的，对于含有政治性的钱你是不要的。"

丁古云一扬头道："这话你何所见而云然？何况我为了抗战筹款，这小数目的本钱由公家手里来，依然用到公家身上去，又不是我私人要钱，我为什么不要呢？你们一向是误会了我。我做事郑重，你们总认为是固执不通。假如尚专员能带一笔款子给我，我写一张字据给他，也无不可。若是所说的事不成，我还要把这项要求请托你呢。"

王美今道："为公家的事你又何必借钱去干?"

丁古云把碗端起，将里面最后一滴白开水向口里倒着，仰着脖子吞下去，似乎对他心里的意念做了一个努力的动作，接着道："我私人方面有点儿急用。"说这话的时候，声音颇为低微，说着并不自然。王美今相信他素日这尊坚实的偶像，倒未加以注意。他自有他的公干，看着时间还不算晚，立刻入城去了。

自这时起，丁古云添了一桩心事，不知道这五万元的希望可能实现？假使这五万元能到手的话，约来蓝小姐做一个工作助手，那美满而甜蜜的生活就可以实现了。真是那话，等人易久，次日一整天都望眼巴巴盼望王美今回来，他偏不回来。下午五点钟，有一趟专程邮差送信到这里来的。也就希望有一封蓝小姐的回信，但邮差根本没有来。晚上，自己静坐在屋子里，默念着给蓝小姐的信上可有什么不妥的句子没有，仔细想想却是没有。那么，她为什么不回信呢？是不是信有失误呢？于是把那张快信收执由抽屉里翻出来看了一看。他自己啊的一声醒悟过来。这上面盖的邮戳明明是昨日的日子，至快今日下午才能将信送到，怎么就会有信来呢？他哦哟了一声，醒悟到自己是白白地焦急了一阵子。但是他心里也不曾闲着，他转念又是个想头，假如王美今进城所商谈的并没有结果，那又当怎么办？一个念头随着一个念头，这让他的姿态也时时发生变换。他左手向里挽了，斜着倚靠了桌沿，右手托了脸，只管望了窗外出神。心里也在想着，假使这三万或五万元可以拿到手，一定请了蓝小姐来做助手。她正需要找工作，我去找她来，她是不能不来的。自然也许会引起一部分人的误解，可是我不必顾忌这些。大时代来了，男女悲欢离合，这算得了一件什么事？天下玩弄女人的多了，也不见得有了女人就毁坏了他的事业。我就是这样干，错了就跟着这错路走。

他心里如此想着，口里也就喊出来："错了就跟着错路走。"随了这话，捏着拳头就在桌上咚的一声拍着。正好有个勤务提了一把开水壶进来，听了这话，吓得连忙向后一缩，连道："丁先生不要开水，我提走就是了。"

丁古云回头看着，先是愕然，后来又扑哧一声笑了，他掩上房门，和衣横躺在床上，翻眼望了屋顶，便是这样直躺到黄昏以后，被勤务催过两次，才去和同人共吃晚饭。吃过晚饭，他又回到床上去躺着。也不知经过多少时候，仿佛有点儿烦腻，于是跳下了床，在屋子里踱着步，转了两个圈子。

　　因偶然推开窗户，见天上大半轮月亮露出一片清晖，心里立刻添了一番心事，就直奔了大门口去。背了两手，站在月光下，看那面前水田上浮起一层白白的云雾，对面那小山上的树，大小远近，挺立了一些树影子。唯其是今夜的月亮不好，这就更觉那晚上和蓝小姐同赏的月亮太好。睡在枕上，回味着那番景况，哪里睡得着？想着这番回忆的滋味，不可不让蓝小姐知道。而要蓝小姐知道，直率地由信上写去，透着不大含蓄，最好是作两首诗去打动她。诗这玩意儿，新体的呢从来没有干过，甚至报上副刊里登的新诗，看也不看，旧体的呢，略微懂一点儿，可是也有十来年未动过手了，虽然如此，因那事实就是诗料，总可以凑成几首诗，于是开始构思起来。只一转念便写了十四个字："记得那宵月夜时，美人并肩看花枝。"这两句得了，接着便推敲第三句，暗香阵阵熏人醉……不妥，上面已经有了一个人字了，那么第二句美人改写阿娇吧。可是肩字又平仄不对，有了，改写携手吧。然而并未携手过。心里把这三句颠倒来改了一阵，便去凑第四句。说也奇怪，上面三句来得还容易，这第四句却老想不妥。自己是预先想定了，最后用上相思这个动人的名词的，把这相思两个字再凑上五个字，初以写不难，但想了许多都不好，最后选择了"无言脉脉动相思"一句，颇觉得意，于是从头至尾默念了两遍。及至念到第三遍时，不由得咳了一声，暗想怎么闹个仄起平收呢？

　　正好隔壁屋子里的时钟当当两响已过了午夜。算了算了，不作诗了，还是写信吧。他自己搅和了大半夜，也就有些倦意，在枕上翻个身向里沉沉睡去。不知何时被人捶着房门喊醒了，他叫道："丁先生，丁先生，有了挂号信了。"这句话把他在五秒钟内，惊喜得哦了一声翻身起来。这个身翻得太猛，咕咚一声，由床上滚到地下来。头正碰在床腿上，碰得两眼发黑。但是他想着这是蓝小姐的喜信，漫说是头上碰了一下，就是去了一只手臂或一只脚，只要保留住了这个脑袋，总可以去开门。

他如此意志坚决，立刻跳了起来，将门闩拔开，打开门来，且不问面前站着是什么人，首先就问道："是哪里来的信？"说着话，伸手就把那伸在面前的信拿了过来。可是眼睛一看信的上款，虽写着是丁古云先生台启，而下款也是丁缄。从头至尾把那左方一行自某地某人寄细看一番，却是自己陷在天津英租界的太太写来的。

随了这一看，自己不觉叹了一口气道："她会在这个日子写信来。"把这话说过之后，抬头看清楚了站在前面的人，正是每次送家信前来，可以对着自己欢喜的本寄宿舍的勤务。于是拿着信回执盖了自己的章子，顺手交他道："讨厌，我正要睡觉，今天的信怎么来得这样早？"

那勤务倒不免瞪了眼向他望着，心想收到家信这是该欢喜的事，他为什么说是讨厌？这也不敢多说，自拿了挂号信回执走了。丁古云拿到信在手，自回到座椅上匆匆地看过了，便折叠起来，塞在抽屉里。好在信上说着大小都还平安，只是差钱用，简直借贷无门。其余的事就不必怎样去细看，斜靠在椅子背上，昂头向屋顶上望着。

因长长地叹了口气道："现在我也管不了许多了。大时代来了，骨肉分离，这又算得了什么呢？"这样呆呆地坐了好几分钟之久，忽然又回味过来，自己还没有洗脸漱口。于是把勤务叫了来，胡忙了一阵，就走到寄宿舍大门口去站着。他笼了两只袖子，半抱在怀里，半昂了头，掀起了下巴上一大丛胡子，对天上望了出神。

陈东圃也是在外面散步的，看到他这样子，倒也有些莫名其妙。便向前一步扯了他的衣襟道："丁兄，你接着家信，又引起了你满腹心事了。"

丁古云根本未曾理会到陈东圃所说究竟是什么意思，便闲闲地答道："这个日子只好各人管各人，谁还能带着家眷打仗吗？大时代的男女离合根本不算一回事。"

陈东圃笑道："我不是这意思，你错了。"

丁古云道："我错了？错了就跟了错路走。"他说时，把脸色沉着下来。陈东圃看看他的脸色，又听听他的语调，却不明他那意思，望了他没有向下再问什么。

正在这时，遥遥见一乘滑竿向寄宿舍走来。上面坐着的人正是王美今。

丁古云忽然心里一动，顶头迎了上去。王美今还没有下滑竿，便迎到他面前笑问道："你坐着滑竿儿回来，想必身上有两文，接洽的事一定有了头绪了。"

王美今笑着点了两下头。滑竿已是歇下来，他刚是伸了腰站着，丁古云又笑着问道："我的事有了眉目了吗？我急于要知道。"说时，紧紧跟了王美今后面走，一同到了屋。

王美今这才向他笑道："丁翁你为什么这样着急？你回来还要反对人家走政治路线呢。"

丁古云道："实不相瞒，我还等着你的消息，好去约我要找的那位助手。因为人家也等着我的消息呢。"

王美今笑道："就是这点儿事，你真热心。那么你快去打电报吧。尚专员对你的要求完全答应了，而且还让我先带三千块钱来交给你布置一切。"

丁古云拍了手笑道："好极好极，电报是没有，写快信去吧。我这就去写。"说着，扭身就走。出去不到两分钟，他又回转身来，向王美今拱拱手道："你说的话是真的吗？这可不能开玩笑。"说时瞪了两眼。王美今看他这样子倒有些莫名其妙呢。

第八章

一切不知所云

人家惊讶着丁古云态度异样的时候，他却有他异样的理由。他徘徊了两日之后，他知道事实没有幻想那般容易。王美今说是已带来了三千元可以取用，他过分地高兴之下，他疑惑这又是一场梦了。他对了王美今道："你为什么注意着我？"他道："你好像受了什么刺激似的。"丁古云道："你不知道，我现在实是需要一笔用款。可是因你说得太容易了，我疑惑……"说着，向王美今微笑了一笑。

王美今道："我明白了，你是没有看到这钱有些不大放心。我就先把钱交给你。"说着，他在身上摸索了一阵，摸出一叠钞票交给了丁古云，笑道："分文未动，都交给你了。"

丁古云把新票子接过来一看，是整整的三十张一百元的钞票。字迹显然，这绝不是假的，也不会是做梦。情不自禁地就向他深深点了个头道："多谢多谢。改日请你吃饭。"于是放宽了心，回到屋子里去，伏在桌上写快信给蓝小姐。在写信的时候，仿佛感觉到有人来到身边站了一下。但自己正在斟酌信上的字句，就未曾加以理会。及至把那句信写完了，脑筋里第二个感觉到，醒悟过来了，身上正揣着三千元钞票呢，可别让人家掏了去。这一下子猛省，立刻站起身来，掏摸着自己的袋子。所幸那叠钞票还在袋内，数了一数，三十张并未短少一张。正要把钞票放到袋里去，忽然一转脸，却看到桌上放了一个洋式信封，上面玫瑰色的墨水写着上下款，钢笔字迹，明明白白落着下款是蓝缄，这一高兴，立刻心房乱跳，却已来不及去妥帖处置那三千元了。随手放下钞票就拿着信拆开来看。里面依然是一张洋信笺，横格子写着横列的字，简单地几句写着：

　　丁先生，来信收到。从头拜读一过，深深感谢您给予我伟大的同情。若有工作，我自然前来相就。但平白地加重您的负担，那倒不必。我也不是不能自食其力的人。特此奉复，并申谢意。

学生蓝田玉谨上

　　丁古云在看第一句之时，怕第二句不妥。看到第二句的时候，又怕第三句不妥。他一直这样看下去，心里总是跳荡不安。等到把全信念完，居然没有什么拒绝的意思，尤其结尾一谢叫人看了心里高兴。于是放定了心，从头至尾再念上两遍，直待把信看过三四遍，语句差不多都念熟得可背了，这才把信笺套入信封，送到床边木凳架着的箱子里收起来。把信收好了，这却又回忆到看信以前的动作，那三千元钞票不记得放在什么所在，这时却看不到了。仿佛那钞票是放在桌上的，何以会不看见了呢？于是打开抽屉向里看看，桌子下面看看，口袋里摸索一阵，全都没有。这就奇了。自己清清楚楚记得那个送信人进房以后，还掏出钞票来看过，一张也未曾少，在自己看信的时候，既未曾离开桌子一步，也没有什么人进房来，款子怎么不见了呢？于是打开抽屉再检查一遍。桌上三个抽屉全检查过了，没有。桌子下的字纸篓，也倒出字纸来，用手拨着字纸翻寻了一遍，没有。他想着，莫非是打开箱子收信的时候，顺手把钞票收进去了。于是又打开箱子来寻找了一遍，还是没有。全找不到了，这就站在屋子中间，呆呆地出了一会儿神，口里只管念着奇怪。

这时，王美今走进屋子来了，见书桌三个抽屉全露了大半截在外面，纸张和零碎乱糟糟地堆着，字纸篓打翻了，满地是字纸，箱子盖打开了，斜放在床头上。见丁古云手撑靠桌沿，撑住头坐着出神，便笑道："丁兄你这是怎么了？"丁古云拍手道："你交给我的三千元钞票，我顺手一放，不知放到哪里去了。"王美今向桌上看时，见有一封信，上写着蓝小姐芳启的字样。信封下面，露出一卷钞票角，便抢上前将信封拿开，指了钞票道："这不是钱是什么？你还找呢？"丁古云看到了钞票，同时又看到王美今拿着那信，正是一惊一喜，立刻先把信接过来，塞到抽屉里去。

王美今本来没有什么异样的感觉，及至丁古云这样一抢信，他倒感着奇怪了。自然他也没有说什么，站着怔了一怔，也自去了。丁古云对于王美今什么态度，他倒不怎么介意，将信粘贴好了邮票，匆匆忙忙就走出寄宿舍去，要到附近镇市上去投信，一面走着，心里一面思忖着，这时候去投信，一定赶得上邮局今日打包。明天一早，信可以在路上走，至迟明天下午，信可以到达蓝小姐手，后日，或者大后日可以得到回信。一来回就是四天，未免太缓。现在有了钱，耗费几个川资，算不了什么，何不自己再向她那里去跑一趟？想到了这里，不免就站着出了一会儿神，忽有个人在身后叫道："丁先生今天不钓鱼？"回头看时，是附近一个赶场的小贩，他闲时常钓鱼，彼此倒是在田沟的柳荫下交成的朋友。因此触动灵机，向他笑道："王老么，我看你没有挑担子，今天又是歇工的日子了。我这里出五十块钱，托你送一封信，你干不干？"那王老么听说五十块钱送一封信，这颇是件奇异新闻，便站住了向丁古云望着出神。其实他不站着也不行，因为这一条水田中间的人行路，已被丁古云站着堵住了。

丁古云觉得重赏之下必有勇夫，这个计策是发生效力了。便在身上掏出一叠钞票，数了十张五元的，拿在手上，向王老么道："这信是送到凤凰池新村。"

王老么不等他说完，啊哟了一声道："三十多里路，今天还不晓得走不走得拢。今天要回来的话更谈不上。"

丁古云道："我晓得是三十里路，我去过好几次，还不明白吗？这五十块钱只算川资。你得了回信，我再交你二十元。"

王老么听说是七十元的价值，不觉笑了，因道："真话？"

丁古云看他已经动摇了，就把钞票和信一齐交到他手上，接着又掏出十元钞票，向他一晃道："这十块钱送给你消夜。"

王老么笑道："假使没得回信，浪个做？"

丁古云笑道："你也顾虑得周全。你拿一张收信的收条回来，我也再给你二十元。要不然我怎么知道你去了没有呢？"

王老么也认得几个字，接着信，看到信上写蓝小姐启几个字，他也有几分明白，点头道："要得！我和你跑一趟。"

丁古云道："你有空？"

王老么道："空是没有空，你出这样多钱要我跑一趟，想必有急事，我总应当帮个忙。"

丁古云见事接洽妥了，看着王老么把信在身上揣好了，又叮嘱了他许多话，叫他说明信本来要由邮局寄来，因丁先生等着回信，所以改了专人送来。王老么答应着，他还不放心，送着他走了大半里路，又叮嘱了两遍，约明次日十二点钟以前，他要把回条交到。王老么走得快，他追不上了，方始罢休。

丁古云觉着办完了一件大事，便缓步走回寄宿舍来。但是心里轻松之下，又觉得有件什么事没有办一样，又仿佛是失落了什么东西。但仔细想想，并没有什么事要办，也没有失落什么东西，站着出了一会儿神，自走回寄宿舍去。这时同住的一些艺术家已经知道经过尚专员的接洽，丁古云和王美今有了为国家出力的机会，到了吃饭的时候，大家不免议论一阵。

丁古云曾表示着，要有好的作品，就要有好的材料，自己打算跑一趟香港去采买些材料。这倒是大家有同感。比如画师们就感到在重庆无法购买颜料画笔，尤其是画西画的，根本就无国货代替，当然这一番打算，大家是无可非议的。

晚间无事，王美今在也有所收入的情形之下颇为高兴，到丁古云屋子里来坐着，商议赶制作品的程序。人逢喜事精神爽，不觉谈到夜深。丁古云尚无其他挂念安然入睡。次早睡到九点半钟，还没有起床，在乡下，这算十分地晏起了。

忽然听到有人在门外喊着丁先生，正是送信给蓝小姐的专使回来了。实在没有想到这样早他会回来，不是信没有投到就是碰了钉子，因问道："怎么这样早就回来了，你没有把信送到吗？"门外答道："回信都带来了，浪个没有交到？"丁古云道："有了回信，好极。"这个极字声中，他已穿衣起床开了门。果然，王老么进来，手上举着一个洋式信封。丁古云且不说什么，首先拿过信来撕开信口，抽出信笺来。那上面还是简单的句子：

> 丁先生，信悉。十分欣慰，既有工作，且可去香港一行，那太好。但详情不明，生自难决定一切，准于明日来寄宿舍面谈。先此奉复。
>
> 玉上

丁古云先生草草地看了一遍，再又逐句仔细看了一遍，并无错误，便向王老么笑道："你实在会办事。"说着，在怀里掏出二十五元钞票交给他，因道："这二十元是约好了的盘缠，另外给你五元吃早点。"

王老么见他十分高兴，便笑道："丁先生，打算道谢一下子，昨夜里住店，又是消夜，就花了十块。"

丁古云虽觉他贪得无厌，也就他说加了他五块钱。王老么去后，再把蓝小姐的信拿着看了两遍。忽然发生了一个问题。这信上并没有注明日期，她说决定明日来寄宿舍，不知是指着哪一天，若是昨晚上回的信，那就是今天了。在她未来之先，应当小小准备欢迎一下才是，便追出屋来，要问王老么是什么时候得的回信。不想他有了几十元在身，一般的精神健旺，片刻之前，已跳得不见踪影。

丁古云在门外站着出了一会儿神，心想，宜早不宜迟，只当她今天来就是了。于是叫了勤务来，把卧室和工作室都打扫了一遍。卧室里除把桌椅齐理之外，把床上一床旧被单撤去，将箱子里收着的一床新被单铺起，被条也折叠得整齐。床下有两个瓦瓶子是插花的，因没有花，久未用过，于是在床下拿出来，洗刷得干净。亲自到屋后山上，采了一大把野花回来，放在瓶子里，卧室和工作室各供了一瓶。足足忙了一上午，直到同寓人邀着吃午饭，方才休息。平常他的饭量不坏，总可以吃两碗半饭，今天只吃了一碗饭就匆匆地下桌，回房将冷手巾擦了一把脸，便向大门口去等着贵客。

当他出门的时候，正要经过餐厅门首，王美今道："丁兄，你到哪里去?"

丁古云道："你们先请吧。我暂不饿。"

王美今笑道："这是什么话?"

丁古云已过身了，也不理会，自在门口站着，两手背在身后，昂了头向远处望着。陈东圃是个最喜欢饭后在门前散步的人，便也在门前平坦地上缓缓踱着步子。见丁古云老是向前望着，因道："你盼望什么人来吗？"

丁古云道："我望送信的。其实，我也不望哪个来信。"

陈东圃向他脸上看着，觉得这是什么意思？丁古云似乎有所悟，笑道："据道家说，每日起来，对东方吸上三口气，有益长生。啊，我们这是朝南站着。东圃，你说我们这房子是什么方向？"他表示着他态度悠闲，提出这样不相干的问题。陈东圃自不知他心里有什么事着急，也就不知道他是好整以暇。因随了他的话答道："我们这房子是坐北朝南的，倒是冬暖……"陈东圃正继续着向下说去，却见丁古云在地上拾了一块碎石灰片子在墙壁上画着阿拉伯数字。似乎在列着算式，但并无加减号，有时他写着一列数目，有时又涂抹了。他对了墙上列着的数字，不断地摇头道："不够！"有时又点点头道："我自己少用一点儿，也就够了。"

陈东圃倒是有些莫名其妙，也就只管站定了，看他闹些什么。忽然有人在身后娇滴滴地叫了一声丁先生，陈东圃回头看时，是一乘滑竿，抬着一位摩登少女来了。在她那份装束上，不能相信是丁古云的熟人，所以她那声丁先生，疑惑她不是叫丁古云。可是丁古云在她喊叫之后，哦哦了一声，就转身迎上了前去，笑着连连点点头道："蓝小姐来了，蓝小姐来了。"

他虽表现着十分欢迎，可是又透着有些手足无所措。他半弯了腰站在寄宿舍门口草地上，左手抱了右手，乱搓一阵，掉过来，右手又抱了左手乱搓了一阵。陈东圃他是为了这事大为惊讶，行动都有些失常，只是站在大门口呆望着。那蓝小姐究是出色当行的人物，从从容容地下了滑竿，向丁古云点过一个头，又向陈东圃点个头。丁古云见她向身后的人点头，这才醒悟过来，立刻回转身来向陈东圃笑道："陈兄，我来和你介绍介绍。这是蓝田玉小姐，是我学生。"说着，又笑向蓝田玉道："我给你介绍，这位是古乐大家陈先生。"

她笑道："开音乐会的时候，我已经瞻仰过陈先生的演奏了。"

陈东圃见她满脸的聪明样子，就先有三分愿意，加之她大方而有礼貌，也受她相当的感召，笑道："啊！是。也许在什么地方见过吧？"

蓝田玉抬起手来理了一理披到耳朵边的长发，微笑道："我还记得呢，那次在成都游艺会里。"

陈东圃点着头道："是的是的，那次蓝小姐演着茶花女的主角。"

丁古云见一来就宣布了蓝小姐的历史，便掉转脸来向陈东圃道："她原来是学绘画与雕刻，抗战以后才从事艺术的宣传，我现在特意请她来帮忙。实在是个多才多艺的小姐。"说着不免抬起肩膀笑了一笑。

陈东圃道："蓝小姐远道而来，请屋子里休息休息吧。"这句话才把丁古云提醒。他见蓝田玉换了一个装束，翠蓝布的罩衫，一根皱纹没有。下面露出肉色丝袜和玫瑰紫的皮鞋，颜色调和之极。左手拿了伞，右手手臂上搭了一件咖啡色薄呢大衣。便在滑竿扶手上代接过旅行袋与小提箱。

蓝田玉哟了一声，笑道："怎么好劳动先生？"

陈东圃见那旅行袋很大，便笑道："我代拿一样吧。"接过了丁古云手上的一件。

丁古云笑嘻嘻在前引路，向蓝小姐笑道："你看这寄宿舍多好！"

蓝田玉点点头道："环境相当的好。"

丁古云道："这房子不大好，泥墙草顶，完全是穷村居味儿。"说着话，将她引到了工作室里，向她笑道："请坐请坐。你看，这屋子布置得还好吧。啊！这屋子里太杂，蓝小姐这大衣交我，和你送到那边卧室里去。"于是伸手接过大衣，连提箱一同送到隔壁屋子里去，人还没有过来，在那边屋子里便道："蓝小姐喝茶呢，还是喝开水呢？我们这里可没有好茶叶。不过夏小姐送了一点儿好茶叶，也可以待客。"说着话，怀抱了一只热水瓶和两只玻璃杯过来。

蓝田玉并没有感到什么不安之处，站在书架子边，看那上面丁古云塑的大小作品。丁古云见她那细条的个儿，云缕似的长发披在肩上，不觉呆住了，闲闲地站着。

陈东圃老远斜站着，也望了她后影。他一回头看到丁古云，笑道："蓝小姐文静极了，不想在舞台上她能演茶花女这种个性极相反的角色。"

丁古云道："她聪明绝顶。蓝小姐，你看我的作品如何？"

蓝田玉笑道："丁先生的作品，自然是极好的。"

丁古云笑道："我们自己人，不能这样说，我找了你来，就是为了我的作品需要你帮忙。"

蓝田玉笑道："关于雕塑我完全是外行，我可以帮倒忙吗？"她说着这话，已是回转身来在丁古云常坐着凭窗向外眺望的那乘椅子上坐了。

丁古云看到，心里就先高兴一阵，将热水瓶子里的开水斟了一满杯，双手捧着送到蓝小姐面前笑道："先喝一杯开茶，不，是开水，不恭之至。关于工作方面，我们慢慢地谈。这里并无外人，都是艺术界的同志，你也不必过于谦逊。"

蓝小姐笑着起身来，两手捧了茶杯道："丁先生这样客气。"她那两只白嫩的手，指甲上的蔻丹微微剥脱一层，不是那么鲜红，这残尽和那阴绿的玻璃杯，颜色非常调和而刺激。蓝田玉见丁古云眼光射在自己身上，倒很像没有感觉一样，却微偏了脸向一旁的陈东圃笑道："陈先生请坐。大家别这样客气才好。"

陈东圃根本不曾和她客气。其所以未曾坐下，只因丁古云会有这样一个女学生来访他，这完全是一种奇迹，也就为了赏鉴这奇迹，所以忘记了坐下。这时她说了，倒不便依然站着。因点头笑道："我们根本客气不了，只是请你喝白开水。"

　　丁古云哦了一声道："是是，我去提开水来冲好茶喝。"说着，立刻抽身就向屋外走。但他一走出门，想起了让陈东圃在屋子陪着蓝小姐，未免不妥，走出门去，却又反身回来，笑道："我看这样子吧，蓝小姐大概还没有吃饭，我们到小镇市上去吃个小馆子。"

　　蓝田玉道："吃饭不忙。"

　　丁古云听这话音，并未加以拒绝，便笑道："去去，我把夏小姐送的茶叶也带着，那里有小茶馆。我们这里的厨房，也是因为待遇问题，爱干不干，以致开水热水常常断绝。"

　　蓝田玉道："这寄宿舍里几点钟开午饭，吃过了没有？"丁陈两人便同时答应着。丁古云说："没有吃饭。"而陈东圃却说："刚吃过饭呢。"

　　丁古云答应得很干脆，见陈东圃也说得很肯定，便道："中饭当然是吃过了，晚饭没有吃。中饭我没有吃饱，正好奉陪。"他说到这里，回头看陈东圃，见他似乎在脸上带一点儿微笑，便皱了眉道："而且我这两天胃病又犯了。"说着，用手摸了胸脯。

　　蓝田玉道："丁先生有胃病，更不必客气了。我旅行袋里有干粮。"

　　丁古云笑道："我是胃神经衰弱症，假如和朋友谈得高兴，不知不觉也就可以吃两大碗。我们这寄宿舍里，伙食虽不高明，但聚餐的时候，总是高谈阔论。要不我这胃病更厉害了。走吧，我们去吃一下。陈兄可以陪客。"

　　蓝田玉笑道："实在不必客气。"

陈东圃拱拱手道："我吃得很饱，不来陪了。"

丁古云道："你不去也好……"刚说完了这九个字，立刻醒悟过来，这是什么话？正想找一句话来补充，把这语意改正。忽然门外有人大声叫道："把滑竿钱拿出来吗？浪个做的，叫我们尽等，我们还要赶路。"

蓝小姐脸腮上红着两个小酒窝儿一旋，微笑道："只管谈话，忘记了打发轿夫了。丁先生，我那手提箱子在哪里？请你和我拿来。"

丁古云道："到我这里来了，还要你自己打发轿钱吗？"说着，站到窗户口上，向大门口招招手，把轿夫叫了过来。问明了是三十三块钱的，就在身上摸了八张五元钞票给他们，笑道："让你们等了几分钟，赔偿你们的损失吧。"

蓝田玉笑道："丁先生总是同情于这些穷苦人的。其实我已经是多许了他们三块钱了。"丁古云微笑了一笑，觉得这话十分受听。

第九章

就算合作了

在一小时后，他们已经在附近小镇市上的一家小饭馆里吃饭。丁古云将蓝小姐让在一副座头的上首坐了，而在侧面相陪。他赔了笑道："这个地方，完全是乡村风味，可没有你招待我所住的花园饭店。"

蓝田玉道："我只要有工作，吃苦倒是不在乎的。若能引起我工作的兴趣，什么地方我都可以存身。"她这样正正堂堂说着她的见解，左手扶了饭碗，右手将筷子夹了一丁泡萝卜放在嘴里，用四个雪白的门牙咬着，似乎在想着什么事，她望了墙上贴的一张宣传画在出神。

丁古云将桌子中间陈设的一盘炒猪肝向她面前移了一移，笑道："蓝小姐，吃点儿这个，这是富于滋养料的。"

蓝田玉且不理会他的客气，忽然像有所悟的，向丁古云笑道："丁先生给我的信，未免太客气了。"说时，眼珠在长睫毛里一转。

丁古云被她这一问，也笑起来，一时可又没有预备台词，只含糊了道："那也都是实话。"

蓝田玉道："正是如此，我有一句话，急于要问丁先生。"

丁古云听她说有急于要问的一句话，倒未免心里跳上两跳，没有敢插言，静等她的下文。她笑道："丁先生信上说，可以筹到款子三五万元，到香港去一趟，这话是真的吗？"

丁古云被她这一问立刻兴奋起来，挺了胸脯子道："这一点儿不假，全是真的。"因把尚专员接洽的事和她说了一遍。

蓝小姐听着他的话时，待吃不吃的，将筷子扒着饭，脸上不住地露着微笑。等着丁古云报告完了，便道："那么，丁先生的意思，我是明白了，你是借了这个机会帮我一点儿忙，在经济上提拔我一把，这实在是让我感激的事。不过无功不受禄，丁先生信上说，要请我做助手帮你赶出作品，可是我对于雕塑这一类的事，简直不知道大门朝哪里开呢。"

丁古云笑道："请你做助手，这不过是一种说法。谁又要你帮我弄什么作品呢？你托我和你找工作，我想无论介绍你到哪里去，也没有让你在我身边自由。一切我都和你设计好了。在这附近疏散的民众家里和你租一间屋子，你就住在那里，所有开支我都替你付了。需要多少零用钱也无须和我客气，应当花的总得花。我就先放一笔款子在你手上，听你自己去用，用完了再到我这里来拿。你说还有什么困难没有，你说出来，我好设法和你解决。"

蓝田玉听了他说到用完了再去拿那句话时，早是轻轻地扑哧一声笑了。这就道："我还有什么困难呢？可是我总要有点儿工作，心里才能安然。"

丁古云笑道："假如你感到兴趣的话，每天到我工作室里坐坐，也就行了。这都不必去管它，这是极容易解决的事，现在所要问的，你对于我这种安排法，满意不满意？"

蓝田玉道："怎能说是不满意，只是于我心有不安而已。"

丁古云道："你为什么不安？这不安，是对公言，对私言呢？对公，我拿国家的钱，我替国家做了事。你和我做助手，是与国家无干。对私，拿我的钱，你以为没有和我尽到力而有不安。你难道不知朋友有通财之谊？我又没有什么嗜好，挣了钱也是无处花，帮助了朋友，也就等于自己花了一样。这是我情愿如此，你不必管。日子长了，你焉知又不能帮助我？譬如工作忙起来，你替我去开开会、写写信，不都是帮助了我吗？"

蓝田玉笑道："若是这样把范围放大起来，那我就有了办法。譬如丁先生破了袜子，让我和你补补袜子底呀。寄宿舍里的饭菜吃得腻了，让我和你烧碗小菜吃吃呀。"

丁古云听了这话，头向上一伸，将右手三个指头拍了桌沿道："对极了！对极了！"他高兴之余，嗓音提高，不免引得全饭店里人都向他望着。好在这时，不是在饭馆吃饭的时候，饭店里还没什么食客，只是让茶房们向他注意。丁古云谈得高兴，绝不理会。

蓝田玉看看他那样子，只是微笑，因低声道："丁先生太兴奋了。这里人多，我们回头到寄宿舍去谈吧。"

丁古云坐在侧面，正好看她那半边脸上的小酒窝儿似动不动的。她的脸并不偏过来，吃着饭，只把眼珠向人一溜，她虽然不曾向自己说什么，这比向自己说了千百句情话还要醉人，心里荡漾，不知怎样将话去答复她才好。自己面前是空摆了一双筷子不曾拿起来用，这时却不知不觉地将筷子拿起，将筷子头在桌面上画着圈圈。

蓝小姐总是带了一点儿微笑的，这时便又向他笑道："丁先生叫了三四个菜，我一个人哪吃得了？你也陪我吃一点儿吧。"

丁古云点点头道："好，我陪蓝小姐吃一碗饭。可惜我不会喝酒，要不然也不至于叫你吃得太寂寞。"说着，招了招手，叫幺师盛了一碗白饭来，也随着吃，不想吃开了胃口，吃完了一碗，又吃一碗，竟是比蓝田玉还吃得多些。彼此放碗后，她笑道："还是我劝丁先生添一点儿的好吧？要不然，这肚子多委屈了。"

古云笑道："实不相瞒，今日中午，我因为等着你来，这顿饭没有好好地吃，只吃了一小碗，这时倒是饿了。"

蓝田玉笑道："这就是丁先生不对了，既是饿了，一坐下我就劝丁先生吃两碗的，为什么到了后来才吃呢？"

丁古云抬起手来要摸胡子，手一接触，又去搔搔鬓发，笑道："正是这样可笑。我和蓝小姐一谈得高兴，连肚子饿也忘记了。"说话时，幺师喊着帕子凉水，便扭着一股灰色的热手巾把子来。他递了一条手巾给蓝田玉。她接过来早嗅着一阵汗臭味，便耸着鼻子尖，嗯了一声，将手巾扔在桌子角上。

丁古云笑道："这实在是不堪承教。若不是要在这里小茶馆坐坐，我就引蓝小姐回寄宿舍去洗把脸，我那里有干净手巾。可是……"蓝田玉已把她带的小皮包打开，取出一条印花纱手绢，擦了两擦嘴。丁古云这就没有把话说下去。但吃了满嘴的油，也不能不擦。就把桌上擦筷子剩下的方块草纸拿了一张，在嘴上涂抹。

蓝田玉又在皮包里拿出一方旧白纱手绢，向丁古云手上一抛，笑道："请用这个手绢吧。"随了这手绢抛来，便是一种脂粉香气。这虽有五成旧，洗得很是干净，而且上面有两点胭脂印渍，正可证明这是蓝小姐自用之物，他没有想到蓝小姐一来就有这样体己的待遇，实在是想不到的事，那一颗心房几乎乐得要由腔子里直跳出来。连忙笑着鞠了两个躬，他把手绢在胡子蓬松的嘴唇上擦抹了一会儿，也不知有多少下，但不敢用重了力气，仿佛这手绢也是像蓝小姐一般娇弱，若是用力就要擦磨坏了。可是蓝田玉见她那用惯了的手绢在胡子丛里乱擦，颇也有点儿不快之感。

丁古云方才把手绢用完，她便笑道："丁先生，你若不嫌弃，这手绢我就送了你吧。"她口里这样说着，心里可在想着，擦得脏死了，谁要拿回来。

丁古云啊哟了一声，笑道："那……那……那太好了。"说时，把手绢折叠了，就向怀里揣着。蓝田玉笑道："这饭馆子里没有留恋之必要。丁先生我们到哪里去？"

丁古云这才明白过来，自己还不曾付饭账。于是立刻掏出钞票来付过了钱，向她道："在这小街转角的所在，有一家小茶馆，他那店门对着窗前一排山，并没有房屋拦挡，比较幽静。"他说到幽静这两个字，似乎不妥，把话便停止住了，但偷看蓝小姐时，她并没有什么感觉，直向外走去。丁古云忙随后跟去，高兴极了，见路上人都向自己注意，心里不免有了三分得意，心想，你看我就带着这么一个如花似玉的姑娘走。同时，他又联想到，常看到西装男子们挽了一个女郎的胳臂走，不问她是否长得好看，都有自得之色。那时颇替他们难为情，于今也一尝这滋味了。心里这般得意，几乎把胸前那部胡须要一根根地竖起来。

到了这小街头一家小茶馆里，蓝田玉一看是临着水田、面对青山的所在，恰好是背过了街上来往人。但这茶馆里只有两副座头，似乎他根本不会预备着有大批人士光顾，倒是店门口搭了个松枝棚，上面盖了些褐黄色的松枝，还有那枯萎的瓜藤不曾扯去。这下面有七八张布支的高脚椅，夹了几张茶几，但这时全茶馆并没有一个人。丁古云站定了脚，笑道："我们就在外面坐吧，这个时候正好两点钟上下，乡下人吃中饭去了，小茶馆子里人很少，我们可以谈谈。"

蓝田玉站着，只回头看了看布椅子，丁古云料着她是嫌脏，立刻把椅子端到一边，掀起自己蓝布大褂的底襟，在上面挥拂了一阵，然后送到原处，向蓝小姐笑道："凑付着坐坐吧。"蓝田玉把皮包放到茶几上，笑道："在乡下过日子，这就无所谓。丁先生或者总会认为我是个不能过苦日子的小姐。"她坐下了，向他一笑，丁古云本隔了茶几要在她下首坐着，可是经她眼睛一溜，又似乎感到有点儿未妥，又掉转身坐在她对面去。那茶馆里幺师提着开水壶出来，向丁古云笑道："啊哟！今天丁先生请客，又是自己带好茶叶来了。田先生今天没有来？"

蓝田玉听了，这才知道田艺夫也常和夏小姐到这里来喝茶的。因向丁古云道："丁先生这里很熟？"

丁古云笑道："你怎么晓得呢？是听夏小姐说的吗？她和老田感情好，实在可以做男女交朋友的一种标准。对于老田为人，夏小姐实在有相当的认识。蓝小姐，你和夏小姐是好朋友，你觉得……"

蓝小姐却把手绢捂了嘴唇微微一笑，然后指了幺师道："人家拿着开水还等你拿茶叶泡茶呢，茶叶可以拿出来了。"

丁古云啊了一声，才由衣袋里掏出了一小包茶叶，交给了幺师。幺师将茶泡了自去。丁古云和蓝小姐周旋了这久，就没有什么难为情之处，把自己所预备进行的计划从容详细地告诉了她。最后他归纳起来，做了一个结论道："所要求的采办原料的费用，五万元是不成问题了。由香港来去的这笔川资也可以出在公家，假如蓝小姐愿意到香港去，这飞机票子，我负担就是了。回来之后，有三个月的工作，可以把作品弄出来。这三个月里，自己除了原来的津贴，当然还可以加些办公费，蓝小姐既是我的帮手，公家办大事，也不在乎你一个人的薪水。三个月之后，看机会吧，也许可以人跟了作品一路到美国去。我知道蓝小姐早有出洋一趟的意思，我当……"说到这里，周围看了一看，然后坐在蓝小姐下首那张椅子上来，向她低声笑道："我可以把一部分作品作为你的作品，万一有那机会，你也一路出洋去一趟。纽约大厦，那还罢了，好莱坞岂不是你心向往之的圣地？"说到这里，丁古云显然像坐在横渡太平洋的轮船上。

蓝小姐也忍不住只管微笑，最后她向丁古云眼睛一溜笑道："丁先生替我设想太周到了。只是怕人事变化太多，不会像我们想象得那样美丽。"

丁古云道："然而不然！"说着，他将指头蘸了茶几上溅的茶水连在茶几面上画了两个圈圈，因笑道："古人道得好，有志者事竟成。"

蓝田玉笑道："丁先生这样鼓励我，我就做下去试试看吧。听了夏小姐说，寄宿舍里是不容留女客的，今天晚上我在哪里安歇呢？"

丁古云道："这可要屈你一晚，今晚上只好在这街上小客店里住了一晚了。好在我的被盖还不十分脏，我可以和蓝小姐搬了来用，这比用那小客店里的被褥总好些。前次夏小姐到这里来找老田，就是这样安顿的。"

蓝田玉笑道："我就愁着这个问题，所以带一床毯子来了。据夏小姐说，这镇市上的客店也勉强可住，就是被褥不能用。每次来，总累得田艺夫先生把自己被盖搬了来。我觉得现在为抗战入川的人，谁的被盖也不富足，快冬天了，分人的被褥未免强人所难。"

丁古云道："那毫无问题，我有两床被、一床褥子，天气还不冷，我留下一床被尽够了。"

蓝田玉道："丁先生分我一床被就是了。"

丁古云道："这些小事可以毋须讨论，我们合作下去，另有光明的前途。"

蓝田玉看他说此话时，脸上颇显现着几分得色，不是初见面时那样拘谨，因笑道："我年事太轻，一切望丁先生提拔，一切也望丁先生指教，希望丁先生总记得我是您一个学生。"说话时，她将两只脚交叉着伸出去，她不望丁古云，而望了自己的皮鞋尖。

丁古云在十分高兴之下，听了她这句话，看不出她是什么态度，便沉思了有几分钟。在这沉思的时候，望到对面茶几上去，捧起茶碗来喝了两口茶。这雾季虽没有太阳，他也抬头看了看天色，笑道：

"天色大概不早了，我们同回到寄宿舍去，和其余几位先生见见吧。"

蓝田玉道："我也正有这个意思。既是要在这里工作一个相当时期，对这里几位艺术大家，总要有点儿联络。"说着，她扑哧一笑。照着刚才她提出的建议，未免趋于郑重一方，丁古云几乎不便说什么了。现在她又笑嘻嘻的了，那句话也就立刻消失，高兴起来，和蓝小姐上街去看了客店，又买了些花生橘子，同蓝小姐回寄宿舍来。在半路上，隔了水田见有一个长衣人在另一条小路上徘徊。

蓝田玉随在丁古云后边，却站住了问道："那一位是不是陈东圃先生？"丁古云还没有答复呢，在那条路上散步的陈东圃居然在姿势上看出蓝小姐是在打听他，便弯了腰高声笑问道："二位回来了？"蓝田玉将小皮包的花绸手绢取出，迎风向陈东圃招了几招。

陈东圃也不须她叫，已经快步走过来了，一面跑着，一面笑道："蓝小姐对这小镇上的印象怎么样？当然是……"他只管仰了面向着这里说话，却没有看到脚下，田埂上路又很窄，早是一脚踏入田里，人向前一栽，所幸田边上还没有水。两手撑住田埂，不曾倒入田里，仅仅踩了一脚泥而已。蓝小姐并不以为滑稽可笑，倒迎上前两步，问道："陈先生摔着了没有？这里路真是不好走。"陈东圃拍着身上沙土，站起来笑道："没关系。我们是常常地摔倒，我们丁兄，前几天就跌到水田里一次。"

丁古云点了头笑道："真有这事。实不相瞒，那天还是为了寄信给蓝小姐才出来走这一趟路的。"

蓝田玉向他点了几下头，笑道："那我谢谢丁先生了，可是我还得谢谢陈先生，若不是陈先生说破了，至今我还要埋没丁先生这段深情。"说着，又向陈东圃点了两个头。他本来觉得走路摔了一跤，有点儿难为情。经着她这份客气，心里一痛快也就把难为情给忘记了。

82

三人一路说笑着，一路到了寄宿舍，依然到丁古云工作室坐着。丁古云道："陈兄，我想，对这里几位先生们，该介绍和蓝小姐认识认识吧？她以后常要在这里帮助着我，少不得有要求大家指教的地方。"

　　陈东圃摇撼着身子点了头道："这话极是。我去看看，现在有些什么人在家里。"说着，他向外走。寄宿舍里听差却在过道上迎着他道："陈先生，有几个男学生要见你。"陈东圃是个吃粉笔饭的人，见学生是极平常一件事。他听说之后并不加以考虑，就走到会客室里来。果然，这里有四个穿了青布或灰布短衣的学生，满身的尘灰，带了走长路的样子，脸上红红的。只是一个也不认识。其中一个年长些的道："陈先生，对不起，打搅你了。我们原是要见丁先生，有事和他商量的。"

　　陈东圃道："哦！你们不是要见我的。"那学生赔笑道："还是要见陈先生。因为刚才我们在街上经过，看到丁先生和他小姐在一处吃饭。谈话正谈得很有兴致，当时我们没有前去打搅。"另外一个年纪轻些的学生便插嘴笑道："因为丁先生做过我们多年的老师，我们是知道他的脾气的。男女之间，他不许人随便谈着交际的。看见他的小姐在那里，我们不敢过去。后来我们在附近转了一个圈子，就没有看见丁先生了。以先到寄宿舍来打听过两次都没有回来，所以我们来请教陈先生。"陈东圃听了他们的话，心里踌躇一番，倒不便将他们引去见丁古云，因道："不知四位有什么事商量？"

　　大学生道："我们都毕业了，算是找到了工作。于今在机关里服务，第一件事就是要保人。保人越有名越好。"

　　陈东圃点点头道："我明白了，不用说了，你们将保证书放下来，等丁先生回来，我叫他填上姓名盖好私章，你们明天来拿就是。"

大学生问道："丁先生是不是和他小姐一路进城去了？"

　　陈东圃道："你们明天下午来取信件就是。"这四个青年意在找保，自不去追问丁先生的行踪，将保单交给陈东圃，自走了。他在各寄宿舍房间里看一看，见各位先生都在家，便先通知了一声，说是有一位丁先生的女学生要来拜见。大家都为了丁先生的面子，表示欢迎。只有田艺夫躺在床上看书，听了他的话，笑道："何必有劳阁下？"

　　陈东圃以为他是谦逊之词，因道："我受这位小姐之托，不得不问。"他说着去了，倒真是肯负责任，他却引了蓝田玉向各屋子拜见一番。那结果很好，每个屋子里主人都笑嘻嘻地送出他的房间。尤其是两位戏剧家，一位是仰天先生，一位是夏水先生，他们正坐在屋子里谈天。蓝小姐对于别位艺术家都是以弟子之礼进见。现在到这屋里看见这二位，陈东圃一介绍之后，她抢向前一步，伸出手去，先和仰天握了一握，微鞠了躬道："仰先生，我真是久仰得不得了，今日才能得见。"

　　仰天拿出戏剧作家老牌子来，点头笑道："蓝小姐是剧坛上一个红人。"

　　蓝田玉且不忙去辩护这句话，又伸手向夏水握着。她握了且不放手，一面摇撼着一面笑道："汉口一别，两三年了。夏先生好？"

　　夏水笑道："啊！蓝小姐，你益发漂亮了。"

　　蓝田玉依然握了他的手，连连摇撼着道："一切请多指教。"

　　夏水笑道："好哇！加入我们这个团体，我们欢迎呀。"

　　蓝田玉这才放了手，向仰天笑道："仰先生一定肯指教我们的。假如我真想成剧坛上一个红人的话，还要仰先生和我演两本戏。"

　　仰天笑道："好吧，有什么要我们帮忙的地方只管对我说。"于是两人笑着同把她送出房来。

最后，她到田艺夫屋子门口站着，没有进去，点个头笑道："田先生，有人带信给你，请多多照应一点儿。"

田艺夫笑道："那是义不容辞的。明天我请你吃便饭。"

蓝田玉笑道："叨扰的日子长着呢，也不忙在明天。"

田艺夫道："进来坐一会儿吧。"

蓝田玉道："我的一切事情还没有布置好，明天谈吧。"她说着，自向丁古云这边屋子走来。见陈东圃和他都站在过道里迎着。陈东圃笑道："各位对蓝小姐的印象都很好。尤其是夏、仰两位，志同道合，欢迎之至。"说着，三人一同进了屋子。丁古云连连地笑道："好了，好了，这我们就算合作了。"

第十章

甜的辛苦

自这时起，丁古云有事忙着了，当天安顿蓝田玉在小镇市上客店里去歇下，第二日早上，向店里去迎着她，带向附近一家庄屋里去租下了一间房子。关于桌椅床铺之类，寄宿舍里还富余着几份，就督率着寄宿舍里工友，陆续搬运了去。连伙食茶水灯火，一切琐碎事件，丁古云都和蓝小姐考虑周详地计划到。

蓝小姐在这小镇市上，又勾留了半天，在下午的时候要雇一乘滑竿回到夏小姐那里去，以便把行李搬来长久住下去。丁古云因此回到寄宿舍来，到屋里去，匆匆忙忙打开箱子，将三千元钞票剩下来的二千余元，又取了三百元在手，匆匆地就要出门走去。

陈东圃手上拿了几张纸，笑嘻嘻地走了进来，因道："昨天等着你半天，你都没有工夫。现在应该和人家办一下子了，因为我约了人家今天来取的。"说着，将丁古云由过道里拦回到屋子里来。

丁古云自是不能违却他的情面。及至接过那纸单一看，是四张保证书。他摸了胡子道："我的仁兄，这种好事，一下子你怎么和我兜揽许多？"

陈东圃道："是昨天你叫我介绍蓝小姐去见各位朋友的时候，来了这样四位学生。我决不能那样不识相把他们引了进来，因之我说你还没有回家，且答应下来，打发他们走了。"

丁古云道："就是你引他和我见面那也没有关系。他们糊里糊涂地来找人担保，我当面就可以拒绝他们。"

陈东圃道："我不那么糊涂，胡乱给你担保人做。你看看这保单上的姓名籍贯吧，全是从你读书多年的学生。在情理上说，他们找你作保不过分，在道义上说，你也愿当和他们作保。"

丁古云听说是他的学生，便把那四张保单仔细看了一看。果然，四个人的姓名，自己大体都记得，正是自己教导多年的学生，因沉吟着道："保呢，我是可以和他们承担的，但是一下就保四个人？"他沉吟了两分钟，回想到陈东圃所说，在道义上应当作保那句话，便忽然一摇头道："你这话我不能接受。我的学生多着呢，照着你的说法，是我的学生我就有作保的责任，那我要替人作多少保？况且先生教学生，至多只是教他去怎样找职业，并不是担保他找到职业。"

陈东圃笑道："你保与不保，自然是你的事。不过我要说句持平的话。你的女学生托你找职业，你就把这责任完全承担过来。不分昼夜，和她忙着。至于你的男学生，你就和他们填……"

丁古云两手同摇着笑道："好了，好了，不用说了，我和他们填上这四张保证书就是。"说着，将四张保证书盖上了图章，填好了名字，一齐交给陈东圃。他虽是接过去了，笑道："你交给我干什么？又不是我要你保。"丁古云抱了拳头，向他拱拱手道："对不住，我要到小镇市上去一趟。他们若是来取保证书，就烦你交给他们吧。"说着，也不等陈东圃答复，抬腿就向外走。他笑道："你忙什么？我也不能拉着你，你不锁门就走吗？我知道这几天你箱子里很有钱。"

丁古云笑着啊了一声，重新走回屋子来，把房门反锁了。然而走出寄宿舍来，又遇到了波折，正好那四个学生来取保单。他们顶头碰见了丁古云，齐齐地站在路边，向他深深地鞠了一个躬，又同叫着丁先生。

丁古云立刻板了面孔，向他们很严肃地微微点了一个头，因道："你们托陈先生交给我的保单，我都和你们盖了章了。"说到这里不觉把眉毛皱了起来，因道，"你们年纪轻的人做事太欠考量。怎么四个人找保都找的是我一个人？"那四个学生没有敢作声，静悄悄地站在路旁。

丁古云挺着胸，瞪着眼睛，手摸了胡子望着他们道："那四张保证书放在陈先生那里，你们去拿就是。你们务必知道，这保人的责任可轻可重。你们到机关里去服务，要好好地做事，不要丢了我保证人的面子。"说完，横扫射了大家一眼，打算要走开。其中那个年纪大些的学生势逼至此，有话不能不说，先红着脸走近一步，向丁古云郑重着道："我们还有点儿事想请求丁先生帮忙。我们四个人大概欠缺着一二百元支持眼面前的零用，想和丁先生通融一下。等着我们第一个月发了薪水的时候就借款奉还。"他低着声音，一个字一个字地把这话说出，几乎不敢抬头。

丁古云听说是要借钱，又是好气，又是好笑，因道："你们还是在过学生日子，简直不知道社会上的情形，我们当教员的人，有整百块钱可以腾挪出来借人吗？我们现在过的这份穷日子，比你们也好不了多少。但是你们既然向我开口了，我总不能让你们过于失望。"说着，伸手到衣袋里去摸索着，把一卷零钞票取了出来共是二十多元。因把几张一元的留下，将四张五元的交给了那学生，正着脸色道："于今的二十元，实在不成个数目。但是在我们当教员的口袋里，这不是小数。不过谈不上借，送给你们做回城的路费吧。你看我所剩也只有这一点儿了。"说着，将那几张一元票向他们伸着，让他们张望一下。这四个学生看到丁古云这种态度，觉得庄严之中，兀自带了三分慈爱。他身上只有二十多块钱，却把大部分的送人。接过钱来，彼此默然望了一下，那个大学生道：“我们也知道先生们困难。丁先生这样待遇我们，这情义太厚了，我们还有什么话说？只有将来再图报答吧。”

丁古云点了个头道：“小镇市上还有朋友等着我，我没有工夫和你们说话，你们直接去找陈先生吧。”说着，头也不回，径奔小镇市上那客店里来。

老远见着蓝田玉垂了两手，站在客店屋檐下，只管向东西两头张望着。丁古云跑两步迎上前，笑道：“累你久等了。”

蓝田玉皱了眉笑道：“还有几十里路走，怕是赶到家太晚了。”

丁古云道：“滑竿雇好了没有？”

蓝田玉微噘了嘴道：“早就雇好了，那几个抬滑竿的正在街头上等着，来催了好几回了。”

丁古云笑道：“不紧要，不要紧，马上就走。你带不带着旅行袋？”

蓝田玉道：“东西都预备好了，放在柜台上了。”

丁古云再也无须她说什么，便跑到柜台上去把她留着的小旅行袋提了过来，赶快在蓝田玉面前举着，笑道：“是这个袋子吧？我交给抬滑竿的就是。”他长衣飘然地在蓝小姐前面走着，一直奔到街头上。看到有乘滑竿停在那里，便又回转身来迎了蓝小姐笑道：“还好，还好，滑竿在这里。”

蓝田玉微皱了眉，低声道：“不要当了他们的面这样说，他们知道我们等着坐轿子，越发是拿乔了。”

丁古云笑道：“不要紧，川资我和你预备得很充足的。”说着，在衣袋里掏出了两叠钞票，数也不数，就笑嘻嘻地送到蓝田玉的手上。

她倒并未辞谢，看了一看，因道："回头来，安顿这个家，还需要很多的钱呢。"

丁古云道："我自然都为你预备了。"

她抬起手腕上的手表看看，没有多话说，自坐滑竿走了。

丁古云在这街头上呆呆地站着目送了一程，却听到有人叫道："丁先生我们已把保证书拿来了。"丁古云回头看时，正是那四个来相求的男学生，他们肃立在路的一边执礼甚恭，便问道："你们什么时候来的？我倒没有理会。"

一个学生道："我们也是刚来。丁先生等什么人吗？"

丁古云道："没什么，我在这里散散步。"

那学生笑道："听说先生预备了许多作品，要送到美国去展览。"

丁古云道："你们怎么知道这事？"

学生道："报上登着这个新闻了，丁先生总是艺术界的权威。虽然在抗战期间，也不会闲着，我们说是丁先生的学生，我们也十分荣耀。"

丁古云听了这话，不觉手摸了胡子，微微笑道："那也不见得。"

另一个学生道："真的。我们口试的时候，那机关口试的主任问我学艺术的时候受哪个的影响最深，我自然就说出丁先生来。他说丁先生不但艺术登峰造极，难得人格最好，学问和道德要融化起来，才是标准的智识分子。一个口试的先生肯和受考试的人大谈其天，这是他衷心佩服出来的表示。"

丁古云又摸了两下胡子，笑道："也许是他崇拜偶像的错误观念。"说着，对他们四人看看，见他们从容不迫，又向天上看看，因道："时间不早了，你们为什么还在这里？"

一个学生道："我们商量着，今天不回去了，就住在这街上小客店里，明天再走吧。"

丁古云听了这话，不觉心里吓了一跳，因正色道："这是你们胡闹了。你们无故在这里歇一晚，还要吃顿晚饭，我送给你们的二十块钱还不够呢。城里有事，为什么不早一点儿回城去？"

学生道："我们也是这样说。因为田艺夫先生遇到了我们，留我们在这里住一晚，说是有话和我们谈谈。"

丁古云道："田先生是太不知道你们艰难。留你们在这里住一晚，为什么不让你们在寄宿舍里住呢？"

学生道："还是田先生指定这家小客店让我们去住呢。他说和店老板是熟人，他可以去招待我们。"

丁古云正色道："你们要听我的话，我不会骗你，不要把有限的几个零用钱在这里花费了。天色还不十分晚，赶快进城去吧。"那四个学生借了他二十块钱，自是很穷的表示。既然很穷，哪里还可以在这里浪费？见丁古云在爱护之中，表现了十分严肃的样子，不敢违拗，依了他的话，就告辞向城里去了。

丁古云又在路头上站着，直望到这四个学生不见了人影，才回身向寄宿舍里来。他心里自也想着，田艺夫此举分明是有意开玩笑。回家之后，在屋子里约莫休息了五分钟，便背了两手在屋子外散步，特意赶到田艺夫房间的窗子外面来。只见他和衣躺在床上，将两只脚带了鞋子架在头床边的桌子上，只管摇撼了，口里念着诗道：

劝君莫惜金缕衣，劝君惜取少年时。有花堪折直须折，莫待无花空折枝。

丁古云在窗子外来回走了几趟，他吟诗吟得高兴，并没有加理会。他只好笑着叫一声老田。

田艺夫跳起来笑问道："蓝小姐呢？她一来了，你真有得忙的。"

丁古云摇摇头道："这也是没有法子。从前是有事弟子服其劳，于今年头变了，乃是有事先生服其劳。她去搬行李去了，以后少不得要常常麻烦你。"

艺夫听了，做出一番郑重的样子，点了头道："你提起来我才记起。有几个学生来找你作保，我怕他在这里纠缠了你，让你脱不了身，我叫他们住在街上。"

丁古云故意使脸色很自然，微笑道："我已小有资助，让他们进城去了。"

田艺夫笑道："这真不得了，一个蓝小姐，已是把你那三千元花得可观。而……"

丁古云摇了头道："她不会白花我的钱，有她的工作，过两天我见着老尚，把她的薪水正式提了出来，那么就不至于连累到我了。现在我和她垫出几个钱来，将来自然会归还我的。我还告诉你一点儿消息，明天她来的时候，夏小姐会同着她来，为的是来帮着这布置一切。"

田艺夫笑道："她对我说，她有点儿不敢到这儿里来，怕你反对她。"

丁古云哈哈笑道："这是笑话了。我反对她做什么？我正要感谢她呢。那次我去演讲，多蒙她招待。"

田艺夫笑道："蓝小姐来了，我也非常之欢喜。以后夏小姐来了，不必住小客店，就可在她那里下榻了。"

丁古云笑着连连点了两下头道："对了对了，不但是下榻，简直可以和蓝小姐在一处吃饭。因为蓝小姐的伙食，我已和她计划好了，由我们这里分送一份给她。"

田艺夫道："又何必这样麻烦，就在我们这块儿吃饭不好吗？"
丁古云摸了胡子沉吟道："其实是未尝不可，不过这个例没有破过。"

说着，不觉微笑了一笑道，"夏小姐来了，你何妨提议一下呢。"于是乘着这话因，就踱到他屋子里来谈话。这次谈话，他表示着很亲热，足谈了两小时。田艺夫在这度长时间的谈话中，不住地发着笑，微表示着投机。

到了次日上午，二人到小镇市上去坐茶馆，不到一小时，两乘滑竿、一挑行李歇在他们面前，原果然是夏、蓝两小姐来了。

丁古云笑道："老田，把行李歇在这里，不是个办法，就请二位小姐到那边屋子里去吧。"

田艺夫笑道："全凭你做主。"

丁古云向那挑子招着手，自己便在前面引路。夏小姐赶着走了几步，回头看到蓝田玉落后很远，便低声叫道："丁先生，你恼我吧？"

丁古云愕然，回头望了她，她扯着颈子一笑着："不是别的。我介绍蓝小姐和你认识了，给你添了不少的麻烦。"

丁古云这才明白了她的用意，哈哈一笑道："你客气，你客气。她本是我的学生，我也义不容辞。"说着，蓝田玉和田艺夫也跟了上来。

夏小姐回头笑道："老田，你看丁先生和蓝小姐设想多么周到。你老是马马虎虎的。"

田艺夫笑道："那情形不同呀。蓝小姐是他的得意门生。左一句丁先生，右一句丁老师，你看，你就是这样老田长老田短。"

夏小姐笑道："那也容易呀。我立刻叫你田老师得了。"

田艺夫摇摇头道："我情愿你叫我老田。一叫老师，事事就有个拘束了。"

夏小姐回头向蓝田玉道："你瞧，话都是他一个人说。"

蓝小姐也咯咯地笑。一路谈笑着到了赁房子的所在。

那里房东经丁古云再三声明，已经知道他和蓝小姐是什么关系。而且，丁古云给予他的利益也很厚，一间屋子的租金，连茶水在内，每月法币一百五十元。和当时的生活水准，要高出两倍，而且已经先付两个月。所以房东太太也就动员了她全家的劳力，将租给蓝小姐那间屋子布置妥帖，蓝小姐将行李搬来了，送到屋子里，展开就可适用。房东将一行人引到屋子里时，地下扫得干净，窗开了，放进来新鲜的空气。那寄宿舍搬来的白木桌子上，已把丁古云用的花瓶拿来摆着，里面插了一枝新开的红梅。

房东太太很快地提了一壶开水来泡茶，她笑向蓝田玉道："我们从前到汉口去住过两个月，下江人的习惯，我们都晓得。你在这里住着向下看吗？下江人说话，总有你家这个称呼。你家就是多谢的意思，你说对头不对头？"她一进门一阵地致欢迎词，只闹得蓝、夏两人只管皱眉。

可是丁古云并不感到怎样多余，还笑嘻嘻地向她敷衍着，陪坐谈话。她的七岁小姐，穿了蓝布棉袍，赤着双脚进来了，丁古云夸她很清秀，掏出一张五元的钞票来给她，说是蓝小姐送给你买糖果吃的。这五元钞票，在物价上虽然不足称道，可是房东眼里看来，倒是十年难遇金满斗的机会，十分高兴。她就是到过汉口的人，她就知道摩登交际场上是怎么一回事情。看到这里是两男两女，向蓝小姐道着谢，竟自走了。

这里夏小姐帮着蓝小姐把床铺叠好，将小网篮里零用物件取出，在桌上洗脸架上布置好，已是午饭时了。

丁古云便邀着大家到小镇市上去小吃了一顿。饭后夏小姐向田艺夫丢了一个眼色，说是要他陪了散步一会儿。田艺夫如约陪着她走了，剩下丁古云陪了蓝小姐。

蓝小姐是有了家的人了，她自向新搬来的家里走去。丁古云随着她走去，不知不觉地也走到那新居来。这庄屋门口有些树木和两丛竹子。走到竹林下，蓝田玉攀了一枝竹枝，站着出了一会儿神。

丁古云见她向四周打量着，以为她是赏鉴风景呢，站在她对面笑道："要说这地方有什么特别好处，那也是说不上的。不过这屋子建筑在高朗一些的所在，大概是不会闹什么潮湿的。"

蓝田玉向他身上又打量了一下，微笑道："为我的事，忙了丁先生两天了。这样一来，不是我来帮丁先生的，成了丁先生来帮我的忙了。丁先生有事，只管去，不必管我了。"

丁古云笑道："我既然把你安顿在这里，当然要把事情弄妥帖了。这两天我是停止了一切工作。"

蓝田玉抿着嘴唇低头想了一想，先摇了两摇头，接着沉思一会儿，又摇了两摇头，笑道："那不好。人家正盼望着丁先生拿出作品来，赶快地圆满了那个筹款的计划。若是这样，谁肯拿出大批的经费来让你去悠游自得？"

丁古云点点头道："你这话对的，把你安顿好了，明后天我就去和前途接洽。"他说时，依然闲闲地站在一棵松树荫下。

蓝田玉向竹子里面看看，又向丁古云看看，见他是那样闲闲地站着，只得向他笑道："我要回去写两封信了。五六点钟，也许我要到你们寄宿舍里来。"

丁古云这才会意过来，笑道："那么，我不送你到屋子去了，晚上等你吃饭。"

蓝田玉连连点着头自去了。丁古云正感觉到自己的殷勤将事有些引人家的烦腻，不免呆了一呆，只管看了她的后影。可是她走到大门口，却回转身来，抬起一只手，高过头顶心，向这边招了两招，笑道："再见！再见！"说毕，一闪腰肢，笑着钻进大门里去了。

丁古云看了，不觉自言自语地笑道："这孩子活泼泼的，天真烂漫。"这才高高兴兴地回寄宿舍里去了。

到了黄昏时候，是田艺夫招待夏小姐，顺便邀着丁、蓝两位一道到小镇市上去吃晚饭，大家是尽欢而散。依着丁古云的计划，要在次日早上，约着大家吃早饭。不想到了七点钟，就有一个专差送了一封信来，通知王美今，说是莫先生今日由城里下乡，顺便要来拜会拜会各位艺术家。这信是尚专员写来的，他知道了丁古云是位老教育家，根本不想吃政治饭，对于莫先生很是有点儿傲气。这一傲，对于丁古云无所谓，可是莫先生是位泰斗，这透着与面子有碍。因此在给王美今的信上，又特地提了一笔说："莫公不但政治上有其地位，年来公余之暇，手不释卷，学问亦造诣极深，既来探望，应向之表示敬意。望婉达古云兄。"

王美今拿到这封信在手里，也踌躇了一会儿。丁古云的脾气，二十年来如一日，越是叫他服从，他越会骄傲。先且不拿出信来，很从容地踱到丁古云屋子里，向他笑道："今天老莫会到我们这里来拜会我们。"

丁古云本坐在桌边写字，放下笔站起来，望了他问道："开什么玩笑？"

王美今正了脸色道："真的，老尚特意专差送一封信来通知我们，希望我们好好招待一下。"

丁古云道："这真奇了，老莫肯这样屈尊就教。那么，我们在礼节上不要亏了他，免得他说我们的闲话。这里是汽车所不能到的，我们应当到公路上去欢迎他。他说的是几点钟来？"

王美今道："大概两小时内可以到了。"

丁古云道："那么，一面叫人把屋子打扫一下，烧着开水等候。我和你到公路上欢迎去。"

王美今不想他的态度却十分恭敬，自己所预备的话，自不须说

96

出来。匆匆通知了全宿舍同人整理衣冠，便和他到公路上去接。

　　这公路和小路的交叉点，恰不在小镇街市上，丁古云率领七八位艺术家，不敢入街市，就在小路口上等候着。虽然这是雾季，偏偏今日天气很好，黄黄的太阳，整日地晒着。这小路上，虽有两棵小树，又不能避阴，大家在路上徘徊着，摆摆龙门阵，免了站着光晒。每当一辆小汽车远远地来了，大家就紧张一阵。可是汽车到了面前，却不是莫先生。这样闹了两个小时，欢迎的人缓缓地有些懒意，就陆续回到寄宿舍去吃午饭。大家疲乏已极，就无意再摆阵欢迎了。

　　丁古云和王美今商量着，若一个欢迎的人都没有，未免不敬。王美今也正在托尚专员接洽大批款子，当然同意他这个建议。两人未敢回去，匆匆在小镇市上吃过两碗面，茶也没有来得及喝，买了两块钱橘子，带着在公路上剥了解渴。这黄黄的太阳，越来越上劲，当它西偏了，晒得人通身出汗。但二人依然不敢走开，继续在公路上徘徊着。直等着日落西山，毫无希望，方才回到寄宿舍处。

　　所有在寄宿舍的艺术家，都埋怨老尚和人开玩笑。但丁古云却一个字也没有提，倒是私下向王美今说着，恐怕是莫先生有事，临时耽误了，明天还得继续等候。只是他另有一件事忙，不曾看到田艺夫与夏小姐，打听打听蓝小姐也没有来。立刻舀了盆热水，在屋里洗了一把脸，就要向蓝小姐那里去。正好食堂里开着晚饭，大家都说："丁先生还到哪里去？天晚了，莫先生不会来了，吃饭吧。"丁古云说不出所以然，只好陪了大家吃饭。

　　饭毕，天已夜幕张开了。这已是个下弦日子，外面漆黑，伸手不见掌。丁古云到公共厨房里去，借了一只灯笼，将烛点了，也不走大门，由厨房里就走出去，天也和人别扭，天和白天反过来，一个星点没有，灯笼所照不到的所在，黑洞洞的，什么看不见，偶然

97

有一两个火星在黑暗里移动，正也是走夜路的忙人。自己小心着走过几段水田中小路，远远有着狗叫声。在狗叫的所在，冒出了一点儿灯火。这火与自己越走越近，直到身边，水田中的小路中间，两下相让，看清楚了，正是田艺夫拿了一只铁柄的瓦壶灯。他先笑道："我就猜着，这小路上来的灯火，也许是丁老夫子。"

丁古云道："今天老莫说要来，你并不曾去欢迎，夏小姐也不见。我来看看你们。"

田艺夫笑道："我还记得两句诗：'每日更忙须一至，夜深还自点灯来。'"

丁古云笑道："非也，你看，蓝小姐初次来，我怕她不惯。我一天不照面，不能不……"

田艺夫道："你听，那屋子里的狗拼命地叫着，蓝小姐和夏小姐都睡了，不去打搅她们吧。去了房东也不会来开大门，徒然惹得狗叫。"

丁古云听了这话，呆站了一会儿。田艺夫道："你不信，你去试试。"说着，伸开了瓦壶灯，对面让过丁古云，自行向寄宿舍里去。

第十一章

为了什么折腰

　　这件事该丁先生感着为难了。若是不理他吧，那村屋外的狗儿自叫得厉害，前去打门，无非是惹着人家大惊小怪。若是依了田艺夫的话就这样地回去，这岂不是白来一趟？他这样地呆站了一会儿，低头看看灯笼里面的蜡烛已所剩不多，事实上也不让自己徘徊在这里。他一扭身体回头看走去的田艺夫时，那一盏瓦壶灯的光亮已是走得很远了，又因为自己这一扭身体来得太猛，将灯笼里烛光闪熄了。天色本来黑暗，在猛可烛光自灭之下，眼前越发漆黑，脚下站在什么地方已看不出来，只得提起了嗓子高喊着艺夫。那田艺夫被他的狂喊声浪所惊动，只得提了那盏瓦壶灯来，将他迎回寄宿舍去。一路上埋怨着他，他只是呵呵地笑，并没有说着什么。他心里自也想着，虽然一天不曾理会到蓝小姐，她明知道自己有事缠住，绝不会见怪。便是不知道有事缠身，以她那种自视很高的情形而言，她也不会有什么表示的。明天早上起来，邀着田艺夫一路，去请这两位小姐到小镇市上去吃油条豆浆吧。可是也不必太早了，太早了，透着自己性急，也是不好的。在睡在枕上而未曾睡着的时候，便预定了次日早上九点钟去找田艺夫，可是次日早上还不到八点钟，自己虽已起床，还没有开窗子，就听到夏小姐在房子外面叫道："丁先生还没有起床吗？我们早就来了，起来起来，我们等着你呢。"

丁古云听说，立刻将窗户推开，却见蓝田玉笑嘻嘻地站在那芭蕉下面，便笑道："啊！蓝小姐站过来一点儿吧。那芭蕉叶子上面积聚了昨晚的宿雾，到了早上，变了小水点子，这时候正好要由叶尖子滴了下来。"

蓝田玉笑道："滴一点儿露水在身上，那也没多大关系。一个人如果水珠子也承受不起，我看也不必活在这宇宙里了。"

丁古云被她这一番辩驳了，透着刚才那番好意，除了有一点儿多事，这是暗暗讥讽着她太娇嫩了。因之只管勉强地笑着，红了老脸没得什么话可说。蓝小姐说过之后也有点儿后悔，两手扯了一片大的芭蕉叶子下来，顺了那叶上的筋纹一条一条地撕着。

夏小姐站在一边看到，伸手扯了她的衣襟将她拉过来，笑道："你这孩子说话不知高低，对老师可以这样开玩笑的吗？"

蓝田玉被她这样一打诨，就明白过来了，因笑道："我总觉得丁先生的生活过于严肃了，我才有意和他在这严肃的气氛里加进去些趣味，其实不是开玩笑。我想，丁先生总能谅解这一层。"说着，她又很快地瞥了他一眼，虽然在她这一瞥中，只是眼皮撩起，一转眼珠。

丁古云早已经看到了，而且深切地了解着她是什么意思，因道："对的，对的！只有你们少女的天真能引起我们中年人的朝气。"他说到中年两个字，还怕听者轻轻地放过，却说着格外沉重。

夏小姐笑道："怎么说是中年哪？丁先生你那股子好学和勇于工作的精神，简直是青年呢。"她说完了这句话，似乎十分高兴，有一种由内心发出来的狂笑要由嗓子眼里喷射了出来。然而她又不愿笑，立刻掉转身，拉了蓝小姐就走。

丁古云因她所称自己为青年的理由，是根据自己好学勤快的缘故，未尝不能成立，多少老头子还都自负着为老少年呢。人家高兴说着，他也就高兴听着。两位小姐走过去了，那好言语的回味还让他对着窗子外的芭蕉树笑了一笑。及至不见她们，恐怕她们由大门口转道到屋子里来，便赶快整理好了床上的被褥。听差送了水来，也就匆忙来漱洗，但是他倒是白忙了。两位小姐都没有来。他又换了一件蓝布大褂，直接向田艺夫屋子里去，他猜着两位小姐是必向那里走去的。忽然听到身后有人叫道："我们在这里呢。"回头看时，田艺夫笑嘻嘻地站在来宾室的门口，不知刚才由这里走过去，怎么没有理会到屋子里有人。

走向那里时，两位小姐站在桌子边，一个在理着鬓发，一个扯着衣襟，似乎等着无聊，已准备要走的样子。便拱手道："真是对不起，让二位在这里久等了，走，我们一块儿到街上添点儿滋养料去。"

夏小姐笑道："我今天第一次听到丁先生说笑话。"

丁古云笑道："夏小姐总喜欢拿我开玩笑。"

夏小姐正要辩说这句话，忽听得寄宿会里人声一阵喧哗，王美今匆匆地跑了来，红着脸，微微地喘了气，站在房门口笑道："莫先生来了！"这一声报告，不但叫丁古云的脸色立刻郑重起来，在座的男女，同时脸色为之肃然，把嬉笑的面容都除去了。

丁古云道："已经到了这里吗?"

王美今笑道："政治家总是有政治家的风度的。大概他怕突然而来，有点儿让这里的先生感到不便。他在公路上等着，派人先到这里来通知一声，这里我已托东圃兄布置，是我们……"

丁古云道："好的好的，我们两个人去欢迎去。"说着，他扭身就向外走。但走不多远，他又回转身来，向蓝田玉笑道："这真是对不住，我又要失信了，恕我不能奉陪。这……喂！老田。"说着，向田艺夫拱了两手，笑道，"你大概是不去见莫公的。那么，就请你代陪二位小姐到街上去吃点心，请代会东。"说着，在身上取出几张钞票交到艺夫手上。

田艺夫并不推辞，坦然地拿着。丁古云又笑嘻嘻地拱了一拱手，方才走去。

夏小姐笑道："老田，你这没有什么话说了。你拿着人家的钱，请你拿出一张嘴来代表人家去吃一顿，你还有什么办不到的吗？你也应当学学丁先生为人才好。"说着，推了田艺夫就走。

田艺夫出了大门，笑道："我虽不怕老莫，但是带了两位小姐同在路上走着，遇到了他究有些不便，我们由小路走吧。"他说时，真的挑选了水田中间一条小路走去。

夏小姐笑道："人家那样赫赫有名的大人物，特意下乡来看你，你陪了两位小姐躲到一边去，本来有些说不过去。"

田艺夫鼻子里哼了一声，接着道："你瞧！我们现在拿个三四百块钱，真成了那话：喝酒不醉，吃饭不饱。凭着我浪荡江湖十几年，到哪里去挣不了几百块钱？他自命是大人物，我也不把自己看成小人物，我去欢迎他？他不高兴，我至多把我这只闲饭碗打破。"

夏小姐笑道："丁大胡子向来也是你这样说法。可是他现在就改变作风了。"

田艺夫本走在她前面，于是站在小路分叉的田埂上，等最后一个蓝田玉走到前面，才笑道："我说，蓝小姐你可要明白，人家向来说不为五斗米折腰的。"

蓝田玉酒窝儿一掀，眼皮儿一撩，向他笑道："不为五斗米折腰？你天天吃饭，也没有打听五斗米值多少钱。"

田艺夫道："你别装傻吧。上海人打话，假痴假呆。他这样卑躬屈节去欢迎老莫，可是为了一个人。"

蓝田玉一面走着，一面说话，已是走在田艺夫前面了。

田艺夫看她的后影，双肩微抬了一抬，似乎带着笑意了，笑道："自然是为了一个人。"

夏小姐在最前面，笑着没作声。田艺夫道："他为了谁呢？"

蓝田玉道："还有什么不明白的呢？他为了莫先生是一位教育界的权威。"

田艺夫哈哈笑道："岂有此理！"

夏小姐回转头来笑道："你才岂有此理呢。他说自然为了一个人，这话就恰到好处，你这个不知趣的人，打破砂锅问到底。做文章要像你这样说话一般，一点儿含蓄也没有，才是下品。"

田艺夫呵呵大笑，身子一歪，一脚落入田里，踩了一脚的泥。所幸他穿的是皮鞋，提起脚来在活草上擦擦，也就干净了。

夏小姐笑道："一个人总不可以兴奋过甚，什么事过了分，就要出乱子。我听说丁大胡子滚到泥田里去过一回。"

田艺夫道："你又是一句大胡子。你难道讨厌他的大胡子？"

夏小姐红着脸，回转头来，呸了他一声。

田艺夫走着路，自言自语地道："老丁为了他要塑出自己一副尊严的偶像，三十多岁的时候，就蓄了胡子。他蓄胡子，至不自然，是有所为而蓄的。既是有所为而蓄的……"

夏小姐拦着道："不要提这个问题了，我肚子饿了，快些走吧。"

田艺夫笑道："不要忙，我们应当在这小路上互相交错过去，不要碰着了老莫。"他交代明白了，两位小姐方才不去催促他。

果然，不到十分钟的时候，隔一片水田，望到丁古云王美今引着莫先生尚专员在那边石板路上走去。他们在这里看到丁古云，丁古云也在那边路上看到他们了。原来他虽在做欢迎专使，他心里可在叽咕着，不要又遇了个正着。这时见他们由小路过去，在眼角一转之下，心里坦然，而心里也就暗暗连赞田艺夫是解人。他正这样打算着，恰好紧随在他身后的莫先生在发言了。他说话的声音和他的地位恰成反比例，非常之低微，不留心是听不到的。而况他又说的是家乡国语，也不大好懂。因之丁古云听到他发言的时候，立刻半侧了身子走路，好带看着后面的人，而且心无二用地仔细听着，这就管不到隔了水田的蓝小姐了。

莫先生脸上带了微笑，他道："这地方风景很好，有山有水有树木有田园。这重庆郊外山谷虽多，却缺少溪流，这里难得有这一湾流水绕了你们的寄宿舍。"

丁古云笑着答应了一个是字。

莫先生又道："我到乡下来一回，我就要发生着很大的感慨，什么时候，我也能够到乡下来休息几天呢？"

丁古云笑道："莫先生怎样能休息呢？莫先生对着国家负了多大责任，国家是不容可莫先生休息的呀。"

莫先生点头道："唯其如此，我就很羡慕各位在这里的生活了。"

丁古云不愿说这里的生活有可羡慕的，而又不愿驳莫先生的话，只是回转身来，微笑着点了两点头。

莫先生见他们寂然，也了解他们的意思，便笑道："自然物质上大家是很清苦的，不过我们忝为知识分子，我们应当看破一点儿。孔夫子说，士志于道，恶衣恶食者，未足与议也。"

丁古云笑道："是的，我们就是这样想。也因为这样想了，所以我们看到那些无知无识的人都大发其国难财，我们毫无怨尤。莫先生可以到我们宿舍里看看，就可以知道我们的日子是过得相当刻苦的。"说着话时，已经到了寄宿舍大门口，里面几位先生由仰天陈东圃引着一起迎了出来。

莫先生慢慢地走，清瘦如仙鹤，鞠躬如也，抢上前一步，伸出右手五个指尖，颤巍巍地和欢迎的人一一握着手，从从容容说着："大家好，大家好。"

丁古云又在前引路，将莫先生尚专员引进了刚才两位小姐坐的招待室里。这里墙壁上，有白纸楷书的横披"齐庄中正"四个大字。并有一副四字对联："淡泊明志""慷慨悲歌"。

莫先生见那字写得龙蛇飞舞，先笑了一笑，点着那颗半苍白的头道："很好！不失艺人风度。"再看正中壁上，有一轴孔子画像。配了这全屋的白木桌子竹椅子，不带一点儿灰尘，真是严整而淡雅。桌上一个大瓦瓶，插着一丛晚菊、几枝淡红的梅花，颇也不因贫寒而失其雅趣。

他打量一番坐下来，向大家道："请坐请坐！"尚专员因莫先生夸赞这对联措辞，便故意问道："是哪位的大笔？"这些人听了莫先生的话，各个离远了坐下。

丁古云微微站起来，笑着道："是兄弟写的，集的古人的句子。"

莫先生道："集的古人句子？这慷慨悲歌是韩退之文，燕赵古多悲歌慷慨之士了。这……"

丁古云道："上联是诸葛亮的话，淡泊以明志，宁静以致远。"

莫先生道："是的，入蜀以来，我们对于孔明先生，是益发感到他的伟大。鞠躬尽瘁，死而后已，抗战建国必须有他这种精神。《易经》是我们中国最高深的哲学，世传诸葛对于《易经》很有研究，必定不错。"

有一位先生便插嘴道："孔明能造木牛流马，还是一位科学家呢。《三国志》上有木牛流马的尺寸。将牛舌头一拉就会走，可惜失了传。"

莫先生听了这话，笑道："你先生说的，是《三国演义》吧？《三国志》是前四史之一部。做艺人的人，当然会熟识小说，可是历史要以史书为根据。"这位先生未免脸上一红，心里想不到木牛流马这事会是没有影子的，苦笑了一笑，没说出话来。

丁古云便微微一起身道："木牛流马这事，《三国志·诸葛亮传》虽是有的，但据后人推测，这东西应该是车子之类，不一定像一头牛或一头马。他先生说的，一拉舌头就走，也许是引用了小说一点儿。"说着，向那位先生笑道，"那《三国志》的裴松之注解，有木牛流马尺寸，《三国演义》全抄了去，谁也不解所以然。我兄倒信了罗贯中，其实还是依照莫先生所说，以正史为根据才好。"

他这样一种说法，表示了那位先生读过前四史，又赞同了莫先生的主张，立刻替那人解了围，那位先生心里十分感激。而莫先生见他肚子里很有经典，益发佩服。他那样一个聪明的政治家，自不愿没看过秘书报告之后，随便多说经典，于是把话引到别个问题上去。谈了一阵，又由丁古云王美今引着参观了全寄宿舍，而全寄宿舍里，只有丁古云独有一间工作室，放了许多雕刻作品。王美今虽没有工作室，但他昨日下午找了好几张画在墙壁上张挂了。卧室里桌子上还有一套画具和一幅刚打了轮廓的画。莫先生参观已毕，回到招待室里来，这里桌子上添了一盘白面馒头，又一盘子芝麻烧饼。土瓷茶壶茶杯，斟着热茶。

丁古云笑道："我们这实在是不恭之至，只有这样的粗点心招待。"

莫先生笑道："很好，这白面馒头就是社会上平民想吃而吃不到的东西。"说着，他伸手将三个指头钳起一个小馒头，坐在竹椅子上慢慢撕着吃了。这馒头是淡的，又是回笼蒸的，究竟不怎么可口，他吃了一个并未再吃，倒是尚专员奉陪了几个冷烧饼。

莫先生端起桌上的粗瓷杯，喝了半杯茶。尚专员在身上掏出挂表来看看，便轻轻地对莫先生道："时间到了。"

莫先生起身笑道："还有一处开会，我一定要赶到。"

尚专员也笑着点头道："打搅打搅！"

丁古云笑道："我们是十分惭愧，只能说表示敬意而已。"

于是莫先生向大家一一握手，笑着走出去。寄宿舍里的人送到大门口，肃然站定，还是丁、王二人将来宾送回公路。在路上走的时候，莫先生道："丁先生和王先生都很努力，我的印象很好。"二人原在前面引路，听了这话都回转身来，笑容满面，深深地点了一个头。

莫先生依然走着道："关于上次尚专员所谈那件事，我已有了计划。不过这事要从速办理才好。"

丁古云道："只要有材料，作品是不成问题的，为了国家打夜工也可以。而且我也找得了一个帮手，她的技术很不坏。若再经我在一处随时修正，一定拿得出去。"

莫先生道："那很好。丁先生是专家，既然认为拿得出去，自无问题。"

丁古云道："只是这人是我一个女学生。"

莫先生笑道："那有什么关系呢？我知道丁先生是个道德高尚的人，但在男女之间，我们应当有新的见解。"

丁古云道："非为别事。这寄宿舍不招待女宾，而且也实在无法招待。因此若找她来帮忙，势必安顿着住在附近老百姓家里，这一笔开支颇是可观。"

莫先生道："那自然不能让你担负。"

丁古云道："还有一层要向莫先生说的，就是采办原料虽以到香港为便，但川资运费太多，我想自己到金华去一趟，间接采办也好。原来所拟的数目……"他沉吟着没有把话说下去。

莫先生点了一点头道："物价早晚不同，越迟是越会花钱多，这个我很明白，所以我催你们早早动手。哦！王先生，有了多少张画了？"

王美今笑道："有了一二十张了，那自然是不够。"

莫先生道："尚先生，我们筹一点儿款子，先付给二位吧。丁先生，你高足大学毕过业了吗？"

丁古云道："毕过业的，而且也在中学里教过书。"

莫先生道："既然如此，应当让她也支领一份生活费。"

丁古云道："那就很好了，这正可以鼓动她努力工作。"说着话，到了公路小路的交叉点，那新式轿车已乌亮在望。

莫先生便停住了脚，丁、王、尚三人，便品字形地站着望了他。

莫先生道："我觉得挽回现在的国运，依然是道德最为要紧。丁先生道德高尚我是知道的。"

丁古云听了这话，不由得肃然起敬，两手抱了拳头，微弯着腰站了。

莫先生道："这类为国家服务的事，必须有自我牺牲的精神。丁先生生活刻苦，又热心国事，对于我们所盼望的成绩，想总可以做到。现在艺术界的人，有一种不必要的骄傲习气，那对做事有害无益。我们无论对什么人，总要虚怀若谷。不合作或不自省的态度，是应该痛加改除的。"莫先生话锋一转，对着艺术界人发生了不良的批评。这虽不必是指丁古云王美今而言，可是眼面前就是这样两位艺人，绝不能毫无关系。

王美今心想，现在是有所求于他了，他又在打官话。嘴里虽不便说什么，面上也就无法放出笑容来。

可是丁古云益发地弯了腰，微笑道："这种人大概也不怎么多。有莫先生这样的贤明领导者，大家总会心悦诚服努力工作的。"

莫先生也有一点儿笑意，因道："时间太匆促，我们不能畅谈，过两天可以到城里去再谈谈。至于经费方面，可以先动用三万元到五万元，详细的办法后来再商议。"

丁古云知道，在政治家口里，话说到这种程度，已是十分肯帮忙，暂时也不能多说什么，只有答应几个是字。

莫先生回转头来向尚专员道："我们可以走了。"于是他两人踏上公路，走上汽车。司机是早已在车上等候的。主人上车，车子便开了。

丁古云和王美今站在公路边目送车子开走。丁先生当莫先生在车窗子里向他点头时，两手垂直深深一个鞠躬。车子回答他的，倒是马路上一阵灰尘扑了他一身，胡子上兀自粘着不少细微的固体。

车子去远了，王美今笑道："丁翁，今天却是难为了你了。我没有见你向人这样客气过。"

丁古云缩着手将袖子放长了，打着身上的灰，笑道："什么法子呢？米太贵了，我们怎敢说不为五斗米折腰呢？为了大家，也为了我自己，不得不敷衍老莫一点儿。"

王美今笑道："我看这为你自己这一点上，倒是很微渺不足道的。最多的成分，还是为人。"

丁古云正想答复这句话，只见田艺夫带了两位小姐由公路那端慢慢走了过来。她和夏小姐都笑嘻嘻的，走路带着歪斜。

丁古云倒是向田艺夫点头道："偏劳偏劳。"

王美今道："老莫来了，他躲了个将军不见面。你还向他偏劳什么？"

丁古云道："你有所不知。我因为要请两位小姐用早点，没有工夫，托他代劳的。"

王美今望了蓝田玉要说什么呢，她却先笑道："王先生，今天实在把你累着了。为了这一部分艺人的生活问题，不得不让您委屈一点儿。但是这委屈是有代价的。"

王美今道:"我没有什么,今天可实在委屈了丁先生。"

蓝田玉站在王美今这一边,随着这话,眼睛向丁古云一溜。

丁古云笑道:"也没有什么委屈。纵然委屈……"

夏小姐立刻抢了接嘴道:"那也很有价值的。我若是一位艺术家的话,丁先生这份委屈,多少也就为着我一点儿。"

田艺夫抬起右手,中指与大拇指弹着,啪的一声响着,向她伸了脖子望道:"就凭你,别要彩了。"丁古云也哈哈大笑起来。

第十二章

众 生 相

这里最不可解的要算是王美今了。丁大胡子现在完全变了一个人，见了上司可以卑躬屈节，见了女人可以开玩笑。在丁古云自己，他并未觉得有什么人注意他的行动。而且他还自己解释着，艺人们十个有九个半是浪漫的，自己绝没有浪漫到他们那种程度。纵然有，也不过是把这半个未曾浪漫的，益发浪漫起来，这也丝毫不足惊奇，所以他也比较地减少一些庄重性，就当了大家向蓝田玉笑道："恭喜你，给你一点儿好的消息。刚才老莫对我说，可以让你照领一份生活费。"

蓝田玉笑道："那谢谢丁先生和王先生替我说项。"说着，特别地向王美今笑着点了一个头。

王美今笑道："这与我无干，都是丁先生的面子。因为老莫认为你是他的学生。"

蓝田玉笑道："我就高攀不上，不能算是王先生的学生吗？在学问一方面说，王先生你不当我的老师，哪个当我的老师？除非是这个日子，青年多半没有办法，当了老师是要代想办法，所以怕当我们的老师。其实我们也不能把认老师和想办法混作一谈。"

王美今抱了拳头连拱了几下，笑道："言重言重。"

夏小姐笑道："既然王先生认为你的话不对，明天你就写个门生帖子送了过去吧。"

王美今笑道："夏小姐出的好主意，我们还来这一套呢。"

蓝田玉笑道："那自然是笑话，口里叫着王老师也就行了。行不行呢？王老师！"她说着，将灵活的眼珠转了向王美今望着。

王美今哈哈地笑着，连说不敢当，不敢当。

田艺夫将手指点了他道："老王就是这样不脱俗。你就答应一声又有何妨？"

王美今笑道："我倒并不是客气，我把什么东西教人家呢？平白地要当人家的老师。"

蓝田玉道："我愿跟王老师学画。"

夏小姐美道："没得说了，没得说了，王先生今天收了一个好门生，今天晚上要请客。"

蓝田玉道："有话不能老在公路上谈，我们到寄宿舍里去商量吧。"这样一说，大家哈哈地笑着，一阵风似的拥回了寄宿舍。

陈东圃正在门口盼望。看到大家来了，迎上前一步。

蓝田玉先笑道："陈先生，忙啊！两天没见。"

陈东圃点了头笑道："老是闲着，没事。"蓝田玉又迎上前一步，那脂粉香已与陈先生接触了，笑道："若陈先生老是闲着的话，那就好了。古乐器里面，琴呀、瑟呀那音调半天响一下子，叮一声、当一声，我有点儿不懂，倒是陈先生弹的筝比琵琶好听，在清风明月之下，啊！最好是秋夜。听着筝声，就有一句诗赞美了它，我可说不上来。"

陈东圃笑道："你大概说的是哀雁十三行吧？"

蓝小姐道："陈先生什么时候让我们听听这雁声呢？"

说时，仰天和夏水也出来了。仰天笑道："还是蓝小姐这话痛快，老莫今天到这里来，正话只谈了十分之三四，考古倒谈了十分之六七。他是借此要卖弄他有学问，可是他就没想到纵然一肚子古典，与政治有什么关系呢？与抗战更有什么关系呢？中国人一国人若都先考古，然后再做事，中国也就亡了。"

蓝田玉当大家说话的时候，她没有忘了她舞台上的技巧，说着话带走着路，便走到了仰天夏水两人站着的中间站定，笑道："何必大家罚站？大家这样高兴，我们倒好到屋子里去开个座谈会。丁先生有好茶叶，泡壶好茶大家喝。"

夏水道："丁先生的好茶叶，这必须蓝小姐烧水，这茶才喝得有个意思。"

陈东圃摇摇头笑道："我们这厨房大煤灶，要蓝小姐下厨房去转那煤灶，殊失雅道。我们还要叨扰蓝小姐，应当到蓝小姐家里去拜访。"

蓝田玉笑道："只可惜我那屋子太小，不然马上就请去坐了。"

田艺夫笑道："我想来个折中办法，由蓝小姐在家里烧了开水，提到这里来泡茶。于是地方既宽大，茶也有得喝。"

蓝田玉笑着点头道："好的好的，请各位在招待室里等着我。我这就回去烧水了。"说着，她扭身就走了。这里一些先生们站在门口谈了一阵子，也并没有把刚才开的玩笑放在心里头，闲闲地也就散了。

夏小姐现在是丝毫无所顾忌，就到田艺夫屋子里去，其余的人各归自己屋子。

丁古云虽然也回到自己屋子里去了，可是十分高兴之下，按捺不住那番兴奋的情绪，觉得出屋子去也没有什么要紧的事，只是在屋子里踱着步子。他觉得蓝小姐在寄宿舍里，已杀开一条血路可以自由来往了，以后是无须受着什么限制。蓝小姐真是有办法，全寄宿舍的人她都可以用各个击破的法子，把人家说得心悦诚服。可是问题也就在这里，这全寄宿舍的人，就算自己的胡子长得最长，让别人对她太心诚悦服了，那是……这意思不曾想得完，忽听得门外有人笑道："怎么回事？接待室里，一个人都不曾到。"说着话，蓝小姐左手提了一只竹篮，右手提了一把新铜壶，笑了进来。

丁古云立刻伸手将那把壶接过来，笑道："沉甸甸的，你倒是真提一壶开水来。"

蓝田玉把那篮子放下，眼珠向他一转，笑道："丁先生，你看我什么时候说话向人失过信哩？"

丁古云笑道："这是你太忠厚了，他们随便说的一句话，你就认为是真事。"说着把篮子上面盖着的一块白布给掀开了，里面放着四个大碟子，装着花生仁糖果之类。丁古云笑道："连下茶的干果碟子也预备了，这实在是出于诚意，请你用我的茶壶泡茶。书架顶上的那个盒子就是好茶叶。让我分路去请客。"说着情不自禁地一摸胡子，笑嘻嘻地走了。

在寄宿舍里的朋友们听到蓝小姐真个请客，无有不来的，一致应了丁古云的招呼，到招待室里来。那长方桌上除了两壶茶之外，还有四个碟子。正好全体招待，招待莫先生的茶杯还不曾收去，就将那杯子分斟了热茶，放在桌沿上。

夏小姐自也在座，她笑道："这样恭恭敬敬开个茶会，总也应当有所谓，平白地大家来聚会一下，什么意思呢？"

蓝田玉正好斟了一杯茶放到她面前，就悄悄地向她转着眼珠，瞟了一眼。她也向蓝小姐微微撩着一下眼皮，似乎已懂得了她的意思。蓝小姐才向大家看了一眼笑道："其实，我没什么意思。不过夏小姐这样说了，我就算是新到此地，招待各位，以表示致意吧。"大家听了同声地哈哈一笑。

蓝田玉笑道："不过我有一句话是要表明一下的。就是这一杯清茶还不能算是我的东。茶叶是丁先生的，而丁先生的茶叶又是夏小姐送的，我不过只提了一壶水来而已。"

陈东圃笑道："那么着，蓝小姐简直未曾做东。水还是寄宿舍里水夫挑的呢。"

夏水笑道："我不那样想，凡是经过蓝小姐手的，都为蓝小姐所有。拿出来，就是蓝小姐的礼品。"

蓝田玉笑道："这样说，那就好了，各位喝过茶之后，我把这里的桌椅板凳、茶壶茶杯，一齐全拿了去，因为这全是经过我手的呀。"

夏小姐笑道："果然如此，我倒后悔。夏先生那撮卓别林的小胡子，刚才曾向老田借剪刀，让我剪着修理了一下。假使这个修理的人换着是蓝小姐，好了，那依着她的话，这一撮小胡子也归蓝小姐所有。"这句话说得大家哄堂大笑。

蓝小姐正捧了一杯茶要喝，立刻放下茶杯，伏在桌上，笑得全身颤动。

夏水红着脸也笑了。他将一个食指在鼻子下摩擦了小胡子道："我这个小胡子，用不了多少时候，就可以养起来，送人也没关系。"说着，将手指放在下巴上一摸，因道："若是一大把胡子，这个礼我就送不起了。"

丁古云笑道："岂有此理！"他不说这四个字倒也罢了，他说了这四个字，大家看到他长袍马褂面前垂了一部长黑胡子，面前花枝招展地站了这位蓝小姐说话，与事实配合起来，叫人自感到有一种喜剧的成分含在里面，于是大家接着又是一阵哄堂大笑。

蓝小姐知道这一笑，丁古云有些难堪，便笑着一扭身子跑到屋外去，然后回转头笑道："我实在不能笑了，肚子都笑疼了。在外面躲避一下子吧。"大家笑声小了一些。蓝小姐复又折回屋子来，将手抬着，指了墙上那块横披道："大家看见吗？斋庄中正。"蓝小姐把这个齐字念成了吃斋的斋，仰天道："什么？这个字念斋吗？"

丁古云道："对的，这个字读斋。古人斋戒的斋，都用齐字。齐庄中正是一句四书。"

仰天笑道："哈！蓝小姐学问真不错。"

蓝田玉笑道："我念过什么四书五书？在北平的时候，人家屏风上常有写着这四字的。以往我也是念成齐整的齐，后来人家点破我了，我才明白这四个字，无非叫人私生活要严肃一点儿的意思。"

夏水笑道："糟糕！自从这墙上有了这幅横披，我一直念着齐整的齐。"

仰天笑道："就念齐整的齐，也没关系。反正你写剧本，不会写上齐庄中正这么一句话。"在这一阵谈话之后，算是移转了视线，把刚才的笑话引开。蓝小姐就也很圆满地招待完毕了这个茶会。因话引话，引到陈东圃的筝上，大家就顺了蓝小姐的要求，请他弹筝。

陈东圃在这两个月来，都没有兴趣去玩乐器，这时一阵高兴，就拿了筝来，放在长方桌上弹着。在座的人，都含笑静听，奏完一曲之后，就报以热烈的掌声。

但蓝田玉冷眼看着这群人当中，有一位穿西服的朋友，常发着勉强的谈笑。她晓得这位是学西乐的刘仰西。他除了会打钢琴之外，提琴很有名。这玩意儿在青年中常受到欢迎。今天算是在艺人圈子里这样出风头，他自然是极不高兴。

蓝田玉看在眼里，当时且不作声，等陈东圃又弹完了一曲，便笑道："对于西乐，我也是很爱的，尤其是小提琴，那声音拉起来是多么婉转悠扬呀！"笑说时，两手环抱在胸前，仰了面孔，微闭着眼睛，似乎这空中就送来一阵提琴之声一般。

丁古云见她这样赞美着，便笑道："你面前就坐着一位提琴名手刘仰西先生，难道你还不知道？"

蓝田玉回转身来，向他道："刘先生是提琴名手，我是有眼不识泰山，刘先生，你的提琴，一定也带在身边，可以让我们听听你的雅奏吗？"她说着话，走近了一步，那眼珠在长睫毛里转动着，望了刘仰西。

他本以蓝小姐一个劲地捧陈东圃，心原有一种说不出的酸味，现在蓝小姐站到面前，她那一张俊俏的脸、一双灵活的眼珠，尤其是身上那一种若有若无的胭脂花粉香，足以征服一切。他简直没有那份勇气敢说不奏提琴。向大家看了一看，然后笑道："还要我凑一份热闹？"

丁古云看着蓝小姐很高兴这件事，便笑道："一年三百六十日，我们难得有此一日，何妨大家乐上一乐？"

刘仰西道："我就献丑一番。不过蓝小姐不能仅听人家的，应当也表现一点儿才对。"这句话说得大家高兴，接着噼噼啪啪一阵鼓掌，共同赞成此事。

蓝田玉笑道："各位先生看得起我，叫我逗个趣儿，我没有不来的，只是我懂得什么呢？我算略略懂得一点儿话剧。难道让我一个人在这里演一幕话剧吗？"

陈东圃笑道："那么，请蓝小姐唱个英文歌吧。"

蓝田玉笑道："中国歌都唱不好，还唱英文歌呢。"王美今笑道："这样说，蓝小姐的中国歌一定唱得很好的了，那就唱中国歌吧。"

蓝田玉笑道："夏小姐的京戏唱得好。各位要听中国歌，不如请夏小姐唱。"

夏小姐笑道："我的《三堂会审》还是你教的呢。"于是大家一阵哈哈大笑，同声道："两位都唱，两位都唱。"

蓝田玉道："没有胡琴我怎么唱呢？"

刘仰西笑道："那太好办。我的梵婀玲可以拉西皮二黄，而且我学过《玉堂春》这出戏，我还是专门地学过呢。"于是大家喊着好，鼓起掌来。

仰天先生把导演的气力都拿出来了，顿着脚只管叫妙极了、妙极了。在这种热烈情况之下，刘仰西自十分高兴地取了小提琴，站在屋子当中，先奏了一段小曲。这时，大家的兴致都放在两位女士的《玉堂春》上面，尤其是蓝小姐这一角，为大家所急欲恭听。于是照例鼓了一阵掌，并没有催刘仰西再来一个。

刘仰西经蓝小姐几分钟的感召，也十分兴奋，所以他自己也不希望单独再露一手，因向蓝田玉点了头笑道："蓝小姐我们这就开始。"

蓝田玉倒并不推诿，笑道："用提琴配唱，我可是个尝试，假如唱得一塌糊涂，把刘先生的音乐衬托坏了，可不能怪我。"

刘仰西笑道："也许是蓝小姐掉转来说，怕是我的琴，配不上你的唱吧。"说着，将手里拿的提琴横顶在肩上，将弓在弦上拉了两下，笑道，"调门就是这样高。这可不像胡琴，特别高不了。"

蓝田玉道："我的调门根本就不高，平常就是唱六字调。"

陈东圃笑道："你看，这两句话就非行家不能道。"

王美今摇摇手道："不要闹，不要闹，等蓝小姐唱。"于是大家笑嘻嘻地望了蓝小姐。

蓝田玉不慌不忙的，脸上带了微笑站将起来。刘仰西肩上架着琴，右手拉了弓子，在琴面上虚比了一比，点着头向她说了一句英文，那意思是预备好了。蓝田玉笑着点点头。刘仰西拉了一个小小的西皮过门，因道："就从慢板这里唱起了。"

蓝田玉站了起来，两手垂在胸前，又反挽了过来，脸上带了一点儿笑容，又笑了一点头。刘仰西再将提琴拉奏着，她就应声唱了起来。她始终是面带了微笑，面对了在座的人，很大方地唱下去。唱到了那"十六岁开怀王公子"那一句，她脸上更随着起了一阵红晕，那两个小酒窝儿深深地旋着，头略低了一低，身子也略微偏了一偏，而眼角又很快地向丁古云扫了一下。他心中随着一动，若不是紧靠了椅子背坐着，几乎晕倒下去了。自然，在座的人也都陶醉在这唱声里，没有一点儿声息来打搅。直等她把这一段唱完了，大家才哄然一声地鼓了掌。

仰天拍了手道："这是一个奇迹，这是一个奇迹，提琴可以配合皮黄，而且是这样好。"

蓝田玉向大家点着头，连说见笑见笑。陈东圃站起来，斟了一杯茶，双手递给蓝田玉笑道："润一润嗓子。"

仰天回头向夏水道："我们编写的那剧本，那主角有了一人了。"

夏水笑道："蓝小姐实在是个全才。"

王美今端了一把椅子，放到蓝田玉身边，笑道："坐着喝吧。"

蓝田玉向大家连声道着谢。她早间化妆时用的胭脂粉，本来有些脱落了，露出原来的白脸。现在唱过一段戏，脸上微微泛起红晕，更觉得有一种天然生就的妩媚。大家都不免对她脸上多看了两眼。蓝田玉似乎也觉得大家都注意她，透着有点儿不好意思，脸腮上越发增加了一些红晕，将眼皮垂下了，带上一点儿微笑，站在桌子角边，顺手掐了朵瓶口上的花，送到鼻子尖上嗅了两嗅。

刘仰西笑道："继续继续！"说着又把提琴扯了起来。

蓝田玉道："难道始终让我一个人唱？"

王美今道："你看我们大家都在这里聚精会神等候着你的雅奏，你仅仅唱两句就了事，那也未免使大家太失望了。"

丁古云也笑道："再唱两段吧，你看大家的期望是这样地深。"

蓝田玉向他笑了一笑，轻轻地说了一句道："丁先生也让我唱。"她这句话说得极其低微，很少人能听到。但她说的时候，向丁古云使了一个眼色，丁古云纵然不听到她说什么，也知道她的用意所在，笑着连连地点头。

　　蓝田玉侧过脸子去，便又随着提琴唱了几段。在大家鼓掌声中，将夏小姐拉着站到刘仰西的身边，一定要她接唱。夏小姐虽是大家次要欢迎的一个主角色，可是这些艺人自解得女人的心理，不肯特别将蓝小姐鼓励过甚。因之也就一律敦促了夏小姐唱。她唱之后，照例鼓掌，照例有几次欢迎再唱。这一番热闹到暮色朦胧，大家方才尽兴而散。经过这样一番热闹，全寄宿舍里的人都与两位小姐很熟。仰天先生提议，今天恰好是打牙祭，就请两位小姐在宿舍里便饭。除了回锅肉之外，他并将昨日买的十五个鸡蛋拿出来请客。陈东圃说，有朋友自白市驿送了两只卤鸭子，也愿拿一只出来请客。这菜就透着颇为丰富了。夏小姐是老跟着田艺夫的，这个办法自然是十分赞同的。蓝田玉看着大家这样高兴，她就什么不说，故意装着没有什么问题似的。

　　这寄宿舍里，本有两桌吃饭的先生，吃饭的时候，两位女宾，每席安顿了一位。蓝田玉自是和丁古云同席，坐在桌上，她却不住地向四面墙壁上去张望着。

　　丁古云笑问道："蓝小姐看什么？"

　　蓝田玉笑道："我要看看你们饭堂里张贴的规则，果然有不招待女宾这一条没有？"

　　王美今也在这桌上坐着的，因道："哪里有这话？不过以前很少女宾来，而丁翁……"

　　丁古云立刻接着道："我对这事，向来也没有拿过什么主意，以前来的女宾，仅仅是这一位夏小姐，来了既不一定遇到打牙祭，更没有人拿出鸡蛋卤鸭请客，我们就没有留过夏小姐在这里用饭。"

夏小姐和陈东圃坐在那桌上，她正将筷子夹了一块卤鸭举将起来，向他笑问道："这么一解释，我吃你的卤鸭，还是沾着蓝小姐的光呢。"

陈东圃笑道："我也有辩护，可是我这鸭子，昨天才由朋友送来。"

丁古云在那桌上向这里点头道："不仅此也。老莫已经说了，蓝小姐也加入我们这团体一块儿支生活费，当然她可以加入寄宿舍搭伙食。若以客论，仅仅是夏小姐一个人，所以究竟说起来，还是请的夏小姐。"

陈东圃道："我们全体尊丁兄做老大哥，老大哥的话如此，还有什么话说？"

仰天笑道："你这句话有点儿强迫民意。全体的老大哥，蓝、夏两位小姐也在内呀，她们承认了吗？"

夏小姐在这桌上看了田艺夫，然后笑道："有什么不承认，难道丁先生还不够做我们的老大哥吗？"

仰天回转身向桌上望道："那么蓝小姐呢？"

蓝田玉正吃着饭呢，扑哧一笑，将头缩到手扶筷的怀里去。

第十三章

自我牺牲

今天这一天，由早上到晚间，丁古云都在紧张的空气里，虽然早上一部分时间是比较严肃的，然而他始终是感着愉快。不想在这吃饭的中间，蓝田玉在眼角眉梢还要给他许多兴奋，他真觉自抗战以来，少有今天之乐，加上这菜又是破格的好，这口味也就开了，盛了一碗饭，又盛一碗，吃了三碗半之多。还是蓝小姐早已吃完，站在夏小姐身边，向她道："怎么办？外面漆黑，一点儿看不见走。"

丁古云立刻放下筷子碗，站起来笑道："不要紧，不要紧，我有灯笼，可以同老田送两位小姐回去。"

田艺夫笑道："有丁兄一个人打着灯笼，不就可以了吗？为什么还要添上一个老田？"

丁古云笑道："假使夏小姐说，只须我一个人送的话，当然，就让我一个人送去。"他说这话时，笑着向了夏小姐。她也笑着点了两点头，却望了蓝田玉。

蓝田玉更是不等她开口，先道："只要有灯笼，根本用不着人送。只是走得早点儿就好，去晚了，那房东家里的狗叫得讨厌。"

丁古云见她说这话，眉毛有点儿微微皱起来，他不知道是讨厌那狗叫呢，还是不愿意当了大众允许自己送她。这实在不敢勉强，

122

立刻跑回自己屋里，点着一只灯笼，拿到饭厅里来。蓝田玉接过灯笼的时候，站在他面前，悄悄地说了声谢谢，她虽没有带什么笑容，只在她眼皮一撩，闪电似的，向人看了一眼，便觉这一声谢谢就异样地叫人感着愉快。只是怎样回答人家这一声谢谢，事先并没有准备，这时也就说不出来，只有嘻嘻地向她一笑。她谢过了，并不注意这话，立刻举着灯笼，向夏小姐脸上照了一照，笑道："吃也吃了，喝也喝了，我们该走了。"

夏小姐笑道："是！吃也吃了，喝也喝了，这都是沾着蓝小姐的光。"

蓝田玉笑着将灯笼举了一举，身子扭着笑道："是了，我的小姐，闲话少说，我们回去吧。"

于是夏小姐笑着，跟她走出饭厅去。这饭厅里的各位先生虽已用饭完毕，大家并没有散。蓝田玉已走出去了，匆匆地却又走了回来。手扶了饭厅的门，伸进半截身子来，向大家点着头道："一总子谢谢了。"说着嫣然一笑，很快地缩回身子去就走了。

仰天向夏水笑道："蓝小姐周身都是戏，假如她跳进电影圈子去，必定有惊人的成功。"

夏水道："这两天我对她的认识，也是如此。"

丁古云道："她已厌倦了戏剧生活了，所以找了我来，要重新另过一番生活。"

仰天道："戏剧生活为什么要厌倦呢？"

丁古云道："这个我就没有问过她。"

夏水道："你们雕刻家多一个人才，我们戏剧界可就失掉一个人才了。丁兄真有本领，怎么会使她变更生活思想的？"

丁古云对于这个问题本很有办法推诿的。可是被夏水问得太急，他答复不出来，只好哦哟了一声，两手拱着，连奉了几个揖，笑道：

123

"此话殊不敢当,此话太不敢当。"说着,走出饭厅去了。这么一来,丁古云倒添了一种心事。所有在寄宿舍里的各位先生都说她好,大家就可以引诱她。尤其是这两位戏剧家,再三夸赞她是戏剧人才,以丧失为可惜,大有将她拉回戏剧界的可能。现在第一件事,是要让她生活安定。第二件事是要增加她远大的希望,叫她不忍离开自己。有了这感想以后,当晚睡在床上,前前后后,想了个彻底。

到了次日上午,蓝田玉来了,已改了装束,将头发梳了两个小辫,扎着青绸辫花,穿一件半新旧的蓝布长衫。皮鞋也脱了,换了一双青布鞋。甚至脸上也只薄薄地抹了一些脂粉。因为工作室里无人,丁古云正整理着工具,便笑道:"哦!清雅极了,预备来工作了?"

蓝田玉道:"可不是?难得莫先生并没有见着我,一提到就答应给我生活费。我应当立刻奋起,拿出一点儿贡献来。"说着,在桌子夹缝里拿出鸡毛帚子来,代拂着桌椅上的灰尘。

丁古云正色道:"对的,蓝小姐说这话对的。我想是明天吧,我进城去找老莫,把经费问题先解决下来,一切就好着手了。"

蓝田玉笑道:"丁先生是不大愿意找阔人的,现在倒是三天两天就要去找阔人了。"

丁古云笑道:"我不能说这完全是为了你,但是想要做一件事情成功,不能毫无牺牲。现在这件出国募捐的事,是我和王美今分别负责,他的那一部分自有许多画家帮忙,反正颜料和宣纸在这后方还不成问题,至于我的这一部分,却需到香港去采办材料,而又只有我们两个人共同负责,难道我叫你去牺牲不成?只好我打破一点儿政治贞操了。"说着,手摸了胡子,昂头浩然长叹。

蓝田玉笑道:"丁先生明天真进城去?"

丁古云道:"事不宜迟,越快越好。"

蓝田玉看到热水瓶放在旁边桌上，便斟了一杯茶，掺和着热水。丁古云以为她是自己斟茶喝，并未加以理会。可是她自己却两手捧了茶杯，送了过来，放在他的工作桌上，笑道："丁先生喝茶。"

丁古云啊哟了一声，起身拱了手道："怎好劳动蓝小姐？"

蓝田玉道："丁先生为我忙的事多了，我就不能为丁先生分一点儿劳吗？"说时，她搬移着陈列品，将那架子上的灰尘轻轻地给抹刷掉，又道，"这些东西，我看丁先生就不要寄宿舍里用人搬弄，那无非是怕他们打碎的意思。本来呢，哪一项不是丁先生的心血结晶？"

丁古云拍了大腿道："正是如此。这屋子里的事情，总是我自己动手。"

蓝田玉将陈列品格架整理好了，斜倚了墙站着，牵扯着自己的衣襟，低头笑道："丁先生，你别看我是位大小姐，住家过日子我还相当地在行。把一个家庭布置得井井有条，我相信我有这个本领。"

丁古云道："是是，我早知道。战争是委屈了你，不然，你应该有一个好的家庭了。"

蓝田玉道："我的家庭本来很好，丁先生不知道我家是一个世家吗？"

丁古云道："不！我说的是你自己应有的小家庭。"

蓝田玉没有作声，继续整理着她的衣襟。丁古云有一句话想继续地说了出来，可是他看了一看蓝小姐的脸色，见她并没有什么笑容，那句溜到嘴边来的话只好又忍了回去。

蓝田玉似乎也有点儿知道，便将面孔严肃了三分，望了丁古云道："现在的物价，又比一个月前贵多了。假如要照以前规定的经费去采办材料，恐怕买不到什么。而且，想着把材料由香港买了来，做成了作品，又由飞机上飞了出去，那最不合算。石膏做的东西，既笨且重，又很容易碰碎，装箱也是困难。倒不如丁先生就直接到香港去住着，就了当地材料和能得的精良工具，在那里做出作品，做好了装箱搬上海船，直接运往新大陆，那不简便手续得多吗？"

丁古云又拍了两下大腿，笑道："着！着！这个办法最妙。只是这对于你的工作，恐怕要发生问题。"说着，抬起手来，搔着脸腮，表示了踌躇的样子。

蓝田玉向他微微一笑道："丁先生不是答应过也带我到香港去的吗？"丁古云笑道："有的有的，是有这话。可是我没有想到你愿和我一路去。"

蓝田玉向他瞟了一眼，笑道："丁先生究竟是老夫子，不懂得少女心情，哪一个小姐不愿到那么好的都会里去呢？在香港多么好，可以买到一切所需的东西，有好电影好戏看，住着现代化的房子，啊，多了，反正比在这里住着舒服一百倍。我还有许多女朋友在那里，到那里去，我也不会感到像在重庆这样寂寞。"

丁古云道："不过我们能去的话，恐怕不许可我们在香港自由交际。这是什么意思呢？第一是要赶制作品，第二也恐怕人家议论，说我拿了公家的钱，却是不替公家做事。"

蓝田玉听了这话，不必去思量，已经知道他是什么意思，因向他笑道："这倒是无须丁先生顾虑的。我若到了香港，一定听着丁先生的指挥，决不会淘气的。"她每次感到受窘或无聊，她总是搭讪着，嘴里嘀当嘀当的唱着英文曲子，现在她又是这样了。

丁古云手拿她斟的那杯茶，举到嘴唇边待喝不喝的，眼睛可望了她，因笑道："你还有什么话和我商量的吗？"

蓝田玉跳了两跳，透着还是小孩子那股天真呢。她走近了两步，向丁古云笑道："你怎么知道我有话和你商量呢？"说着，她将手扶过后脑勺右边那只小辫，辫梢放到嘴里咬着，眼珠向丁古云转着。

丁古云笑道："你要买什么东西呢？说吧，无论什么，我一定和你买回来。"

蓝田玉放开了小辫子，笑道："我什么也不要，谢谢。可是我这话说出来，一定要碰钉子。"说着，手扶了桌子，将一个柔嫩雪白的食指，在桌面上画着圈圈，口里又是嘀当嘀当唱着英文歌谱。

丁古云把那杯茶都喝完了，还是拿了那空杯子在手，待喝不喝的，只管向她瞧着微笑，因道："这可奇了，你怎么知道会碰钉子呢？你说的话，我向来是赞成的。"

蓝田玉于是仰起脸来向他笑道："那么，我就说了。我知道夏小姐她们学校里那个会计先生，私人经营点儿小生意，常常托靠得住的人，在香港带回那极容易随身藏着的挂表手表和自来水笔，有时也做到两三万元。货带来了，除了本钱，他和带货的人对成拆账。这个人我认得他，他可对我没信用。丁先生不认识他，他可十分信任你。因为你这鼎鼎大名的君子艺术家，他是信得你过的。"

丁古云放下茶杯，向她笑道："你这意思是让我和他合伙做生意？"蓝田玉笑道："一万元的货，赚得好，可以赚五六万元。对成拆账，各赚两三万元。咱们这穷艺术家，赚两个钱救救穷，有什么不好？何况咱们将本求利做生意，并不是什么坏事。"丁古云将左手五个指头轮流敲着桌面，右手还是扶了那杯子出神。

蓝田玉微微鼓了腮帮子道："怎么样？我知道要碰钉子吧？"

丁古云笑道："你别忙，这件事，我们得考虑考虑。钱上一两万，人家是不会相信我这素昧生平的人，这是一个问题。其次呢，我们若能到香港去，恐怕不是一二个月能回来的呢。拿了人家两三万块钱，人家放心吗？"

蓝田玉道："唯其如此，所以要你这金字招牌出面了。我想着，只要你肯和那会计见面接洽一次，他绝没有什么考虑，就会掏出资本来。我想着，我们想有一点儿办法，就非做生意不可。"

丁古云接连地听着她说了我们这样，我们那样，毫不见外，心里极是高兴，对于她这种提议，当然没有拒绝的勇气。只是沉吟了去摸头发，然后笑道："我这个金字招牌，你利用我去做生意？"

蓝田玉微微鼓了嘴道："你说的话自我牺牲，那是……"

丁古云立刻迎着笑道："不假不假。你稍微等两天，等我由城里回来，一定去和那会计先生碰头。一言为定！"

蓝田玉听着，笑了一笑。走到桌子边，两手按了桌沿，和丁古云隔了一只桌子角，因笑道："我还有一个要求。今天中午，我要在寄宿舍里吃饭。"

丁古云笑道："这样用得着什么要求，昨天不就当众宣布了吗？"

蓝田玉笑道："你没有懂我的意思。我的意思是说在这里第一次正式吃饭，希望有你陪着我，饭后你才进城去好吗？"

丁古云真想不到她会是这么一个要求，真觉周身都像理发店里的电体机械震荡过了一样感到一种不可言喻的舒适。可是他还笑着道："我是预定好了两三点钟去见老莫的，吃过午饭进城怎来得及？"

蓝田玉道："既然那么着，当然是进城找老莫要紧，你就走吧，等你回来了，我再加入这边吃饭就是。"

丁古云笑道："不！不！你已经约好了今日中午加入的，也许他们还等着你吃饭呢，我陪你吃这餐饭就是，明天我一早去找老莫也没关系。"

蓝田玉道："田先生说，他们又须备了两样好菜欢迎我，我倒不可叫人家失望。"

丁古云拍着手笑道："怎么样，还是我说得对吧？"她又微微笑了一笑。

于是丁古云留在寄宿舍里，陪着蓝小姐吃过午饭。饭后，蓝小姐到他屋子里，私下向丁古云道："我本想送你走几步，又怕人家太注意，我还是不送。快点儿回来，给我个好消息吧。"

丁古云听了，满脸是笑地向她道："有你这话，比送我到公共汽车站还要交谊厚十分呢。你想吃点儿什么？我给你带来。"

蓝小姐将右手挽过她右脑后的小辫子，将身子摇撼了道："我不要，我不要，哼哼！你把我当小孩子。"说着，又微微跳了两跳。

丁古云看着她憨态可掬，哈哈大笑。蓝小姐也哧哧地笑了。她又道："别尽管笑，最好是把事情办好了，咱们留着慢慢地笑吧。"

丁古云又听了一声咱们，心里自是十分高兴，匆匆收拾了一只旅行袋，便提着上公共汽车站去，走到寄宿舍对面小山冈子，回头看看。见蓝小姐站在门外敞地上，还向这里望着。不由自言自语地说道："她对我真有几分真心。"同时自己又赞成这句话，点了几点头。这一份儿希望，鼓励了他为金钱而努力。

三点多钟，到了城里。他自也急于要知道莫先生的态度如何，哪里也不去，坐了一辆人力车子，直奔莫先生办事处，到了那里，自是先向门房去投名片。那门房先是看了一看名片，然后向墙上挂的小钟看了一下，将名片向桌子角上一丢，淡淡地道："过了挂号时间了。"那名片丢下来，劲头子足了一点儿，竟是被滑落到地下去。

丁古云看到了这份傲慢情形，恨不得伸手敲他两个耳光，可是自己也很明白，不通过这个门房，就休想去见老莫，得罪了他，使自己走上了绝路。因忍住了一口气，弯腰将名片捡了起来，向他笑道："可不可以请你到上房去问一声？"

门房架腿坐着，正点了火柴吸着纸烟。于是昂头喷出一口烟来道："今天会的客很多，有二三十位，不用问，没工夫再见客。"

丁古云心里暗暗骂了两声狗种，自提了袋走出大门去。就在这时，那位尚专员由里面走了出来，点了头笑道："丁兄，你什么时候进城来的？"他虽这样说着，还是举脚走他的路。显然他是随便应酬，并无予以招待之意。

丁古云赶上去两步，将他衣襟扯着，笑道："尚先生公忙吗？我有两句话和你商量商量。"

尚专员见他这样，只得看了看戴着的手表，向他笑道："我只能谈二十分钟的话。"

丁古云道："那够了，那够了。"尚专员为了莫先生对他印象很好，自也不愿过拂了他的情面，便陪同了他走进办事处，找了一间小谈话室去坐着。

丁古云放下手提的旅行袋，还不曾坐下，先向他拱了两拱手笑道："诸事请帮忙。诸位既把偶像抬出来，让我为国家做点儿事，那么做事做到头，就索性超度我一下了。"

尚专员笑道："我兄差矣。怎么连超度两字也说了出来了？"

丁古云道："因为我们那个寄宿舍是隐瞒不住事情的，自从大家有了那拿作品出国去的消息以后，大家把这话宣传出去了，闹得满城风雨，现在一点儿着落没有，真成了四川人那话我么不到台。"

尚专员道："所谓没有着落，指是哪一项而言呢？莫先生不是当面答应了一切吗？"

丁古云道："这样实实在在的事情，当然不是一句话可以了事，第一是要钱。"

尚专员又看了一看表，因道："这事我也无从做主张。等我去问问莫先生，看他怎样说，最好和他直接接洽，请你在这里等一等。"说着，他去请示去了，不一会儿，他回来说，"今天会的客太多，恐怕没有工夫详谈。明天上午你到这里来吧。"

丁古云道："上午不是会客时间，几点钟呢？"

尚专员道："自然越早越好。既是他约你来，就无所谓时间不时间了。"说着，他也不管丁古云同意不同意，起身就向外走。丁古云虽觉得他招待不周，可是想到他以前曾帮过忙，不可抹杀一切。而且这是在人家办公的所在，人家自有正当的公事，岂能专门陪客？在一切原谅的情形之下，他就自己忍受了这些，自找了旅馆住着。

他因为人家叮嘱了来得越早越好，早起在豆浆店里去用过了早点，匆匆地看了一份报，就向莫先生办事处来。第一步还是去找那不愿见的门房。说明了缘由，他大笑了一阵，接着道："约你上午来，并没约你一早来。现在不到九点钟，连莫先生自己也没有来呢。"

丁古云见那门房驴式的面孔，眼角笑出了许多鱼尾纹，那一份讥笑的样子，显然挂在他薄嘴唇与惨白的马牙齿上，可是还得向他问话，不问哪有路径？何况自己是抱了牺牲的精神来的，就受点儿委屈又何妨？便静站着了四五分钟，再等机会。倒是那个门房见他是长袍马褂，长须飘然。虽然穿的是布衣，却像有几分身份的人。见他望着人是翻了两只大眼，面孔红红的，似乎有了气。既是莫先生曾约他来，总不能过于藐视他，因停住了笑道："莫先生至早也要十点钟才来。你十一点钟以前来，总可以会得着他。"

丁古云想着，这回算是自己找钉子碰。还有什么话说，又是无精带彩地走了出去。最后是自己算准了时间十点三刻再去。可是那门房见面之后倒先告诉了他，莫先生没有来。

丁古云道："莫先生不是每日上午九点钟总要来的吗？"

门房道："那也不一定！"说时，正有邮差来了，他自忙着盖章收信。他拿着一捧信件在手，清理了一番，已送上房去了。丁古云看看那小桌上的小钟，已到十一点，以上午而论，为时已经不多了。看那门房，自办他的事，并不将眼角的微光闪人一下，料着多和他说话也是自讨没趣。便走出门房，在空场的水汀汽车跑道上溜达着，心想莫先生坐了汽车来，必会在这跑道上下车的。就这样等着他吧。这样直等过十二点钟，还不见莫先生的汽车到来，料着这是一场空约。反正这是尚先生代为约会的，莫先生不负责任。何况他们这种人的时间向例是分两种，一种是等候人，一种是要人等候。莫先生自是占着后者的身份，虽然昨天留了那么一个约会的话，照着习惯，他自不怕人家不等，并没有感到什么误约的意念。这天上午不来，也就忘了这样一个约会。

丁古云白等了一上午，只好出去找个小馆吃了一顿中饭。由一点钟到三点钟，自然无须再去赴约。三点钟以后，是莫先生普通会客的时间，去晚了，又怕是来客太多，把号挂满了，还是挂不到自己。因之挨到三点半钟再也不敢停留，又到办事处来，那门房经了多次的接触，算是认识了，接过他递来的名片便道："你随我来。"他脸上固然没有怒意，可也没有笑意，冷冷地拿了那张名片，晃了膀子在前面走。

丁古云暗暗叹了一口气，只好跟他走。走到一所门口挂着会客室牌子的所在，他推开门，让丁古云进去。那门房也并未多交代一句话，自走了。这里有两张大餐桌，另外两张小桌，围了椅凳之类已不少穿长短衣的人分处坐着。这里没有主人，也没有茶烟，只是大餐桌上各摆着一瓶草木花。坐着的人，除了看这花，便是面面相觑。恰好这些人，丁古云也不认得一个，向各人看了一眼，自找墙角落里一张桌子边坐下。初坐下来，还无所谓，坐得久了，实在无聊，好在墙上还悬有几张分省地图，便站起来背着手看地图。

这隔席桌上坐着两个人，似乎有点儿相识，轻轻地谈着话。一个道："这哪是会客室，这应当说是候见室。"一个道："会客室是对的。在座许多客，互相会一下，才是客会客。若有个主人，便不成会客室了。"那一个道："若把这地图换了人体解剖图，倒有些像候诊室呢。"附近几个听见的人都笑了。丁古云也笑了一笑，心想，不是为了蓝田玉，谁愿在这里候诊？然而想到了蓝田玉自我牺牲那一句话，也就安之若素了。

第十四章

一切顺利

这"候诊室"究竟不是那么可厌的而且是可喜的。倘若不是可喜的，也不会天天下午客满了。丁古云在这"候诊室"里约莫坐到一小时开外，已经有呈启式的人物拿着名片，请过两位来宾出去与莫先生谈话了。那人第三次来，站在房门口将名片举了一举，问道："哪位是丁先生？"丁古云站起来，他便说了一声请。

丁古云留下手杖帽子，由他引着到莫先生见客室里去。莫先生今日很是客气，和他握了一握手，先就连说了两声对不起。落座之后，丁古云先道："莫先生很忙，要会的客还多着呢。我的话很简单地说出来吧。前莫先生定的计划，当然是要继续进行了。但据古云考虑下来，倒有点儿不敢担任了。"

莫先生听了此话，倒有些惊讶，望了他道："不敢担任？为什么呢？"

丁古云道："现在百物涨价，连飞机票子……"

莫先生倒不让他说完，立刻接嘴笑道："那是当然，绝不能照以前的计划支配款项。我已经预定支用十万元。"

丁古云道："关于整个的计划，古云有点儿变更。无论是在海防

134

或香港买原料回来，将作品弄好了，又搬了出去，这一笔运费固然是可观，而且怕有破碎，不如我自己到香港去住上两个月，就着当地的材料，将作品弄出来直接海运出去，岂不省事省钱？自然作品总要审查审查。我想这也好办，或者就请留港的艺术界人物大家审定，并寄几张照片回来，请莫先生看看。不知莫先生对这事可否放心？"

莫先生点着头道："很好！这样很好。只是丁先生请的那位帮手也可以去吗？"

丁古云将脸色正了一正，有了一种毫不可犯的样子，因道："本来古云是没有打算带她去。据她说，她的兄嫂现在就侨居在香港，若到香港去，她可以住到兄嫂家里去，可以不支旅费。"

莫先生道："我还有一件请你帮忙。现在要采办一批西文图书及文具，约合三十万元。我们开一个单子，打算请你在香港代办一下。这款子打算不汇出去，由内迁的南海美术学校拨兑。因为他们有款子存在香港，他们学校里开几张支票给你，你可以到香港银行里去拿钱。这样可以省掉申请外汇的一番麻烦。假如你用钱不够的话，你打电报回来，他们还可以寄支票给你。"

丁古云道："那很好。那石校长是古云的熟人，可以和他接洽的。"

莫先生道："正因为石校长和丁先生是熟人，相信得过。其实，他也没有什么不相信，我们也是开着重庆支票调换他的支票。这样好了，丁先生可以自己去整理行装，关于款子和买飞机票，都派人和你预备好。这件事是尚专员主办的，依旧一切由他负责吧。现在要用钱吗？"

丁古云带了点儿微笑道："当然是要一点儿钱来安排。"

莫先生打着茶几上的呼人铃，随着进来一个茶房。莫先生已是拿起面前桌上的纸笔，开了一张条子，交给他道："立刻到会计处取五千元款子交给丁先生。"

丁古云一听他这吩咐分明是这接见室里要等着见其他的来宾，主人已有谢客之意了。于是告辞出来，回到先前那个会客室里去拿帽子手杖。茶房随在身后很恭敬地道："请丁先生在这里等一会儿，我立刻将款子取来。"

丁古云回到那会客室里，虽还看到有好多人在候见，可是他觉得没有先来时那一切的愁云惨雾。纵然这里可说是候诊室，自己的病，莫大夫已经诊断个千真万确，所开的方子有起死回生之妙。这候诊室也就十分可喜了。他如此感觉着，欢欢喜喜地坐在桌子边，觉得那花瓶子里的鲜花像蓝小姐浓妆后的脸，向人发着微笑。

那茶房来了，他很懂事站在门口，笑嘻嘻地向丁古云点个头，丁古云会意，走出门来。那茶房却引他走这一边，在怀里掏出几卷钞票悄悄地交给他。虽然社会上用钱的眼眶子大了，然而这个五千元的数目究竟不是一个长衫朋友随便可以取得的，因之拿在手上，看了一看，便随手取了五十元塞在茶房手上，笑道："买一盒香烟吸吧。"他高兴之余，也没有等茶房那声道谢，立刻走上大街去。

且不坐车，一面走着，一面向街两旁店铺张望张望，心里便不住估计着哪一项东西是应当买给蓝小姐吃，哪一项是应当买给蓝小姐用。估计之后，再没有什么考虑，立刻就买下了。跑了三家店铺，这两只手就有些拿不下了，临时买了一只红绿格子的旅行袋，将买的东西都装在里面。直把这旅行袋装满了，还添了两样在手上拿着。因为旅馆里还放着一只旅行袋，预计是可以还放下一些东西的。街上转了两个圈子，今天是无法赶坐公共汽车回去的了。一肚子话急于要告诉蓝小姐，却要挨到明天去，自己是在焦躁之中，格外感到沉闷，本来没有什么事了，身上有钱可以消遣两小时，然而他反感到有些不安，在小馆子里吃过晚饭，便到旅馆里去睡着。

次日，天不亮就起来，赶到公共汽车站去买第一班车的票子。恰好遇到两个送客的学生，一个代站在票房外栏杆边排班买票，一个代提着旅行袋。

丁古云腾出身子来，坐在车棚下，喝豆浆冲蛋花，吃油条烧饼。提旅行袋的学生坐在一边，却向他笑道："这实在不是尊师重道之旨，这样寒天，要丁先生三更半夜到公共汽车站来排班。"

丁古云笑道："我现在已不教书了，叫什么人来尊师？至于道，这要看是怎样的讲法。我们守着这一份落伍思想，还能认为是什么道吗？"

那学生笑道："虽然这样说，但我们跟随丁先生念过书的，我们就晓得丁先生是个不折不扣的圣人。"

丁古云呵呵一笑，连连摇着手道："不要说这样开倒车的话。"

那学生道："虽然丁先生十分谦逊，但是我们出了学校门，就觉得老师当年给我们做人的教训，句句是良言。我们现在拿出来应用，非常适合。"

丁古云手摸了胡子，向他望了道："那么，你举一个例。"学生道："譬如丁先生当年对我们说，男女恋爱是人生一件事，可不是胜过一切的事。至于不正当的恋爱，更是断丧性灵、摧残身体、败坏事业的事。因此，我们结了婚，再不追逐别个异性。我们同事，女子很多，我和张先生都守着丁先生的信条，不追逐女同事，因之事业不受牵挂，经济也没有损失，而女同事也看得起我们，上司也说我们忠实。不正当恋爱，实在与人的事业不并立。"他们两人虽是悄悄地谈话，这些围着喝豆浆的人都听到了，不免同向他们注视着。觉得这位先生道貌岸然，教出这样守贞操的学生，真是空谷足音。各个在脸上表示了一番敬仰之意。

丁古云也就晓得了人家在敬仰着他，越发正襟危坐。一会儿票房卖过了票。另一学生拿着票过来，因道："我们不曾请假，不然，一定将先生送回家去。"

丁古云道："那倒无须，我也是抗战以后把身体锻炼好了，可以吃苦，一切能享受的事竭力避免。票子买到了，你二人回去吧。"

这两个学生哪里肯依。一直等到六点钟，丁古云上了车子，他们在地下，将两只旅行袋由车窗子里送了进来，肃立在车外，直等车子开走，还向窗子里鞠了一个躬。

和丁古云同车的，看到这情形，都暗暗想着，当教授的人应当像这位长胡子先生，教得学生死心塌地地佩服，直到出了学校，还这样恭敬老师。和丁古云坐着相近，不免向他请教一番，表示敬慕。

车行二小时余，已到了丁古云的目的地。这是中途一个大站，车子上下来的人很多。那同车的人见车站上站着一位漂亮的女子，很令人注意，正眼睁睁地看着下车的乘客好像是个接人的样子。大家心里也都在想着，这样美丽的小姐，不知道是来接什么俊秀青年。

及至丁古云下车，她却迎上前去，笑道："昨天我等你一天没来，我猜想着你一定坐早班车子回来的，果然一猜就着，我来和你提一样吧。"

丁古云笑道："啊！昨天你等我来的，那真是不敢当，所幸一切进行顺利。"由车上下来的人看到这种情形，都大为诧异。怎么这大胡子上车下车的情形是个南北极？人家虽是如此注意了，但丁古云自身丝毫也不曾感觉。

他笑嘻嘻地道："蓝小姐，这两袋子东西都是替你办的。回头你看着我采办的东西是否十分外行。"

蓝田玉已代替提了一只小袋子在手，于前面引着路道："我想，你是不会十分外行的。一个艺术家，他应该比平常的人更懂得女人一些。哦，我还告诉你一个消息。夏小姐回去的时候，我写了一封信托她带去。她是和你一天走的。你猜怎么样？那位会计宋先生竟是比我们所料想的还要性急。昨日下午他就来了。他听我说你今天可以回来，昨天晚上没走，就睡在这里小旅馆里。我们还是先回寄宿舍去呢，还是先去见他呢？"

丁古云笑道："你看，这两只袋子都是你的东西，提着东跑西跑，那好像是有意卖弄了。"

蓝田玉站着回过头来向他望了一眼，低声笑道："难道你还怕人家知道吗？寄宿舍里可都拿着你我开玩笑呢。"

丁古云笑道："寄宿舍里这些艺术家全是那块料，我倒不把他们介意。只是这位宋会计是你的熟人，我怕你不愿意他知道。"

蓝田玉笑道："我谁也不怕。况且学生跟着先生走，这也无须去隐瞒着谁。"说着话，两人离开乡镇已到街道外的平原上来。

丁古云看看小路前后，并没有行人，笑道："这回的事情，进行得异常顺利。老莫不但答应了我的要求，而且也赞同你到香港去。现在所可顾虑的问题就是怕钱不够用，虽说有两三万块钱，折起港币来，只有几千块钱，能做什么事呢？"

蓝田玉笑道："那么，我所计划的不错吧？我们应当兼做一点儿生意，顺便赚几个钱花。"

丁古云道："要说带的钱，那倒十分充足的。"因把莫先生许用十万元以及托代买西文图书的话说了一遍。

蓝小姐淡淡地道："那个钱我们当然不能扯作生意资本。我们还是和宋先生来订个合作合同吧。我就是怕你这位老夫子搬出仁义道德来，不愿做生意。"说着话时，放缓了步子，贴近了丁古云走。

丁古云见她这样早就迎接到车站上来，心里这份感动已经是难以用言语来形容。这时站在她身后，看到她那苗条的身段、溜光的头发、轻微的粉香，正像喝了早酒，人有点儿昏昏沉沉的，便笑道："什么时候我在你面前说过仁义道德呢？"

蓝田玉站着，回过头来向他端详了一下，抿起嘴笑着。

丁古云道："你这是什么意思？"

蓝田玉道："什么意思？你这人还用说什么仁义道德吗？你这脸上就全是仁义道德。说句肯定的话，你就是一张正经面孔。"

丁古云笑道："我怎么会是一张正经面孔呢？"

蓝田玉道："你到镜子里去照一照。长袍马褂，挂着一部长胡子。我和你在一块儿走着，人家总以为你是我的爸爸，我真是吃亏。"

丁古云道："你说这话我明白了。但是有长胡子的人，不一定就是正经面孔。"

蓝田玉道："照你这样说，长胡子是一副俏皮面孔呢，还是一副美丽面孔呢？"

丁古云听了，哈哈大笑，连道："这个好办，这个好办。"说着话到了寄宿舍里，蓝田玉提着那个旅行袋直向丁古云屋子里走去。他们悄悄地走来倒没有什么人发现，丁古云低声笑道："你打开袋子来看看，有你中意的没有？"

蓝田玉果然将放在桌上的旅行袋解开来。首先看到的便是一纸盒子广东点心。且打开了盒子将两个指头钳了一块放到嘴里尝尝，笑道："味儿很好，你也尝一个。"于是又钳了一块点心，直送到了丁古云嘴边来。

他笑嘻嘻地张着大胡子嘴将点心接着吃了。蓝田玉口里咀嚼着点心，手里将旅行袋里的东西一件件向外取出，清理之后，大部分是吃的，小部分是用的。其中只有两三样可算着是丁古云自用品，其余都是为她买的了。因道："糖果点心水果罐头，这都是我的了。"她两手操在胸前，望了陈列在桌上的东西，微微发笑，然后将眼风向丁古云飘了一下，笑道："你还把我当个小孩子哄着。"

丁古云笑道："没有的话。你想，我们快要到香港了，无论什么用的东西，我们全可以等到了香港再置，犯不上在这里买贵的。你也很久没有进城了，我进城一趟，应当带些城里的享受给你。"正说到这里，王美今在外面喊道："我看见丁兄回来的，怎么不见？"

丁古云将手把桌上的东西指了两指，立刻迎了出来笑道："幸而我并非溜回来，不然倒被你揭破了我的黑幕。"

王美今笑道："也许你想溜，但你溜不了。你学生真是恪尽悌道，昨天到公路上去接你好几回。今天早上没去接你吗？"

蓝小姐捧了一盒点心走出来，两手举着，笑道："我是为这个去的。"她说时虽故意放出一些玩笑的样子，可是脸腮上泛出两圈红晕。

王美今又见他两人全在门口站了，显然是不许人进去。心里倒有些后悔不该在门外叫丁古云，这倒像有意揭破人家秘密了，便缓缓地走开，口里带问着道："你接洽的事很顺利吗？"

丁古云道："还好。回头我要详细和你谈谈。"蓝田玉道："王先生，我请你吃块广东点心。"

王美今只笑着点了两点头，回头向她看了一下，自走了。丁古云对这事倒也不怎么介意，因向蓝田玉笑道："我想着你是个性子急的人，别让你心里老放不下那件生意经，我去拜访那位宋先生吧。"

蓝田玉笑道："还是让他来拜会你吧。最好是让他感觉到你是绝对不愿做生意的。"

丁古云笑道："我懂得你的意思了，你去通知他，我在家里候着他就是。"说时，连点了几下头。

蓝田玉见他一切照办，心里自也高兴，脸上带了三分笑意，低着头想了心事走出去，那王美今因蓝田玉昨日连向车站接丁古云数次，却引以为怪，加之刚才碰着二人的阻拦，他越是有些稀奇。因之悄悄地在一边看着，他们究竟玩什么。这时见蓝小姐带了一副尴尬情形走出去。虽是自己站在门外敞地上，她也未曾看见。心想，也许是她故意装着不看见。一个如花少女爱上这样一个大胡子，自然有点儿不好意思。丁兄在临老之年，竟走了这样一步桃花运，实在出人意表。而蓝小姐也叫自己一声老师，别看她绝顶聪明，她那份有人缘倒是害了她。自己这样慨叹着，还觉闷不住，便去找着陈东圃来谈这个问题了。

丁古云在自己屋子里休息着，正在揣想那位宋会计来了如何去对付，却没有料到王美今有什么事注意。约莫一小时后，那宋会计果然随着蓝小姐之后，到了寄宿舍来。蓝田玉先把他安顿在会客室里，然后再引了丁古云出迎，从中介绍一番。

丁古云见这位宋先生三十上下年纪，穿了一身漂亮西服，脚上踏的皮鞋，不因走乡间的路径，减了乌亮之色，便料着他有钱而好整齐。他怎么会和蓝小姐认识的呢？随着就发生了这样第二个感想。那宋先生当丁古云到大学去演讲的时候，已经看见过他的，早已承认他是位学问道德都很高尚的人。这时彼此诚恳地握着手，他先笑道："我有点儿事要来麻烦丁先生一下了。"

丁古云道："读书人现在都穷，谁也想找点儿办法救穷。我只要帮得到忙的话，一定帮忙。"

蓝田玉笑道："宋先生的太太和我在中学里读书，我们很要好。"

宋会计笑着点头道："不然，我们是不敢烦劳丁先生的。也是内人说，蓝小姐现时在丁先生手下帮助工作，借着蓝小姐的面子，或许可以请帮点儿忙。"

丁古云正在凝神一下，要想怎样答复他的话。

蓝田玉笑道："丁先生，我们请宋先生到你工作室里去谈谈吧。"丁、宋两位立刻都发生了一份会心的微笑。同时站起身来，宋会计到了古云工作室里，见茶几和桌子上陈列了许多作品，还有小纸条，写作格言式的标语。在肃然起敬之余，心里同时想着，这位丁先生是一位埋头苦干的艺术家，要他合伙做生意，那是一件强人所难的事了。

丁古云将他引到靠桌两张椅子边对面坐下，然后微微正了颜色，向他笑道："宋先生的意思，蓝小姐已经对我说过了。只是对于生意经，我是个百分之百的外行，恐怕办不好，反误了宋先生的事。"

宋会计笑道："说起来这事很简单，就是欠缺有人在海口上来往。若有便人来往，在香港买了东西带到了重庆，就等于赚了钱。"

蓝田玉两手反在身后，反靠了窗子站定，面向着里。她笑道："就是这一点，丁先生也不容易办到吧。他是一位十足的老夫子，不肯和人锱铢计较地讲价钱。好在我也有这个机会要跟着去，我可以代宋先生在香港采买。"

宋先生笑道："不，不应当说代为采买，我们是希望蓝小姐和我们合股。"

蓝田玉道："丁先生刚才就和我说了，若是几千块钱的事，可以顺便带些东西来。款子一上了万数，他觉得空口无凭，必须要订一张合同。好在丁先生是为了公事出境，在公事上他必须回到重庆来交代的。纵然不拿出什么交给宋先生，宋先生也相信得过。只是一张白纸上面盖一个图章的东西，应该交给宋先生。"

宋会计呵呵了一声，表示着很吃惊的样子，然后站起抱拳连拱两下，笑道："言重言重，教育界哪个不知道丁先生！丁先生的名字就是一张合同，哪里还用得着去另写？"

蓝田玉笑道："丁先生听到没有？宋先生倒是比我们自己还放心。"

丁古云道："虽然宋先生是相信得过我的，但我们总应当自尽我们分内的责任。我们总要在书面上提供一种保证。"

那宋会计听了这话，心里更觉是安慰，便在衣袋里掏出一个旧铜烟匣子来。打开时，却在里面取出一张支票，双手递交了丁古云，笑道："这是四万元法币，本来开港币的支票也可以，可是蓝小姐说，丁先生还有大批公家款子要买外汇，并拢在一处，买起来也并不费什么事，所以我就开了法币了。"

丁古云还没有说话，蓝田玉便插嘴道："这都是不成问题的小节。今天上午，宋先生是来不及回校的了，我请宋先生吃饭。"

宋会计道："我有许多事托与丁先生，岂有一个小东道也不做的道理吗？"

蓝田玉道："不管是哪个请吧，十二点钟的时候，我们准在街上那家万利馆子里相见。"

宋会计笑道："蓝小姐果然设想得周到，便是吃顿饭也要讨个吉利的口气。"

蓝田玉笑道："自然，做生意靠彩头好无用。可是有好彩头，心里究竟安慰些。"她二人一问一答，简直没有丁古云说话的机会，只有坐在一边微微笑着。宋会计觉得这或者不妥，而且在丁老夫子面前，始终说着生意经的话，也有些不识时务。因之特意称呼了一声丁先生，将蓝小姐的话锋撇开，然后与丁古云谈着些教育界的事情。敷衍了二三十分钟方才告辞。

　　丁古云送了客回头，见蓝田玉在自己卧室里清理着由城里带来的东西，口里唱着英文歌。便悄悄走进房来，背手闲看着蓝田玉的后影，不住地发着微笑。可是她正清理着那些大小纸包，陆续向旅行袋里塞了进去，她专心做事，并没有理会到身后有人。

　　丁古云缓缓走近她身边，她还是不自觉，便伸手轻轻拍了她的两肩膀，低声笑道："一切进行顺利，都依着你办了，你还有什么话说？"

　　蓝小姐虽被人暗暗地拍着肩膀，她并不惊恐，泰然不动地站着，微微地侧了颈脖子，把眼珠在睫毛里向他一转，并不言语，依然站着去清理她的纸盒纸袋。

　　丁古云见她这样子，心房虽有些跳荡，可是越发地有勇气了，将手摸着蓝小姐的小辫，低声笑道："你看，为了你的要求，我生平所不愿做的事，我全都做了。"

　　蓝小姐倒并不理会他的话，正打开了一纸袋子甜咸花生米，钳着向嘴里送了去。顺便她又抓了一把花生米，托在白中透红的手心里，半回转身来，递给他道："你买的，你自己不尝几粒？"

　　丁古云将两手伸出来捧住，笑道："我自己吃，还费这么大的劲带回做什么？我想到你住在乡下无聊，又没有什么消遣的书可看，所以我多带些香口的东西给你吃。"

　　蓝田玉道："你在乡下，我不无聊，你走了，我一个人在这里，那就无聊了。"

丁古云笑道："我不在乡下，寄宿舍里这些个朋友，也还可和你谈谈呀。"

蓝田玉道："他们和我说不拢来。我的脾气只有你知道。所以我说话起来，只有和你对劲。"

丁古云笑道："真的吗？握握手，握握手！"说着，伸出一只巴掌来，蓝小姐一点儿也不犹豫，就伸出白嫩的手来和他握着，同时向他瞟了一眼，笑道："祝贺你一切进行顺利！"

第十五章

割须弃袍

蓝小姐这句话是双关的。在她说这句话的时候，眼皮一撩眼珠很快地一转，向丁古云微笑着，丁古云还握住她的手未放呢，向她笑道："你说这话是真吗？"

蓝小姐很快地缩回她的手，向前快走了两步，站在窗户边，但她的脸朝里而不朝外，只向丁古云望了一眼，没说什么，淡淡地一笑。

丁古云因她今天曾特地提到有些像她的爸爸，心里着实不安。自己就联想到这一部长胡子，站在这妙龄女郎一处总有些不称。所以当蓝小姐望了自己的时候，自己就立刻感觉到她为什么望了自己，而又不愿听了她不快的表示，扫了彼此的兴。立刻就笑道："我正有一句话要征求你的同意，还不曾说出来。就是我想到这种老夫子的样子，走到香港去也许有点儿不适宜。我想换一套西装，你看怎么样？"

蓝田玉笑道："人家都是由香港穿了西装进来，你倒要穿了西装出去。"

丁古云道："虽然如此，可是为了和你在一处走路免得太相形见绌起见，我早一日改装，给你早一日……"他说到这里，颇觉下面

147

这个说明不容易措辞，便只管把话音来拖长了，搭讪着伸手摸了两摸胡子。回头看着旁边桌子上，立了一面大镜子。看看那镜子里的影子道貌岸然的，和面前这个摩登少女对比一下，实在不调合。便将手轻轻一拍腰部道："我决计改造一下。"

蓝田玉瞅了他一眼，微笑道："这话怎么说？"

丁古云道："你看，现在我们中华民族在全国搏斗的期间，我们应当有朝气。纵然是个中年人是个老年人，也应当做出一番少年的气象出来。充量地说，我也不过是个中年人，倒弄成这种老年人的样子。这样老气横秋的，过于欠缺奋斗精神，所以我要重新改造一下。我这番意见你总不至于反对吧？"

蓝田玉笑道："都是你自己的事。"

丁古云向她走近了两步，微笑道："虽然是我的事，我也愿意征求你的意见。"

蓝田玉笑道："得啦。够贫的了，老讨论这种事做什么？我先回去一趟，回头我们到街上见吧。"说着，举步就要向外走。

丁古云站着门边，将去路拦住了，连道："不要忙，不要忙，我还有话和你说。"

蓝田玉倒不抢走出去，低声笑道："你看，你回来之后，除了见客就是和我谈着话，寄宿舍里这些个人，你全没有和他们谈过一句话。王美今是你合作的人，你应当把在莫先生那里接洽的情形也告诉他一点儿，我们这私人的事什么时候都好谈，你忙着些什么。你得罪了人，可别把这责任都推在我身上。"

她说着这话时，左手提了旅行袋，右手将丁古云轻轻一推，扑哧一笑扭着头出去了。当她抢步出去的时候，衣服和头发上落下一阵残脂剩粉香，这一种香气，让人嗅到后有一种说不出的愉快意味，他站在这里简直是呆了。这样总有五六分钟之久，自己微笑了一笑，点了两点头，自言自语地道："她的意思确是很好，确是很好。"于是依了她的话，走到王美今屋子里去，坐着和他闲谈。

王美今听他说到莫先生给予他一种巨款，便道："那很好呀！在这乡下的草屋子里别扭久了，到花花世界里去陶醉一两个月，调剂调剂这枯燥的生活。可是把这位如意门生放到哪里呢？"

丁古云道："你说的是蓝小姐，她已不是三岁两岁的小孩子，她是一个绝对能够自立的女子。哪里她不能安身，我想她或者还住在这里吧？这里有许多先生可以照料她。你不也是她的老师吗？"

王美今坐在他对面椅子上，很惊讶地站了起来，因道："什么？她还住在这里吗？你回来之后她在你屋子里很久，就是商量这个问题？"

丁古云手摸着胡子，笑道："我也只是略略和她谈及，还没有具体的办法。我倒有一件事要和你商量一下，你有认识的拍卖行没有呢？"

王美今道："你还要回来的呀。你打算把衣物都拿去寄售卖掉吗？"

丁古云笑道："我不是卖出，我是要买进。我想这次到香港去，不是为着我个人的私事，多少要带一点儿外交人物气派。我想改穿了西装出去，免得这样老夫子打扮，一下飞机，就给予香港人士一个不良的印象。"

王美今听说蓝小姐要留在这里，刚才心里所发生的一种疑问就去了一大半。这时丁古云说是要买西装，他倒觉得这意见也非完全无理，因笑道："也许这是受了蓝小姐的劝告吧？你怎么会把你这件道袍肯牺牲的呢？"说着，牵了一牵他的长袍衣襟。

丁古云道："我向来虽是个自奉俭朴的人，可是遇到礼节所必须用的钱，我没有省过一文。正是国奢则示之以俭，国俭则示之以礼。

你别以为我改穿西装是一种大变更，这理由很简单。假如我们是个青年，被征当兵，能够不穿军装吗？到了不得已的时候，孔夫子还微服而过宋。我虽然改装，还不是化装，孔夫子都肯做的事我还不能做吗？"

丁古云说了这一串理由，虽没有说是否受着蓝小姐的劝告，可是王美今却也无可再为驳斥，因笑道："何必要到拍卖商店去买？朋友路上卖旧货的通融一套，可以省了一笔用费。我路上正有两位老友，从美国回来的，他们都有不合身材的西服出让。不但料子式样都好，而且没有旧。人家在美国吃得又白又胖，回来三四年周身瘦去了一个边沿，很好的西装肥大得看不得。原来旧西服小偷都不光顾的，现在拍卖行里大批地征求西装，他为什么不去换几个钱用？可是为了面子关系，又不愿亲自送到拍卖行里去卖，也不愿四处托朋友找主顾。若是有人以情商的姿态，请他相让一套西装，那是他最合适不过的事了，为什么不干呢？"

丁古云笑道："有这样的事，那好极了，就怕衣服相差太远。"

王美今道："有两个朋友的衣服可以通融，我都去拿了来，让你试一试。据我的理想，那总有一套合适。"正说着，陈东圃也进来闲谈来了，王美今代说了丁古云要易服到香港去，而蓝小姐又不去的事。

陈东圃道："这是没法子的事，非如此办不可。记得我初到香港的时候穿着一套长衣，香港人一见，当面就说我是由上海来的。不用说，背后就要说一声外江佬。到处都不免引着人家欺生，我箱子里虽有一套哔叽中山服，我不敢穿。因为在香港，旅馆里茶房、酒饭馆里伙计，都穿的是这一类的衣服，我忍受到一个星期，没有再忍下去，只好买了一套西服穿了。"

丁古云皱了眉道："就是为这缘故，我踌躇了不敢去。"

陈东圃笑道："也许另外还有原因。"

丁古云听说，也就忍不住笑了，手抚了长胡子道："蓝小姐住在这里，还怕这些老前辈不会照应着她吗？她最醉心你的事，你可以指点指点她了。"

陈东圃笑得合不拢嘴来，因道："蓝小姐这种聪明人，那还有什么不是一说就会？可是她并没有和我提过这事。"

丁古云笑道："她怕碰你的钉子。"

陈东圃原是坐着的，听了这话，突然站了起来，拍了手道："哪里有这话！哪里有这话！这件事你放一万个心，在你回来以前，我决计将她教会。"

丁古云道："那么我由香港带些东西回来谢你。"

陈东圃道："那倒用不着。蓝小姐烧得好小菜，做两样菜大家解解馋吧。"于是大家都笑了。

这样一来，丁古云之易服问题，已得着两个朋友的拥护，自是心宽若干了。到了吃早饭的时候蓝田玉也在同桌，闲谈中提到这件事，两桌人没有什么人反对这事的。只是仰天在隔席向丁古云笑道："丁翁，你现在也不能反对我们穿西装了吧？我们穿西装固然为着便利，有时确也实逼处此。我们哪里有许多钱，既穿西服又穿长衣？所以我们干脆就改穿了西服。"

丁古云笑道："虽然如此，假如我不到香港去，我依然会反对穿西装的。"

仰天笑道："你要穿西装，我想多少还受了蓝小姐一点儿影响吧？"

蓝田玉在这边桌上，头一撇，微笑道："这不干我事。丁先生穿了西装上香港，和我们在重庆的人什么相干？"

仰天道："什么？蓝小姐不去吗？"

蓝田玉点头笑道:"我想去啊!可是谁借钱给我买飞机票子呢?"

仰天道:"我仿佛听到人说你也去。可是我就想着,这旅费怎么样筹备?还不光是一张飞机票子而已。那么你不能跟着丁翁学雕塑了,打算怎样消遣?"

王美今和她同桌,坐在下首,她向着他把嘴一努,笑道:"啰!我跟他学画。"

陈东圃坐在仰天桌上,她又反伸了筷子,将筷子头点了他道:"我跟他学筝。"她这种态度以学生加之先生,当然是一种失礼。可是王美今和陈东圃的感觉恰恰异是,都有一种由心田里发出的愉快,同时脸上现出微笑。

仰天笑道:"蓝小姐将来要造成一个全能艺术家。索性再演两回话剧好不好?"

夏水也坐在他同桌,因道:"你这样说了一句不要紧,弄得老丁要不敢去香港了。他总认为我们是引诱青年男女的怪物。"

丁古云笑道:"笑话!我什么时候在二位面前说过这句话?蓝小姐早在一年以前,已经对话剧感到厌倦了,难道也是受了我的劝告?"

蓝小姐桌上,有丁古云由城里带来的卤鸭蛋和大头菜,虽然这边桌上,蓝小姐也送过一碟来了的,已是吃光了。她便一筷子夹了两片大头菜和一块盐鸭蛋,走过来送到仰天碗里,笑道:"我运动运动你。仰先生,往后还得你照应点儿。"

夏水道:"这事有我两人在内,你只运动他而不运动我。"蓝小姐听说,不用筷子了,就把两个手指头钳了两大片大头菜,放到夏水饭碗里,又钳起了一片,塞到他的嘴里,然后她手掌伸给他看道:"你看,干干净净的,我洗过了才吃饭的。"大家倒随了她这话向她手上看着。果然,不但洗得干净雪白,而且十个手指上都涂着蔻丹,

152

这朱红的油漆擦在某些人的手指甲上，往往是增加了许多厌恶不堪的丑态的。但是这时在蓝田玉的嫩白手上看见，便觉颜色很调和。

仰天笑道："你不用把手他看，你看他两只锐眼瞪着荔枝那样大，仔细他把你的手当硬面饽饽啃了。"于是全屋人都哈哈大笑起来。仰天笑道："蓝小姐不到香港去，那很好，就是要去，我们也要挽留。你看我们这里增加了她一个就满室生春。"

丁古云听了这些话，只是微笑。

饭后，丁古云悄悄向蓝田玉道："换西服的话，朋友都赞成了。这算引起了我的决心，要不然我成了乡下姑娘进城新穿时髦衣服，先有些羞人答答。"

蓝田玉笑道："这就是你的短处。总把自己看成一个落伍的老头子，不但和青年人混不到一处，和中年人也混不到一处。越这样想越弄成周身古板衰朽的气息。其实这里有一个现成的事实证明你思想错误。我总是一个青年，怎么我就很和你说得来呢？你看，仰天先生周身都是孩子气，人家都和他说得来。其实，他的年纪要大好几岁，没留胡子，终年穿的是西服，青年人见了他还不是把他当老师？在艺术界虽然没有你丁老夫子的地位，在戏剧界里他可了不得。不穿长袍马褂，不留长胡子，这何碍于师道尊严？"这一篇话说得丁古云心服口服，绝没有一个字的反响。

王美今先生对这事也非常有兴趣，在这日下午，他跑出几十里路看朋友，次日上午，就把一套出让的西服和一件大衣带了来。正好蓝小姐在丁古云工作室里，女孩子们是十分的热心和好奇，立刻要丁古云拿来试试。

丁古云先看着那衣服既无脏迹，也没有什么破眼，早就有三分愿意。走到卧室里，掩上房门，匆匆把长衣服脱了，将西服换上，自己向镜子里一看，竟是十分称身。于是两手抖了领襟，向工作室里走去。一面走着，一面笑道："王兄，你这件事替我办得很好，这套衣服，竟是和我自己做的一样。"

他走到工作室里来，当了王美今站定，然后偏过脸来向蓝田玉笑道："总还称身吗？"她含笑走向前来，伸手抓了他衣服的抬肩，微微地摇撼了两下，笑道："勉勉强强，总可以穿。"

王美今笑道："蓝小姐在丁老师身上，总是很用心的。"

蓝田玉向他瞟了一眼，笑道："哟！这有什么不能明白的。女人不穿西服，她可会做西服，据我们的经验，西服大小是抬肩上最不容易合身份。只要抬肩合了，别的所在大小相差一点儿，就还说得过去。所以我看了之后，不免要伸手摸摸。"

丁古云笑道："有理有理。那么，据你的看法，现在是不是算得合适了呢？"

蓝田玉退后了两步，抿了嘴微向丁古云周身上下看了一遍。她并不说话，转着她那灵活的眼珠，将头点了两点。

王美今笑道："既是合身，你就留下穿着吧。我和你设想齐全，把零件都给你配合了，放在衣服袋里，你自己只要配上一件衬衫就可以改装了。大衣可以不必试，原是一个人的。"

丁古云笑道："还没有讲好价钱呢。"

王美今笑道："教书匠卖衣服给教书匠，难道还能讹你吗？而且我说出了你尊姓大名时，他说你为公改装，随便给钱吧。他向来就佩服你为人，在平时，便是送你一套旧西服，也不算稀奇。"

丁古云哦呀了一声。

王美今笑道："你不用惊讶，你这尊偶像，实在是可以先声夺人的。"说时，他不觉伸手对陈列作品的长案上，向那尊身穿马褂、胸垂长须的塑像指上一指。

丁古云笑道："你说的是那尊偶像，与这尊穿西服的偶像无关吧?”说着，将手指着西装的胸襟。

王美今笑道："偶像成功了，那倒不论你穿什么装。穿长衣袍是偶像，穿西装是偶像，甚至你身上只披着一块布片，你还不失为一尊偶像。你放心，你不必为着改穿西装，对偶像感到烦恼。"

丁古云笑道："我原是一个制造偶像论者，可是自今以后也许要做个打破偶像论者。"

王美今听了这话，不由得向他望着道："那为什么?"便是蓝玉田也觉得这话出于意外，对了他脸上望着。

丁古云笑道："这话并没有什么稀奇。不过我觉得做一尊偶像，是和社会做模范，而不是为自己做人。不要做个偶像，可就自由得多了。"

蓝田玉眼珠在长睫毛很快地转了一转，向他给了一个眼风，然后笑道："丁先生今天所说的，都像是些醉话。"

丁古云呵呵一笑，把这话牵扯过去了。

他们这一阵说笑，惊动了茶房，悄悄地通知了别位先生，说是丁先生改穿西装了。各位先生正如茶房一样地感到新奇，陆续拥挤到这里来看他改装。他见人没得说的，只是呵呵地笑。他自己也这样想着，丑媳妇免不了见公婆，索性说上几句笑话，和大家一同玩笑。他一随便，这笑话也就停止了。

两小时以后，城里一个专差送了一封信来。乃是尚专员之约，有要事相商，请他立刻入城。在屋子里没有散的朋友，就劝他穿了西装去。仰天还慨然地借一双预备役的皮鞋给他穿。丁古云借得了皮鞋，坐到工作室的椅子上来穿。

这时屋里无人，蓝田玉走到他身边，向屋子外面看了一看，低声笑道："这时候汽车挤不挤?"

丁古云弯着腰穿鞋子呢，抬起头来，她眼珠一转，露着白牙齿

155

微微一笑。

丁古云笑道："你也想进城去玩玩？好哇！"

蓝田玉摇摇手，向外努一努嘴，低声道："你拿的那五千块钱，用掉不少了吧？"

丁古云道："还多呢，你要用的钱总有。要不然，把两万元的支票先兑了款子在手边，以备不时之需。支用个一千二千，这窟窿我总补得起来。"

蓝田玉笑道："你告诉我地点，我明天去找你。我不和你一路走。"

丁古云笑着直跳起来，向了她问道："这话是真的？"

蓝田玉道："我什么时候把话骗过你呢？"

丁古云笑道："好的好的。我今天进城，能找着好旅馆，自然是最好，纵然找不到，今天先把房间订好，你明天去绝无问题。我除了到莫先生那里去而外，其余的时间，都可以在车站隔壁茶馆子恭候台光。"

蓝田玉笑道："那倒不必。下午四点钟以后、六点钟以前，你在车站上等着我就是。我既要走了，我应当去看看我几个女朋友。至于歇脚的地方，那倒不必愁着没有。"正说着屋外间有人说话，蓝田玉丢了个眼色，向他摇了两下手。他笑着点点头。他这个点点头，似乎是随便应酬着的表示。蓝田玉倒为这个有了很大的感触，把脸皮涨红了，抿嘴笑着匆匆地就走了出去了。

丁古云本来高兴，经蓝田玉这样一说，高兴得像喝醉了酒一般，脑筋有些浑叨叨的，赶快收拾了一只旅行袋，锁好了房门就往外走，心里也就默念着她这个约会不知是否靠得住，最好还是问她两句话，把这话确定了。自己心里想着，已经由水田中间顺了小路，向公路上走去，走到了这里，觉得自己这个打算并不算错，便转回身来，要和蓝小姐说两句。也只走了几步路，忽然又想到，出来的时候，她已离开了寄宿舍了，这时她也许在寓所里。那么，向她家里去找她吧。于是择了一条支路，向蓝小姐的庄屋里走去。可是也只走了几步，忽然又转个念头想着，这事不妥，那蓝小姐为人最是爱用小心眼儿，若是一句问得不对头，倒可以把全局都弄僵，越想越不妥，把脚步一步一步走缓了，索性站住了脚，想上一想。最后想着不妥，摇了两摇头，还是向公路上走去，走尽了这截水田上的小路，踏到一棵黄桷树下，该走大路了，忽然看到蓝小姐由粗大的树干后身转了出来，向他笑道："我老早就在这里等着你了，你在那路上来来去去，心神不定似的想着什么了？"

丁古云先就喊了一声，这时站在树荫下向她笑道："我想找你说两句话，可是……"说着抬手搔了两搔头发，笑道，"大概你已晓得我什么意思了，所以你在这里等着我。我们还是一路走吧。"

蓝田玉笑道："明天下午四至六点钟，你在车站上准等着我好了。可是我又想起来了，假如莫先生偏是那个时候约会着你呢，也不能叫你耽误正事。你可以写个字条，贴在那第一块广告牌上。我特意来叮嘱这句话的，寄宿舍门口有人出来了，我回去了。"说时，她脸上带了两分难为情的样子，掉转头就向小路上走了去。丁古云虽然不曾和她说得一句话，然而证明了她明天必定入城，自己心里也就十分高兴。

赶到车站上，正好在卖票，很顺利地搭上了车子进城。见着尚专员，他说是下星期有两辆车子直放广州湾，假如愿搭车子去的话，可由广州湾转香港。这一程飞机票难买，同时要两张票子更困难。若坐车子，再多两个人去也不妨。至于款子一层，若是决定了行期，可以先领。

丁古云道："飞来飞去过着云雾里生活有什么意思？坐汽车游历

157

游历山水，那是最好的事了。那我就决计坐汽车吧。"

尚专员道："既然丁先生决定坐汽车走，晚上我就转达给莫先生，先把美术学校那笔款子办一办，我们不把钱交到人家手上，人家哪会开着香港的支票给你呢？"

丁古云笑道："这个不干我事，只是我自己的用费还得筹划。"说着，他当了尚专员的面，将西服衣襟牵了两牵，因道："为了去香港，朋友一致逼着我改装，便是这一套西服，就把上次拨给我的款子用去了一半。"

尚专员点点头道："在外交上有点儿活动，仪表是不能不讲求的。"说着，他笑了一笑，因道，"莫先生也说过，丁先生这样道貌岸然的样子，怕不适于到香港去。于今丁先生愿改装，他也一定赞同的。"

丁古云听了这话，心里越发高兴，约了明天上午去见莫先生。又在尚专员那里借定了一千元法币，重复回到街上来找旅馆。事情又很顺手，不曾走第二家，就得着一间上等屋子。他坐在屋子里先休息一会儿，见电灯光下照着一乳白色的木床，上面铺着雪白的被单，叠着红绸棉被，两个软枕套着白布桃红花的套子并排放在床头。好像这根本说是预备人家双栖双宿的。窗户边的写字台和左边的两张沙发倒也罢了。右边又有一架梳妆台，配上一面大的镜子，擦得光滑无痕，却又是给人家眷属用的一种象征。他看到这样光滑的镜子，不免走向镜子面前站了一站，看看自己一部胡子撒在西服上面，实在不相称。回头再看看这旅馆里上等的房间，心想，蓝小姐在这里，第一件事是要让她免除不快之感。若是能叫她再高兴一点儿那就更好了。于是在衣袋里抽出一方手绢来，把胡子遮掩起来，向镜子里照了一照。觉得无论如何，是比有胡子年轻多了。于是轻轻一拍桌子道："一劳永逸，就是这一下了。"

说着，立刻出了旅馆，直奔热闹街市，选定了这街市上最华贵的一家理发馆推门进去。这虽是晚上，电灯雪亮，照得如同白昼一般。两边活动椅上都坐着男女主顾在理发。理发匠见生客进来，让他在空椅子上面对镜子坐了，因问道："先生理发？"丁古云将手由头上向脸上一摸，把胡子也摸在手上，因道："全剃。"理发匠并没有答应。丁古云又重说了一声全剃，胡子也剃。理发匠对于这话并无什么感触。隔座上一位女客，头上包着白绸手巾，却微微起身，侧转了过来看一看。

　　丁古云面前正立着一块整齐平方的大镜子，自己坐下之后，就对着镜子里这种形象估量了一番，更没有注意别人。理发匠给他理发之后，便掌一柄雪亮的剃刀在手，站在面前问道："先生，这胡子怎样理法？"说时，对他喉下这部六七寸长的大胡子不免注视了一下。他正是对丁古云胡子也剃一句话加以考虑。他自己替丁古云想着，把胡子蓄到这样长，那绝非一朝一夕之功，岂能够随便剃了？

　　丁古云对他沉吟着，将手摸了胡子道："我是好意，把胡子养着这样长的。于今人家总把我当了老先生，许多不便，还是剃了吧。"

　　理发匠听了这话，站着向他估量了一番，然后放下剃刀，把座椅放倒，让丁古云躺在上面，在他胡子上和胸面前上围了白布。然后取过了一把推剪，抢到他面前，低声笑道："那么我就剪了。"

　　丁古云躺在椅子上本已微闭着眼睛，被他这样一问，就睁了眼睛问道："你还问些什么？奇怪！"这理发匠为了他这胡子可怜，本来是一番好意，不想倒碰了他一个钉子。这时他仰卧在椅子上，头枕在椅背的头托上，下巴颏翘起，那一部长黑胡子像一丛盆景蒲草，由白围布上涌起，左右领座的客人都看得清楚。大家都随着有这么一个观感发生，这老头子为什么要剃胡子？这时，那理发匠也不再替他顾惜那些了，将推剪送到他左鬓上，贴肉推着试了一试，立刻一子儿发须像一子儿青丝倒在脸上。但丁古云仰卧在椅上让他推剪，丝毫没有什么感觉，坦然处之。理发匠也就不再犹豫，将推剪由左向右推，经过须丛的下巴，推到右边鬓下。推过之后，由右边鬓再又推向左边来，经过了上下嘴唇这两次推后，立刻把长胡子推除得一根不剩。于是放下了推剪，将短胡刷子在肥皂罐里搅起了许多泡沫，像和其他没胡子的人修面一样，在他腮上、下颏上、嘴唇上浓浓地涂着。

丁古云躺着闭眼享受之余，也曾睁眼看看，见理发匠手上掌握着一柄三四寸长雪光剃刀，已向脸上放下。心里立刻想着，那些短胡桩子在这刀锋之下必定不会再有踪影，那岸然道貌也就必定不会再有踪影，这样改变之后，不知成了个什么形象，这形象受到社会的反应如何？疑问是疑问着，然而现在是难于自断的啊！

第十六章

正期待着

五分钟后，理发匠把躺椅扶了起来。丁古云坐得端正，一眼便看到迎面一个西装汉子，长圆的面孔，一点儿胡楂子也没有。虽然略略还有皱纹，那年纪总不过四十上下。那个人正端端地面对面坐着，始而是惊讶着这个人的行为有点儿不讲礼貌。好在第二个感觉，立刻想到这是自己的影子。用手摸摸下巴颏，光滑无痕，自己有点儿欣喜而惊异的表情，还没有表示出来，那理发匠由镜子里向自己笑道："这样一来，你先生起码年轻三十岁了。"回头去看站在身后的理发匠时，见几个理发的顾客都嘻嘻地向自己笑着，这就不便回过头去，还是坐下来。然而坐下来面对了镜子，见那里面的人影子还是一片笑嘻嘻的样子。正感到难为情，好是左首原坐着一个女子的椅位已经空出来多时，此刻又有年轻而摩登的女郎进来，坐上来补缺。原来看自己的那些眼光，现在都移到那女郎的身上去了，这才让自己安神来完毕这理发的工作。

理发匠似乎了解这割须客人的意思，先将他的头发抹上了油水，然后又在他脸上擦了些雪花膏。丁古云且由他去化妆，并不加以注意。那理发匠替他收拾完了，站在他身边用刷子刷着他的呢帽。丁古云给了他理发价目之外，又另赏了他五块钱，然后取了帽子在手，走出理发馆来。可是他心里也就想着，那理发匠替我刷着帽子，也许心里在说我漂漂亮亮一个西装少年，戴上这样一顶帽子，大概不大相称吧。既然向漂亮一条路上走，就益发事事漂亮，这帽子就换了它。如此想着，正好走过一家电灯通明的百货商店。于是走进去，花了当时的价格三百元买一顶新呢帽戴着，旧呢帽倒放在新帽子的盒子里来提着。商店壁上，挂有一面大镜子，自己对镜子照了一照，将帽檐略微扯着偏斜一点儿，颇有电影上美国少年那种风度。回头看玻璃柜子里，陈列了许多花绸手绢，折一个蝴蝶展翅的样子，塞进胸前小口袋里。这样一来，算是西装打扮齐备。在大街上人行路上走着，看到别个穿西装的，向自己身上看看，觉得绝不比别人的西服减色。

于是挺起胸脯子来，甩了大步子走，皮鞋走在光滑的路面上，啪啪有声。心里也就想着，把胡子一剃，长袍子一脱，我照样地可以有那份摩登气势。这样想着，格外有精神，顺了马路一直地走。一直走到眼前发现了长江，这才看到脚下踏的是下半城的林森路。心想，自己住在上半城旅馆里的，到下半城来有什么事？顺脚走着，不觉和回旅馆的路背道相驰，越走越远了。回想了一想，自己也不由得笑了起来。于是雇了一辆人力车，坐着回旅馆去。

当自己到了旅馆里，叫茶房开了门的时候，茶房看了他问道："你找哪一位？"说着，忽然又哦了一声。他随了这一声啊，在丁古云的后影上醒悟过来：这是那位长胡子客人把胡子剃了。因为除了他那身西服之外，他说话的声音还操着带江南音的北京话，便笑着点点头道："你先生整了容回来，我都不认得了。"

丁古云听说也就笑笑。到了屋子里，乃向茶房问道："你看我把胡子剃了，不年轻二三十岁吗？"

茶房笑道："真的，不说破了，你先生一出一进，简直变成了父子两个人呢。"

丁古云笑道："你别以为我真是老先生，我的太太年纪还轻得很呢。"他带笑着，自觉不经意地搁下了一句伏笔。心里的一切都在向高兴的路上想。只有一件，明天见莫先生，若是在表面上看来，真过于年轻的话，又怕会引起了莫先生的轻视。改西装可，修理胡子也可，把胡子剃得这样精光，岂不有失庄重？而且自己又说过，要带一位女弟子同到香港去，设若莫先生神经过敏地胡猜起来，岂不妨碍正事？于此想着，倒后悔自己孟浪，这胡子迟两天剃固然是好，就是等明日早上见过莫先生再剃，也比今天晚上先剃的强。然而胡子这东西并不像帽子鞋子，脱离了身上就长不回去的。

心里如此想了，便站到梳妆台面前，对镜子里看了一看。果然这长方的脸上白净得没有一根胡桩影子。再配上这套西装和口袋里那条红花手绢，却显得年纪轻多了。只是往日照着镜子，自己看了镜子里影子，一定手摸胡子，把胸脯挺起来，端庄一番。于今向影子看看，态度便觉欠着庄重。再看着头上，那一头头发被生发油抹得乌亮。虽然自己是有几根白头发的，但是在这种浓重的油亮之下，已看不到一茎白发。挺起胸脯子来，端整了面孔之后，不但不见得有什么庄重之处，而且觉得这态度有些滑稽，不免摇了两摇头自言自语地笑道："这不行，这不行！我都看着不像样了。"说过之后，自坐在床沿上呆呆地出了一会儿神。本来是一团高兴，为了这件事心里拴上了一个疙瘩，倒大为扫兴之至！这倒没有了主意，脱下了西装，便倒在床上睡觉。旅馆里孤单无聊，少不得在枕上又颠倒了一番，想了一宿，总算他有了点儿主意。到了次日一大早起来，便直率地到尚专员公馆里去奉访。因为这只是七点多钟，心里想着，人家还未必起床，走了一大半路的时候，又有点儿踌躇。自己责骂着说，你心里有事，难道别人心里也有事吗？平白的人家这样早起来干什么？于是放缓了步子，借以延长时间，路过一家豆浆店，便踏着步子进去。巧了，里面一张桌子上坐了一位西装朋友，那正是尚专员。

于是取下头上这顶新帽子，向他连连点了几下头道："咦！尚专员也在此喝豆浆。"

尚专员见一位西装朋友向他打招呼，猛然认不清是谁，不免向他呆呆望望。但是在他说话之后也就明白过来，先是啊了一声，接着便站起身来，哈哈笑道："丁兄，你果然改装了，牺牲太大，牺牲太大！"

丁古云就着那张桌子坐下，笑道："可是我把胡子剃了之后，后悔得了不得。"

尚专员笑道："人家为了国家，在沙场上牺牲性命也慷慨前进，你难道几根胡子也舍不得？"

丁古云道："但是我这是不必要的牺牲。我既不怕敌人的间谍跟着我，我也不登台表演，便算老气横秋一点儿，也不见得有碍我的交际。都是我这班朋友怂恿我的，说是像个中国式的老夫子，出外交际给外国人笑话。"

尚专员笑道："这些朋友实在是恶作剧，也许他们嫌你一本正经，总把他们当后辈，于今让你也摩登一下，叫你无法倚老卖老。可是这也许是成全了你，你这么一来至少年轻了十岁。若是你太太在重庆的话，岂不大为高兴？"

丁古云笑道："可是我太太在天津。"

尚专员道："那么，你这回到香港去，好把她接来。天津到香港有直航轮船。"

丁古云笑了一笑，因道："言归正传吧，我们一路去见莫先生，我改装的这点儿原因，最好请……"

尚专员正端起了豆浆碗，喝了一口，一面看着手表，放下碗来，向他摇摇头道："不用不用，莫先生要到西北去，起码有一个月才能回来，你这件事，他交给我办了。他是九点钟坐飞机走，我还需赶着到飞机场上去送他呢。"那时，店伙计早已端了豆浆油条放在面前，他未曾理会到。现在他意外地解除了心里头一个疙瘩，觉得周身轻松，像在肩膀上放下一副千斤担子。便捧住豆浆碗，慢慢地呷着。

尚专员道："现在你没有什么问题，仅仅是钱的问题。请你约定一个时间，我把拨款子的手续办清楚。至于你在路上要用的钱不过数千元吧？除你支去的一部分，还可以加拨一部分，莫先生已有了话了。"说着，在身上掏出钱来便要付这里的早点费，因笑道："对不起，我还要先走一步。"

丁古云笑道："你那就请便吧，不必客气。我本当到机场上去送莫先生的，只是他事先并没有将行程告诉我，我去送行反觉多事。"

尚专员点头道："这话对的。若不是我和你有交代，我也不把这消息告诉你的。"他说着，端起豆浆碗来，咕嘟一声，将所剩豆浆完全喝了下去，人就站起身来，笑道："我也来不及客气了，明天见吧。"说着，立刻就向外面走去。

丁古云起身送他时，他已走远了。心里想着，人生宇宙间，也许真有所谓命运存在。事情办得顺手了，就无论什么都顺手。正愁着有点儿不好意思去见老莫，那老莫就先不告而别了。这且乐得坐下来，从从容容吃过这顿早点。

在喝豆浆的时候，倒是有了一个新的发现。便是这饮料店的食堂里坐着有两个女客，一位约莫三十多岁，一位约莫二十多岁。她们除了不住地向自己打量而外，又坐着相就到一处，两个人的头并到桌子角边，唧唧哝哝说话。说话的时候，不住撩着眼皮，向自己抛了眼光过来。无疑的那是将话说着了自己。他心想这是穿长袍马褂垂着长胡子的日子绝对没有的事。可见自己已成了一个西装革履的白面书生了。然而这两个女人比蓝小姐是差之远矣，想到这里，脸上便有了得色。向那两个女人反射了一眼，心里说着，我还不需要你们的青眼呢。

他随了这意思，叫着店伙来付了点心账，把挂在墙钉上的那顶漂亮新呢帽戴在溜光的头发上，两手操着西服领子抖了一下，昂起胸脯子走出豆浆店去。心里想着，我现在也是个青年，这花花世界，照样地有我一份。从今日起我已不是站在花花世界以外，看人家快乐了。路上看到有西装汉子挽了女人的手臂走路时，瞟了他们一眼之后，心里想着，这不足为奇，凡人都有这么一段恋爱的黄金时代。我的黄金时代也来了。他这样走着，心里像略会饮酒的人，喝上了颇为过量的好酒，人是非常兴奋。在这兴奋当中，快活、轻松、迷惑、昏乱、兼而有之。在大街的人行路上自在地举着步子走路，两眼不住东瞧西望。分明是与尚专员交代了以后，一切顺手并无什么事，可是在自己心里，又总觉有一件事不曾办得一样。这样走了两条街，走到了一个十字路口，便停住脚想了一想。慢来，昨日剃了胡子之后，曾跑到下半城去了，费了很大的劲走回来，今天又打算向哪里跑？

正这样站着出神，却看到夏小姐一个人在对面人行路上走去。本打算不向她打招呼的，可又瞅着她是和蓝小姐一路来的。只好迎了上去，笑着叫了几声，心里也想着夏小姐一定会不认识自己的。走到她面前叫了一声道："夏小姐，我是丁古云，你不认识我了吧？"

夏小姐停住了脚，向他笑着，一点儿也不表示惊奇，点头道："认得认得，这样熟的人，何至于不认得。"

丁古云向她看时，见她的头发新卷成纽丝状，分作四股披在脑后。这让他回忆起来了一件事。昨晚在理发店里剃胡子的时候，左边的椅上躺着一个女人，就是烫这样的头发。夏小姐身上穿的是蓝底白点子的花衣服，也正与那个女人身上的衣服一样。当时一心在剃胡子，虽然身边有个女人的后影像夏小姐，也并没有理会，大概那就是她了。

他这样一出神夏小姐已经有些感觉，便笑道："这么一来，丁先生年轻了二十岁，可喜可贺！"

丁古云笑道："我倒认为是个损失，你还说可喜可贺呢。到城里来了两天吗？"

夏小姐道："来了好几天了，今天坐晚班车回去。丁先生什么时候回去？"

丁古云道："明后天吧。"

夏小姐笑道："那么，我今天若是走不成的话，丁先生能否请我吃顿小馆子？"

丁古云道："好的好的。你住在什么地方？"

夏小姐道："丁先生住在哪里，我来找你吧。"

丁古云道："我还没有找好旅馆呢。"

夏小姐听说，微微地将脖子一伸，下巴一点，舌头在嘴里喷的一声，脸上笑嘻嘻的，带了三分调皮的样子，似乎不相信这话。

丁古云笑道："我们这样熟的人，难道请你吃一顿饭我都要躲避吗？"

夏小姐笑道："那就再说吧。"说毕，扭转身就走了。她走得很远去了，回转头来，抬起一只手高过额头顶，还向这里招了几招。

丁古云看她这样子，觉得她是有意顽皮。又想着她本来很浪漫，也许看到我变成青年了，有意和我亲近。可是我的眼界高，目的物要比她高得多呢。心里如此想着，也就带了微笑走开。当时在街上

167

混了半天，一人吃着午饭，还只有一点钟，去着蓝小姐的约会，还差三小时。心想早知如此，就该让她上午进城了。这几个钟头，不能老走马路，若去看朋友，又怕被朋友纠缠住了，临时脱不了身。看电影去吧？不巧，四点钟正是第二场未完的当儿。两条街实在也转得累了，回旅馆去休息一下吧。

主意定了，依计划而行。可是到了旅馆里，一个人独坐在房间里，也是苦闷得很，便和衣倒在床上睡了。睡是睡了，睁着两只眼睛望了楼板，哪里睡得着。心里倒未曾闲住，且把蓝小姐来了以后的游历日程先排上一排，第一是应先引她到这里来休息一下，她若是问，就只开了一间房间吗？就答应她没有房间。看她的表示如何，再作道理。若是她并不问这句话，那就好了。第二步，陪她去吃小馆子。不，简直吃大馆子，无论花多少钱，不必吝惜。第三步，饭后恐怕只有七点多钟，陪她去看电影。因为回旅馆太早了，她要是又问只有一间房的问题，依然不好对付。第四步回旅馆了。不必，越晚越好。那时，十一二点钟了，无处安身，她会逼我到走廊上去站一晚吗？北平人说，磨咕。那时候我就给她磨咕。想到这里，自己扑哧地笑了起来。可是到电影院去这一步，恐怕不能如愿，因为晚场是容易客满的。那么，先去买两张电影票。

想着，便跳了起来，向茶房要了一张报来，查明了电影广告，立刻坐车到电影院里去买票。在旅馆附近本来也有两家电影院，但这两家影院的片子都不好。一家是映的中国抗战故事，一家映的是侠义美国影片，只有这一家映的是爱情片子，而且广告上写的是热情趣片，一看就中意。所以路远一点儿也就专车前来购票，好在这日并非星期六或星期日，预先买晚场票，究不怎样困难。买完了票子，总算三点钟已到，这就不必再回旅馆，直奔车站，下车付了车钱，还怕蓝小姐会特别提早来到，曾到车站外广告牌子细细寻查了一遍。见那上面，实在没有什么字迹，这才走到车站对面茶馆子里去，泡了一碗茶，面对面地向着车站。

初坐的一小时，却也无所谓。坐到一小时后，既无朋友谈天，又不曾带得一份书报来看。挺了腰杆子，坐在硬板凳上，颇觉无聊难受。好在精神已陶醉在一种桃色的幻想里，却也忘了身体上的痛苦。就这样又枯坐了一小时，每当一辆公共汽车开到站的时候，能眼睁睁地望着，是否寄宿舍站来的班车。到了四点半钟，居然望着班车到了，赶快跑到车站，在车门口立着。每一个下车的旅客都不曾放他过去，必须仔细看看，直到全车人走光，并没有蓝小姐在内，因向车站站员打听，下班车子什么时候到。他说："这班车子就迟到了半点钟，为着等客，才这样迟到的。今天来客少，不再开车子来了。"

丁古云瞪了眼望着他道："不会吧？"

站员笑道："信不信由你，我们车站上的人还不知道自己站上的事吗？"说毕，他自走了。丁古云站在停车场上倒是怔了一怔。还是在此等下去呢，还是走开？踌躇了许久，觉得站员的话只可信其无，不可信其有。蓝小姐约好了等到六点钟，当然等到六点钟。于是回到茶馆里去，再泡一碗茶候着。车站上总是热闹的。寄宿舍那条来路的车子虽然不到，别条路上的车子却还是络绎前来。

丁古云两手扶了茶碗，闲闲地向车站里看着，却没有怎样介意，约莫到了五点半钟，觉得是绝望了。站起身来伸了一伸懒腰，回转头来，有辆公务车子停在车场上，正走下零落的几个人。却见那车窗子里有只红袖子，露出雪白的嫩手，向自己这边招了几招。

丁古云始而未曾理会，无如那手只管向自己招着。近前两步看时，可不是蓝小姐？见她弯了腰把笑嘻嘻的面孔在窗子里向自己点着。

丁古云啊呀了一声，直奔车前。后面有人喊道："茶钱茶钱！"丁古云回头看时，茶馆子里幺师在后面跟着追了出来，丁古云啊呀一声笑起来。在身上掏出一卷钞票查了一查，恰是没有一元票，便给了他一张五元票，多话也不提，迎向车门去。

　　这时，蓝小姐已下了车了。她眼珠在睫毛里转着，笑着微微咬了嘴唇。身上穿着一件红绸衣，脖子上围了白绸巾，左手罩了青呢夹大衣，右手提了花布旅行袋。丁古云点了头笑道："怎么坐公务车子来了？我公，信人也。准时到达。"一面说着，一面接过旅行袋、大衣。

　　蓝田玉向他周身上下看了一周，抿了嘴微笑。丁古云这才醒悟过来，自己已是剃了胡子了，便红着脸笑道："你倒一见就看得出来。"

　　蓝小姐又向他瞟了一眼，笑道："不是你身上这套西装，那我果然看你不出来。"说着，跟近了一步，低声问道，"你找到了落脚的地方吗？"

　　丁古云只觉心房一阵乱跳，笑道："找好了，找好了！我们这就去。没有几步路，不必雇车子了。"蓝田玉挨着他，将他手膀子碰了一碰，低声笑道："你在前面走，我怕碰到熟人。"这句话不要紧，把丁古云这个身体碰得像触了电一般，周身麻木一阵。回头看蓝小姐时，见她低了头抿嘴微笑好像是十分难为情，这就越发地高兴。拿了蓝小姐的大衣和旅行袋，就提脚很快地在前面走。自然心里总怕蓝小姐会走失了，不免常回头去看看。可是她倒很注意，遥遥跟定自己的路线走。

　　到了旅馆门口，丁古云站在一边等着。蓝小姐到了面前，将嘴向前一努，又低声说了一句进去，丁古云也就立刻镇定起来，仿佛一切举动都是十分平常似的，引了她走进所住的一层楼面，故意很从容地叫茶房来开房门。当茶房来时，自己虽不免向他观察一番。可是看他那样子，什么也不感到异样，这倒觉得是自己多虑了。蓝小姐进房去看了一看四周，首先走到梳妆台前对镜子照照，将手理了一理鬓发，搭讪着问道："这房子多少钱一天？"

丁古云把旅行袋放在桌子上，将大衣却忘了挂上衣架，还是那样搭在手臂上，斜抱在怀里站在桌子边，望了蓝小姐后影。蓝小姐问他话时，他并没有理会。

蓝小姐倒也不在乎他答复与否，依然向了镜子看着，自言自语地道："路上极重的灰尘哟！"

这时，丁古云的脑筋回忆过来她所问的那一句话，因答道："总不算十分贵，三十块钱吧。"

蓝小姐回过头来，笑道："你把大衣挂起来吧，你怕它会飞了？"

丁古云哦了一声，才去挂大衣。

这时，茶房送着茶水进来，自退出去，而且反手将房门带着手掩上了。蓝小姐在旅行袋里拣出几样化妆品和自用的手巾，都放在梳妆台上。她对了镜子，一面化妆，一面闲闲地说道："路上的灰尘好重。我不是坐了公务车子来，我就对你失信了。你在车站上等了好久了吧？我猜你十二点钟就该去等着我了。"说着，嘻嘻一笑，回过头来，见丁古云呆坐在屋子正中的桌子边小方凳上，望了梳妆台上的镜子，只是出神，笑问道："你什么事想得这样出神？"

丁古云醒过来，身子一耸，哦了一声，他才想起人家在和他谈话。他只记得蓝小姐说了一句坐公务车来的，因问道："我在车站上打听，知道班车没有了，想不到你会坐了公务车来。"

她笑道："那看各人本领呀。我有本领站在公路上把车子拦住。我又有本领叫车上人欢迎我上车，你信不信？"

丁古云点头道："我绝对地信。"

171

蓝小姐道："那么，你试说说那理由。"

丁古云又没有了答应，还是呆坐着出神。不过他多了一个动作，将手指在桌面上画着圈圈。

蓝小姐也没有再和他谈话，把面部的脂粉抹擦匀了，然后取了一柄黑骨长柄梳子梳拢着她的头发。她那白嫩的手、微红的指甲，和黑梳黑发衬托之下，越是好看。丁古云不觉想象着，塑了一生的人像，没有理会到这一种黑白美。女人就是艺术，看久了女人就会对艺术有许多发现。他这样想着，神经便统制不了他的官能，信口说出了一声是的。

蓝小姐回头问道："你说什么？"丁古云笑道："我想起那艺术上一个问题，我自己就信口答复了起来。"

蓝小姐回转身来，将头一摇道："我不信，这个时候你有工夫说到了艺术。"

丁古云道："那么，我应该想到什么呢？"

蓝小姐把手上的梳子放在梳妆台上，两手反撑了梳妆台，向他瞟了一眼，微笑道："我知道你在想着什么。"说毕这句话，她将右脚皮鞋尖点起，把高跟在地板上打着，把上面三四颗雪白的牙齿咬了下嘴唇，微微低了头。

丁古云也答不出，只呆望了她。这样，屋子里沉寂了有五分钟之久。蓝小姐口里嘀当嘀当，又唱着她的英文歌。

丁古云突然站了起来，走到蓝小姐面前，颤动了他的声带，低声道："田玉，我有几句话，总想和你说一说。"

蓝田玉依然紧紧咬了下唇，低头站着。

丁古云直立着，头可微微地弯了下来。丁古云道："你……你……你可以让我说出来吗？"

蓝田玉依然是低了头，抬起左手来，理了一理鬓发。当她将手放下来的时候，丁古云猛可地握住了她的手，他不但是声带颤动了，连身子也有些颤动了。他道："我……我……爱你。"这句话说出来了，紧接着是要蓝小姐的答复。蓝小姐的手被他握着虽还没有抽回去，可是头还没有抬起来。

就在这时，忽然一样东西直扑了两人的身体，这样两个在异样情感中的人都吓了一跳。那直扑了两人来的东西还没有停止，还在陆陆续续地来。定眼看时，却是剪碎了的红绿纸屑。这红绿纸屑像花雨一般地飞着，自然不是由天上落下的，不是由窗户外飘进来的，也不是楼板上漏下来的，乃是一阵阵由房门口抛撒进来的。

这抛弃的人被门帘子隔着，只看到几只手伸了过来，丁古云想不到有人会到这里来开玩笑，料着是人家闹新房走错了房间，便喝问连声："谁？干什么？"他这一喝引动了门外一阵哈哈笑声，门帘子掀动着，挤进来一群男女。其中有一男一女却很面熟，一时想不起来姓甚名谁。

一个女子手里还捏了一把红绿纸屑。她笑着向丁古云一鞠躬道："丁先生，恭喜呀！您忘了我吧？我和这个人。"说着，指了站在当前的一个青年道："我们是你手上开除的学生呀。我们谈恋爱的时候，你以为我们犯了校规。现在你应当明白，恋爱是人生所需要的吧？啊！这位是蓝小姐？多么美！恭喜你得着这么一位甜心。"她眉飞色舞地说了一遍，这一群男女鼓掌笑了起来。

另几个女子手里捏着红绿纸屑，又向丁古云抛着。他忽然醒悟过来。在北平的时候，曾在校务会议上，交出一张谈恋爱的学生名单，要求学校开除。今天所到，就是其中之一部分，分明是清算陈账，报复来了，翻了眼望着他们，面孔通红，红晕一直红到耳朵根后去。由嘴唇皮的颤动，感到周身的肌肉全在抖颤，哪里还说得出一句话来？

蓝田玉站在一边，先是呆呆的，见丁古云成了一个木雕泥塑的偶像，便忍不住了，凝了一凝神，忍下气去，从容问道："你们是来干什么的？"

　　先前那个女子道："恭贺丁先生得了甜心。"

　　蓝田玉喝问道："哪个是丁先生的甜心，你指的是我吗？"

　　那女子被她问着，倒不便直率地答出来。

　　蓝田玉道："你是恭贺？你是开玩笑来了。可是你没有想到你也是女人，你也是丁古云的学生。丁先生房间里你能来，我也能来。为什么我在这里，就是丁先生的甜心？不错，我一个人先来，你们是成群来的。大概先来的单独来的，就是丁先生的甜心。好吧，我承认你这话。你有什么权力能干涉我们的行动？你说你不是来嘲笑，你是来恭贺。这是我们开的房间，我们就是这房间的主人，我有权不受你们的臭奉承。你们都给我出去！"她说时，红了脸，瞪了眼睛，倒是理直气壮。这一群人无话可说，尤其是几位散花的天女，更觉得自己鲁莽，都起了丁古云的传染病而发呆了。

第十七章

两幕喜剧

丁古云本来是恐惧与愤怒交织着，一时心绪纷乱，不知道怎样去对付这个突击。现在蓝小姐一生气，而且给了自己一个立脚点，立刻就有了主张了。于是将脸一板，喝道："你们是便衣巡查队？你们是宪兵？或者你们是警察？你们若都不是，有什么权利可以到这房间里来胡搅？"

其中有个男生，带了两分尴尬的样子，向他笑道："我们是来恭贺你，有什么恶意吗？"

丁古云道："胡说！我有什么事要你们恭贺？在旅馆里会客，这就应当恭贺吗？我不认得你，我不要你恭贺！出去！"说着，他抢着去掀开门帘，站在门口将手挥着，连喊出去。这群男女没有了调儿了，就无精打采地、慢慢地向门口走去。

就在这时，门外有人道："慢来，慢来，我有两句话问一个人。"随着这话，走来一个穿呢布学生装的人，白净的面孔，溜光的背头发，眼上架了一副大框眼镜，眼珠在里面闪动着，尖下颏上有一点红痣，显着他的机巧心外露。他穿了一双半旧的黑皮鞋，大踏步子走进房来，并不理会丁古云。见了蓝田玉嘻嘻地向她一点头，道："好哇！蓝小姐。我知道你有了好约会要到香港去。可是事情不那么简单，你还得受点儿拘束。"

蓝田玉看到这个人来，忽然脸色一变，红红的面孔现出了苍白，抖颤着道："你……你……你来做什么？"说着时，她退后两步，她在沙发上坐了。

那男子喝道："我来做什么？我来找我的未婚妻蓝田玉！"他把这未婚妻三个字说得特别的响亮。

丁古云听了，心里也倒抽一口凉气。

蓝田玉由沙发上站了起来瞪了眼向那男子道："我早要和你废除婚约了，你管不着我。"

那男子道："我也早知道你要和我废婚约。可是截至现在我们这婚约还没有废掉。我有这权利可以干涉你和别一个男子在旅馆谈话。"

蓝田玉将脖子一歪道："你管不着！"

那男子道："为什么管不着？我立刻就可以干涉！你和我走出这房间去。如其不然，我去报告警察，你或者不在乎，可是你的老师，也是你的爱人，他受不了。他是艺术界的权威，他是教育界的名人，他是社会上的偶像。假使把他带人家未婚妻开房间的行为暴露出来，这偶像要打破！你考量考量。我限你三分钟内给我一个答复。"他这话虽不算十分厉害，可是把丁、蓝两个人都镇住了，什么话也说不出来。那些要走的一群男女听了这话，觉得这个报复大家满意，大家哄然一阵笑着。

就在这时，跳进一位摩登女子，由男女青年的队伍挤到那男子的面前，向他正色道："密斯脱倪，你这不对。你有什么话要和蓝小姐说，你就径直地来和她说就是了。你带了这一群人到旅馆里来，成何体统？"

丁古云看时，乃是熟极了的人夏小姐。夏小姐会在这个时候钻了出来，又是一个意外。

那男子向夏小姐苦笑了道："你以为我不该来吗？无论是谁，对于自己的未婚妻在这种场合，他不能漠然处之吧？"

夏小姐向丁、蓝看了一看，见他们都红着面孔，鼓了嘴说不出一句话来，便道："密斯脱倪，大家挤在这里，有什么话也不好交涉，我们另去找个地方谈谈，好不好？"

那人道："我不走，要走，蓝田玉和我一路走。"说着，益发在椅子上坐下来。蓝小姐突然站了起来，将脸色一板道："好！我和你一路走。你说到哪里去？难道我还怕了你不成？"

姓倪的见她站了起来，也跟着站起来，因道："只要你肯跟我走，我们的事就好说。"

蓝田玉向来的一群男女道："我们都走了，你们还打算怎么样？"说着话，她首先一个挤出了屋子，口里还说，"我看你们出来不出来？"她这样地说了，哪个还能在屋子里站着，一阵风似的全都挤了出来。而后夏小姐和那姓倪的微微笑了一笑，因道："现在还有什么话说，可以出去了。"

那姓倪的且不理会夏小姐，向丁古云点了一个头道："对不住，打搅打搅。"说着，走出屋子去了。

夏小姐走到丁古云面前，向他轻轻地说了一声道："不生关系，我会替你把这一事料理清楚。"微笑着点了一下头，她也出去了。

屋子里，最后只剩丁先生一个人。他始终是呆坐一张木椅子上，望了这群捣乱的男女，一句话也没有说。耳听得房门外一阵杂乱的脚步声，大概是这批人都走了。屋子里静悄悄的，人是走了，剩下来满地红绿纸屑。他一直呆坐了二十分钟之久，神经才恢复过去那番镇静，心里把过去的事仔细推敲一番，觉得刚才一幕喜剧绝不是偶然的遇合。姑无论自己开除的那一群学生，他们不会知道自己在这旅馆里开房间。就是那个姓倪的，怎么会知道自己和蓝小姐有这个约会呢？又其次便是夏小姐，今天白天在街上遇到她，她还打听自己的住所，要请她吃饭。这会子无须人告诉，她也知道了这旅馆了。真是奇怪。推论这幕喜剧的导演，只有两人。一个是蓝田玉，可是她不会的。她不履行这个约会，谁也不能勉强她，何必多此一番变化？而且事先她也不知道在哪家旅馆，她有什么法子去预先遣兵调将？更进一层地说，这事于她面子很难堪，她自己会和她自己捣蛋吗？另一个人，便是这夏小姐了。在理发馆里隔座那个摩登女郎根本就是她。大概她是存心报复，老早就等着机会。她看见自己剃胡子，必定是探听得自己和蓝小姐有了约会，所以悄悄跟在后面，把自己的行踪完全看了去了。不过这里又有了一个问题，像那个姓倪的和这群开除的学生，那也不是顷刻之间可以调齐的。她这个计划至少是二十四时以前就有了准备。果然如此，蓝小姐纵不是勾通一气，也把到城里的消息泄露给她了。

想到了这里，越觉这事有几分蹊跷。心里头转念，夏小姐罢了，以前她和艺夫来往的时候，自己没有给过她好颜色。她要报复一下，在情理之中。至于蓝小姐，只有自己对得住她的，没有对不住她的，她绝无和自己开玩笑之理。你看，为了她，把胡子也剃掉了，失掉了自己十余年来的那份尊严。和她能谈上爱情，已经是被人笑话。闹一幕趣剧，那不是……不，简直是致命的打击，不是笑话而已。到了这群男女青年口里去了，不是什么趣剧，也要渲染一番。于今他们在旅馆内亲身目睹的事，他们绝不会客气，一定满处宣传，真是那姓倪的话，这尊偶像要打破了。

蓝小姐，你不爱我没甚关系，你不应当这样恶作剧，做个圈套让我来钻。我与你无冤无仇，你这样陷害我做什么？想到这里，不能坐着了，背了两手在身后在屋子里转着圈子。就在这个时候，嗅

178

到了一种轻微的脂粉香。这种香气是自己经常熏染惯了的，正是蓝小姐身上的香气。这是自己的幻想，她已经去久了，哪还有……可是，他一回头，看到了那梳妆台上，留下了蓝小姐几样化妆品：雪花膏罐子、脂膏盒、口红石管、香粉盒子、小粉镜。顺手拿起粉镜来看看，见镜子背面，嵌着蓝小姐一张半身照片。她穿了翻领子羊毛衫，长长的头发披在肩上，手上拿了个网球拍，瞧着一双灵活的眼睛，笑嘻嘻的，娇憨之极。若说天真烂漫这个形容词，不加到她身上，加到谁人的身上？她这样的少女，会做了圈套来害人，那简直是不可想象的事了。他心里这样想着，手上玩弄了这相片，只管出神。

就在这时，听到隔壁屋子里有人喁喁谈话，仿佛有捉奸两个字送到耳朵里来。接着这话，就是哈哈一阵大笑。丁古云心里吓了一跳，心想，难道他们在谈笑着我？于是更静心地向下听。先听的是右隔壁的话，这时右隔壁的话歇了，左隔壁的喁喁之声又起来了。仿佛又听得有人说，我认得他，是一位名雕塑家。他心想，名雕塑家那不是指我是说谁？这么一来手里拿着的那面小镜子不能握着了，微微叹了一口气，又摇了两摇头，自己依然呆坐下。这屋子本是旅馆的上等房间，虽然沙发是重庆极珍贵的家具了，这屋子里依然还预备下一张椅子，但这和文豪们的主张有点儿两样，乃是新瓶装旧酒。椅子的表面蒙着了新的灰布，而坐垫的弹簧，没有了伸缩性，大概是把些棉花渣滓代替了弹簧，坐下去是平的。恰是奇怪，丁古云对这个改装的沙发好像有了深嗜，自这屋子里发生了变化以后，他就老坐在这沙发上。两手平伸放在两边搭上，人斜靠了椅背，算是开了睁眼的入定老僧。除非是穿了西装裤子的两条腿，有时架起，有时又放下直伸了摇撼几下。他发现了对面的粉壁上有一块水渍，那水渍像个古装的西洋女人，又像希腊战争之神，看久了都不像，更像是一丛云，云里伸出一条张牙舞爪的龙。没有人打搅他，由他这样想象下去，他在回忆之间，仿佛曾有人进房了一次，那大概是茶房。不自然地、无所谓地咳嗽了两声，随着这咳嗽，茶房又进来了。他手里提了一把开水壶，但他没有向哪里斟开水，仅仅将中间桌子上那把茶壶揭开了看上一看。

他没有言语，临去的时候，瞥了这位旅客一眼。他似乎解得这位旅客需要清静。出门的时候，把房门紧紧地给带上。丁古云等他去了，立刻想到他不是来送开水，他是来观测我的。他疑心我会自杀吗？于是不自然地淡笑了一下，接着又一想，虽然大概我这幕悲喜剧引起了全旅馆的注意。本来这事太难隐瞒了，他们男女一群，来那些个人。而自是像演话剧，一个来了，一个又来，穿插得很有步骤。想到了演话剧，这里必定有人导演。自编自导自演是夏小姐呢，还是蓝小姐呢？毒蛇似的女人，她们陷害我，毁坏了我这尊偶像。他不住地想，不住地发恨，这样呆坐着，不知经过了有多少时候，但觉这样坐着，四肢都感到有些疲倦了，这个身体颇需要起来移动一下。

就在这时，门推开了，门缝里伸进来半截身体，那是蓝田玉小姐。

丁古云心里呀了一声，嘴里还没有说出来。她像野兔出笼似的，用很迅速的动作把身子钻了进来，立刻把门闭上，又加上了搭扣。她毫不犹豫地直扑了过来，两腿跪在沙发前，两手扶了丁古云的膝盖，头伏在他胸前，一声不言语，呜的一声她就哭。

丁古云的神经被她震撼着，除了两眼望她，一个字说不出来，也不会动。这时，觉得她柔软而温热的手扶着了自己的腿，乌丝一般的头发簇拥在胸前，一阵阵的脂粉香气直进了鼻端，自己一切愤恨筑下的堡垒，被这温柔香暖的坦克与俯冲轰炸机，蹂躏了一个粉碎。再加上她这一哭，就是征服殖民地后的安民布告。自己心灵上没有了埋怨，没有了愤恨，自然没有了反抗，灵魂上已插上了白色的降旗。

他情不自禁地抬起一只右手来，抚摸了睡在怀里那一头乌云。但这只有两三分钟，蓝田玉突然抬起头来。那褪去了脂粉的脸上，黄黄的，挂上无数条的泪痕。那灵活的眼睛外，依然簇拥了长的睫毛，脸腮上的酒窝没有出现，粘上了几条细发，这一切柔媚，变成了极端的可怜相。

丁古云抚发的手已被她戴着翡翠戒指的手握着。另一只手被压住了，抽不出来。他不能有动作，在四五分钟的慌乱与缄默里逼出了一句话："你不要难过。"

蓝小姐被他一句话引着，长睫毛里又抛出十几粒泪珠。她先点了两点头，然后望了丁古云的脸哽咽着道："我……我……一千个对不住你，一万个对不住你。"

丁古云道："这不怪你呀!"

蓝田玉突然站起来，坐在沙发椅子上。右手依然握了丁古云的手，左手扶了他的肩膀，低下头，那脸几乎靠贴了丁古云的脸，未干的泪痕粘在他的脸上了，她柔声道："你知道这事不能怪着我吗?"

丁古云将脸偏过来，蓝小姐向旁边让了一让。他道："这件事的祸水是谁，我还不能想到，可是你不会自己让自己难堪呀。在这一点上，我想你纵然知道点儿事情是怎样发生的，也比我知道得不多。"

蓝田玉点点头道："对的! 你不愧是我的知己。我这颗心……"她说着，将扶在丁古云肩上的手指了她的心窝。她穿的那件半旧红花绸袍子，腰身那样窄小，两个乳峰在衣服里鼓起。她那个指甲涂了浅色蔻丹的食指就指在乳峰中间。这又是一队俯冲轰炸机突袭丁

181

先生的心灵一下。她接着道："我实对你说，我这颗心，老早就属于你的了。"

丁古云将被她握的手反转过来，紧紧地捏了她的手。

蓝田玉道："可是，我还要你原谅一下。你可以吗？"

丁古云握了她的手，轻轻摇撼了两下，点点头道："你说吧，我什么都可以为你牺牲。"

蓝田玉将手指了屋子中间道："你要知道，今天晚上，这里是座陷阱。"

丁古云猛然听了这句话，不觉脸色一变，因道："他们打算还把我怎样？"

蓝田玉说毕了这话，已是离开沙发，把挂在衣架上的旅行袋取过，将放在梳妆台上的零碎物件陆续向袋里放着，一面向丁古云答道："我不在这里，无论他们撒下什么天罗地网，你都不必怕他们。我是抽了空来看你的，我立刻就要走。本来我是不能来的。可是我不来，我有衣服和化妆品在这里，还是会给予他们一个把柄。况且我要不来，怕你一个人住在这里，会疑心到我身上来。"

丁古云由椅子上突然站起来，因道："那么，我陪你离开这里。"

蓝田玉已把衣架上大衣取下，搭在手臂上，因道："夜深了，向哪里去呢？而且，他们正在我一个朋友家里聚合着，等候和我谈判。我们何不趁了这个机会，快刀斩乱麻，将姓倪的关系了结？我们日子长呢，有话慢慢地说。你明天可以回去，不是明日下午，就是后天一大早，我一定回到寄宿舍来。你只管进行你的事，我们有了钱，我们远走高飞，怕他干什么？"她一面说着，一面向房门口走。

丁古云瞪了两眼，只管望着她的背影，却是移动不得。她手扶了门钮，并不曾怎样带动，却回转身来向丁古云望着，露了她那白而又齐的牙齿微微一笑。丁古云还是呆望了她，不曾动得。她笑道：

"你这傻子。"说着，她又跑了回来，她将她那夹着大衣的手握住了丁古云的手，猛可地向他身上一扑竖起脚尖来，将脖子一伸，头伸过了他的肩膀，啧的一声。

丁古云觉得自己的脸腮上被一种柔软的东西接触了一下。他在这绝对不曾意料的境况下，不知会想到蓝小姐这丰厚的赐予。他仍然是呆站着的。等他回忆到这是一个香吻，那已经在一分钟之后，蓝小姐的动作，始终是闪电式的。她亲吻过之后，她又立刻奔到房门边去了。手扶了门钮，回转身来，又向他笑了一笑道："你这个书呆子。"

丁古云被他的回忆引着他笑了。在这笑声中他也有了相当的勇敢，立刻追着上来要去握蓝田玉的手。可是她这次手扶着门钮，不像上次，已是把门拉开了。在门帘外人来人往的情形下，丁古云所发生的勇敢又如电火一般地消失了。他只说出了一句话："你真走了？"

蓝田玉将门全推开了，人背了垂的门帘站定，向他道："我不敢在这里久耽搁，至迟后日一定回去。一切放心，不要为今晚上这场滑稽戏着恼。"说毕，掀着帘子就走了。

丁古云站了一会儿，又回到那张新瓶旧酒式的沙发上去坐着。他不但一腔悲的火焰已经熄灭，而死去了的心头，一棵情苗爱叶却又跟了脸上那个香吻重新复活起来。他回忆着怀里那一团乌丝，回忆着手里握着的那一双温暖的小手，回忆着脸腮上所接触的那两片香唇，他情不自禁地将手抚摸着他的脸腮，微微地笑了。这样有几十分钟之久，他忽然想起了一件事，一直到现在还没有吃晚饭呢。于是走出旅馆去，在附近消夜店里吃了两碗面。但是回来的时候，心里又倍加了不快。自己来去，在身后就会发生哄然一阵大笑。他回到房里，想了一想，还是蓝小姐的话不错，这屋子里不仅是座陷阱，而且是床针毯，片刻坐立不得。他如此想着，胡乱睡了一会儿，次日一早起来，算清了店账，就到莫先生办事处去会尚专员。谈到去香港的事，尚专员很快地答道："这已没有什么问题。到了车子开行的日子，你拿了我的信去上车，一直到广州湾。路上费用，莫先生答应了五千元。你多花一点儿也没关系，临时来拿都有。至于到香港以后的款子，你再去和关校长接洽一下。彼此倒汇可以，拿我们的支票去换他的支票也可以。莫先生走后，我要代他办许多事，实在分不开身来再去会关校长，丁兄说在城内无事，回去休息两三天也好。"

丁古云见这方面既安顿得十分圆满，就放心回寄宿舍。到了寄宿舍以后，推说有点儿小病，只在卧室里躲着，连两餐饭也没有到餐堂里去吃。同寓的朋友来看他，见他神气十分不好，自也相信。丁古云睡了两天，一早就算起，该是蓝小姐回来的日子，不时在窗子里向外张望着。到了半上午的时候，见有一群人由田坝上直向寄宿舍走来。前面上十个人，手里拿了红绿纸旗，迎风招展，颇为奇怪。再近一些看出来了，那前面上十个人，都是男学生模样。有两个人用竹竿抬了一张藤椅子，夹在人丛中走。椅子上似乎放了东西，还用红绿旗子陪衬着呢。藤椅子后面，是一帮打赤脚的老百姓。其中有些小孩子，口里直嚷："快来看，接菩萨。"

丁古云看到这群学生，心里也就想着，莫非他们找到这里来了？可是他们到这里来做什么？脑子里这样疑惑着，心房却在体腔里怦怦乱跳。但终究觉得是自己的神经过敏，还悄悄地在窗子里向外张望了去。他们越走越近。仔细看去，可不就是闹旅馆的那几个人吗？自己向床上一倒！心想，看他们闹些什么？不管他。几分钟之后，忽然噼噼啪啪一阵爆竹声，接着又是一阵哄笑声。在硫黄气流到屋子的时候，却听着陈东圃在人声喧哗中喊了起来道："你们这是干什么?"于是大家哄然一阵道:"给丁古云送偶像回来了。"又听到仰天带了笑声道:"你们以为这是舞台,在这里演戏吗?"他一说,那群笑声更是厉害,像倒墙似的哄闹在空气里。在丁古云听得明白了,是自己送某大学演讲纪念的一尊塑像,被他们抬着送回来了。这也无关宏旨,让他们抬回来就是,不理他,看他们怎样。

就在这时,王美今匆匆地跑了进来,顿了脚道:"丁兄,丁兄,出去骂他们一顿。这一群学生无缘无故和你开玩笑。"

丁古云道:"随他们去。"

王美今道:"以前你对付这些调皮的学生最有办法。现在人穷了,连管束学生的勇气都没有了吗?他们那种毫无理由的侮辱,我在一旁的人看着都受不了,你倒没事吗?你这样怕事,以后还怎么在社会上混?"

丁古云跳了起来道:"我怕他们做什么?我是忍住这口气。我就出去,看他们能把我怎么样?"说着,便跑向大门口来。老远见那群青年拥在大门的过道里,把那把藤椅子放在一张桌子上,自己塑的那尊半身像,象征着艺术与战争的,被他们供佛爷一般地供着。像面前有两个雪花膏缸子、一只空粉盒子,当了烛台香炉。丁古云还不曾仔细地看,他们见丁古云出来了,哄然一阵笑着,鼓起掌来。

丁古云瞪眼大喝道:"你们没有法律管束的吗?闹到我家里来了。"

大家笑着道:"把东西送还你,不送到你家里来,送到哪里去?"

丁古云听到他们又说又笑手上拿了旗子乱挥,也不知道是什么人答话。再走近那藤椅子一看,真气炸了肺。他们把那长胡子的偶像,脸上涂了两块胭脂,鼻子两边,用墨笔勾着,成了个小丑模样。偶像身上,披了一条女人用的破花绸手绢。再看椅子上插的红绿旗子上,写着的标语是:"打倒偶像""揭破伪君子的假面具""打倒艺术界的骗子""打倒教育界的败类"。

丁古云将桌子一拍，跳起来喝道："你们太侮辱我了！"

那些学生呵呵一阵狂笑，拥出了大门。看热闹的一群百姓站在门外望着面面相觑。小孩拉了大人衣襟问道："这不是接菩萨吗？啥子事？"

那些学生出了大门，乱喊了笑道："奋斗呀！抗战呀！带了女学生开旅馆呀！礼义廉耻呀！讲台上的伪君子呀！什么东西呀！霸占人家未婚妻呀！"他们又像唱歌，又像喊口号，老远地隔了一片空地，挥了手上旗子，直了脖子，对了这寄宿舍的大门喊着。

这寄宿舍里的先生们看着，觉得不但与丁古云难堪，与这些同寓的先生们也是一种难堪，便都跑出大门去，向那些学生喝止。丁古云忽然向厨房里跑去，发疯一般，拿了一柄砍柴的斧头来。他大声道："我不要命了，和你们拼了。"两手拿了斧子，高高举起，向那些学生飞奔了去。

第十八章

你真勇敢

在大门口的先生们看到这种情形，个个吓了一跳，连喊去不得。戏剧家仰天口到腿到，早已跟着跑了出去。所幸丁古云跑得过于勇猛，身子向前钻着，身体上的重点，已是放着不均衡，脚下被浮泥微微一滑，人就栽倒了。

仰天跟着跑到面前，弯腰先在他手上把斧子夺了过来，然后拉了丁古云一只手，把他拉起，因道："丁兄，你这是怎么了？你值得和他们小孩子一般见识？"

丁古云道："他们欺我太甚！你别拦着，我要和他们拼命。"他说话时，全身都在抖颤着，因之他说话的嘴皮跟着也在抖颤。脸皮红得发黄，又带些青色，倒不如说是没有成熟的橘子色。他那额角上的汗珠，每粒像豌豆一般大小，不住向脸腮上挂着。他伸手要夺仰天反手掩藏在身后的斧头，口里只管喘气。

又一戏剧家夏水也追了过来，他见那群学生已停止了喊口号望了这里，缓缓向后移动，便伸张两手对他们乱挥着，大声喊道："你们不走，还打算在这里耗出什么大胜利来吗？你们这样做法，把斧子真砍你们两下那也不屈。你们走不走？不走，我也恼了！"那些人听了，方才继续退去，可是退到对面山脚黄桷树下，他们站住脚，又哄然一声笑了。

丁古云抓不住那把斧子，本来也就站着呆望起来，他挺了胸脯子道："你看，他们这样做，就能损害我一根毫毛吗？"

夏水依然在前面走，却叫了仰天道："老仰，我看这事，有点儿醋的作用在里面。你说是吗？"

仰天笑道："还有什么是吗？他们的标语已经说明了。幸而蓝小姐今天不在这里，要不然，又不知会演成个什么局面。"

丁古云道："会演成什么局面呢？他们也不能抓住蓝小姐暴打一顿吧？"说着话，已到了寄宿舍的大门口，各位先生自然是安慰丁古云一番。然而等仰天再度提到有些戏剧意味时，大家回想过去情形，也都哈哈笑了。

丁古云将藤椅子上那尊偶像拿起，提起藤椅子来，连那上面的红绿旗子一股脑儿扔在大门外空地上，然后口里叽咕着走回卧室里去。同寓的先生们都为了这事受着很大的刺激，觉得丁先生一生都被人尊敬，今天让青年羞辱到门上来，这是一件不可忍耐的事。和他更要好的王美今与陈东圃两个人走进屋子来看他，也算是安慰他。丁古云这时把人家抬回来的那尊偶像放在桌上，弯了腰正用纸卷去摩擦那鼻子两边的黑迹。回头看到陈王二位，唉了一声道："你看这是哪里说起。他们侮辱我一阵不要紧。什么场面我都经过了，不会被这几个毛头孩子所苦恼。可是他们不该不择手段把蓝小姐拖累在内。幸是蓝小姐不在家，假如今天她也在这里，她不会自杀吗？我在这里想着，还是到法院里起诉呢，还是……"

王美今笑道："仁兄你怎么也这样小孩子气？他们都是乳臭未干的人，晓得什么轻重？他逞快一时，哪里顾到事情前后？你去告他一状，官司打赢了，判他们一个公然侮辱罪，办他们几个月徒刑，他毫不在乎。你若是打输了……"

丁古云红着脸道："官司我怎么会打输？"

王美今笑道："这不过是比方这样说。可是你也是要走的人，假如官司拖下来三个两个月，你还是留在重庆打官司，你还是到香港去干你的正经事？"

丁古云听了这话，倒是呆了，坐在椅子上向他望着道："那么，我吃了这两场侮辱，就罢了不成？"

陈东圃道："哪里有两场羞辱？"

丁古云被他问着塞住了口，只顿了一顿，因道："我也是气极了乱说话。"

王美今道："投鼠忌器，这件事你也只有罢休。要不然，拖累着把蓝小姐拖了出来，不用说打官司了，就是有人把言语损坏蓝小姐两句，闹得三把鼻涕、两把眼泪哭着，这又何苦？"

丁古云叹了一口气道："这事真也叫人难于处理！这真是从何说起？把一个蓝小姐拖累在内。"

大家看了他那番懊丧的样子，正也不知道用些什么言语来安慰他。就在这时，听到蓝小姐在外面应了一声道："有什么连累我？恐怕是为了我连累丁先生吧？"随了这话，蓝小姐走进屋子来。

大家看时，见她一手抱了大衣，一手提了旅行袋和手皮包，面皮红红的，站在屋子中间，先笑了一笑道："刚才这里闹了一幕喜剧，可惜我没有赶上。"说着，她毫不避嫌疑地把手上的东西都放在丁古云的床上，随身就坐了下去。她回头看到丁古云坐在那尊偶像边，脸色十分难看，便微笑道："这有什么了不得？充其量他们不过说我们恋爱。师生恋爱，这难道是什么稀奇的事吗？他们来的时候，我若在这里，我一定挺身而出，对他们说：'不错！丁先生在和我讲恋爱，这干着你们什么事？这对他的艺术、他的学问，又发生什么关系？你们凭什么来干涉我们恋爱？又凭着什么减低了丁先生的艺

189

术价值?'这样，他们还能闹，那才怪呢。"说着，她站了起来，两手扶了脸腮上的乱发，向脖子后面顺了去。

丁古云真没想到她会宣布彼此恋爱，心里那一阵愉快把刚才所受的痛苦扫荡了个干净。可是他总觉得彼此还没有宣布谈恋爱的可能，不敢对人说出来。这时蓝小姐对王、陈二人说出来，已公然宣布了这个事，可以说自己如愿以偿了。可是自己一向反对有太太的人和人谈恋爱，尤其反对和自己的女学生谈恋爱，这样一来，自己的威信扫地了。

在一分钟的时候，他心中五分高兴和他心中五分的顾虑纠缠在一处，因之望了屋里三个人，说不出话来。王美今、陈东圃也知道他们在恋爱，正如这同寓的艺术家一样，全已默契这件事。可是他们想着，他们到成熟的时期，还隔着很遥远的距离，加之蓝小姐那份随和劲儿，也许她根本就是在拿丁老夫子开玩笑。丁老夫子去了香港，把她一人留在这里，这是大家的期待。王、陈两人更比较和蓝小姐熟识些，对这个期待，尤其感到兴趣。她现在突然宣布和丁古云在恋爱着，而且不惧人言，这是烂熟的果子了，这一个突击，谁还能够……

他们听了蓝小姐的话，望着她的脸色，也说不出一句话来。蓝田玉两手理好了头发，拿起桌上丁古云自用的玻璃杯子，向丁古云笑道："我太兴奋了，由车站上跑回来，口渴得很，给我一杯热水喝。"她说时，将杯子伸到他面前。

丁古云微笑了一笑，立刻将桌上温水瓶子拔了塞子，向玻璃杯子注着开水，因道："你放下吧。玻璃是极传热的东西，烫了你的手！"

蓝小姐笑道："你关心我，比我自己关心我还要深切些。"说着，果然将玻璃杯子放在桌上。

王美今听了这话，心里骂着真是肉麻。回头向陈东圃看时，他也皱了皱眉头在微笑。

蓝小姐在身上掏出一方花绸手绢来，裹住了玻璃杯子，端着送到嘴唇边喝水。反身过来靠住了桌沿，将眼由玻璃杯沿上射到王美今脸上看了一看。她放下杯子笑道："王老师，你怎么不言语？你对我刚才这番话觉得怎么样？"

王美今这才笑了，点头道："好！你真勇敢。"

蓝田玉回转脸来，向丁古云道："你看，王老师都说我勇敢，你为什么不勇敢一点儿呢？"

丁古云笑道："我没有想到你是用这副手段对付他们。假如我知道的话，我一定不是先前那样软弱。"

蓝田玉笑道："好了，过去的事让它过去了，我们不必再提。现在我要回去休息一下，你送我去吧。"她这样说着，不再问丁古云是否同意，拿了那床上旅行袋就交到丁古云手上，笑着道了一个字："走。"随着她自己把大衣搭在手臂上。

在这寄宿舍里，丁古云不怕人家知道他和她亲近。但自己总还维持着一种师生的位份，在朋友面前，至多是彼此客气一番。现在蓝小姐忘了那份客气，当了陈、王两人的面，自己倒有点儿难为情。

王美今在这其间，说不出来他心里头有一种什么不愉快，望了丁、蓝二人微微笑着，因道："丁兄，你送蓝小姐回去吧。你精神上确实受了很大的刺激，让她安慰安慰你也好。"在他说话的时候，他眼珠很快地瞟了陈东圃一眼。两个人是在屋子里仅有的两只白木方凳上坐着，这时一同站了起来。

丁古云笑道："你二位在这里坐一会儿，我一会儿就回来。"

王美今虽然穿了西装两手还抱了拳头，向他拱揖笑道："你这个一会儿是没有时间性的。十分二十分钟，是一会儿，一小时两小时，恐怕也算是一会儿。等你二位回寄宿舍来，我们再谈吧。"他说着，昂头哈哈大笑出门，陈东圃跟在后面，也咯咯笑着。他们去了。

丁古云向蓝田玉笑道："莫名其妙的，他们笑些什么？"

蓝田玉瞅了他一下，笑道："你说他笑什么呢！他们笑你，那正……"当当当，蓝小姐突然把话停止了，唱着英文歌的琴谱，脚跟在地面上拍着板，手里却把手皮包提着在前面走出房去。

丁古云被她鼓励着，开始勇敢起来，手里提着旅行袋，随着在她后面走。走到田坝中间，丁古云回头看时，见寄宿舍门口站了一群人向这小路上望着。其中一个人把手抬起来招了几招，那正是田艺夫，丁古云只当不看见，在蓝小姐身后笑道："蓝小姐，他们围了一大群在望我们，糟透！"

蓝田玉回头瞟了他一眼，问道："什么事糟透？"她依然走着路。她觉得心里很闲，夹着大衣的那只手遇到路边一棵小树，还随手扯了一枝叶子在手。丁古云望了她的后影，觉得她在健美之中，不失那份苗条。她的肩上披着一幅花绸手绢，托住了那披下来的蓬乱长发，一阵阵的香味若有若无地由那里透过了空气袭进了鼻端。这香味是手绢上的呢，是头发上的呢？他发生了这样一个疑问，就忘记了一切，只是跟了那香气走。二人默然走到高坡上庄屋后那丛竹子边，蓝田玉忽然站住了，回身向丁古云去望着，笑道："你又在出神想什么呢？忘了答复我一句呀。"

丁古云愕然站住，望了她道："我有什么事忘了答复你？"

蓝田玉笑道："刚才你说糟透，那为什么事？"

丁古云道："哦！你问这个，其实没什么。不过难免他们拿我开玩笑。"

蓝田玉面前弯了一枝竹，她把皮包放到夹住大衣的手上，腾出手来扯着竹子笑道："你可记得？你有一次送我到这里，我拒绝你到

192

我家里去。"

丁古云摇摇头道："我不记得。哦！是是是，我不再送了。"

蓝田玉又向他瞟了一眼笑道："你对女性真是外行，可是……嘻嘻！"她笑了一阵，耸着肩膀道，"你可取也在这一点，太懂得女性的人，一定是油滑得不得了的。我若说这话，是表示不要你送，我的姿态就不是这样子了。"

丁古云脸上没有胡子了，他伸手抚摸了两下脸腮，笑问道："那么，你为什么忽然提出这句话呢？"蓝小姐扯下一枝小竹枝，其上留有三片竹叶。她将中间那片竹叶送到红嘴唇里，用雪白的牙齿咬着。丁古云觉得她妩媚极了，垂手提了旅行袋呆望了她。

蓝小姐吐出竹叶来，笑道："你瞧，把我旅行袋拖脏了。"

丁古云也哦了一声，把旅行袋提起，蓝田玉倒不理会那袋子了，手扶了弯在面前的竹枝，昂着头望了天道："伟大的抗战呀！抗战真伟大呀！"

丁古云又呆了，笑道："我以为你那样子是在赞美上帝呢，原来你在歌颂抗战。"

蓝田玉笑道："你要知道，这有很大的原因在内。不是抗战，不能冲洗许多黑暗，不能改善婚姻制度。说到这里，我告诉你一个好消息，我和那姓倪的关系已经解决了。他已经写了一张字据给我，解除婚约。回头我把这字据给你看，现在……"她说到这里，又昂了头向天望上一下，笑道："我自由了。"

丁古云也不由得笑了起来，对她看上了一看，未免将头垂下，现出一份踌躇的样子。

蓝小姐道："你不高兴吗？"

丁古云道："我焉有不高兴之理？可是……可是……我不能比你。"

蓝田玉脸色正了一正，因道："你的心事我知道，你不是说你不能和你太太离婚吗？这是不必要的。我很干脆地告诉你。"

丁古云不觉把手上的旅行袋放下，望了她道："不必要的？那么，你和姓倪的解除婚约不是为了我？"

蓝田玉瞅了他一下道："不为你，为谁？你……唉！你……"她说到这里，微微一笑，又微微地摇了两摇头道，"你说这话，岂不是让我伤心？"

丁古云走近了两步，微弯了腰道："不！啊！不！我以为这话太……"说着，他伸手抚摸了一下领带，又搔了两搔头发。

蓝田玉将胸脯一挺道："我知道你没有那勇气敢问我以下的话，我干脆告诉你，我爱你！我既爱你，我就一切可以为你牺牲。你没有太太，我嫁你。你有太太，我也嫁你。至多，人家叫我一声姨太太吧。我为了爱，我不怕这称呼，再比这称呼要难堪些，我也乐于接受。我自己也不明白为什么这样爱你，越和你相处越爱你。"

丁古云听了她这话竟是呆了，睁了两眼望着她，直了脚，垂了手，一动不动。蓝小姐道："你站着发傻干什么？我再明白告诉你，现在你太太在天津，你无法和她离婚。纵然可以，她也太受委屈。因为她与你并无恶感，为了我，逼迫她中年以上的妇人无故抛弃丈夫，我站在女人的立场上，这理说不通。我同情她，我同情她这在敌人压迫下为你吃苦的妇人。我爱你虽说与她无干，然而我已经夺了你给她二十年以上的爱情了。况且她与我并无仇恨，我这已经占便宜了，我还要逼着你抛弃她吗？那我太自私了。我套用一句故人的口头禅：愿为你与她和她的儿女，共存共乐。我不知道她是怎样一个性格的妇人，共存共荣的话，那恐怕是幻想。我夺了她的丈夫，她还和我共荣吗？然而她现在干涉不了我们，眼前我们乐得热烈地沉醉在爱的宇宙里过一天是一天。到了战争结束，大家要会面，再做那时的打算。这个计划，不独是我们创造出来的，现在前后方男女这样的结合太多了。我们有什么使不得？这是抗战时代特殊的情形，所以我刚才赞美抗战。我现在和你同居……"

丁古云听她的话，每说一句，像在心坎上灌了一勺热酒。脸色红红的，说不出心里那一份冲动与感激。他两股热气冲上了眼睛，挤出了眼睛里两行眼泪，他抢上前一步，两手抓了蓝小姐两只手，乱摇撼了道："你对我太好了，我没有话说，你真勇敢，你真勇敢！"说着弯腰下去，对她两手轮流地吻着。

蓝小姐笑着伸了两手，让他去亲吻，等他抬起头来，向他道："我真勇敢吗？你别看我像只可怜的小鸟，有时我也会像只飞天的鹞子。你和我到我屋子里去，我和你畅谈。"

丁古云昂头一看，觉得这时的宇宙都加宽了一倍，周身轻松是不必说，立刻提了旅行袋和她到寓所里去。几小时以后，他们回到了寄宿舍，同寓的人看到丁古云脸上时时透露出一种不可抑止的笑容，都十分奇怪。今天他受了这样大的刺激，他还高兴呢。

到了吃晚饭的时候，丁、蓝两人双双走进餐厅。蓝田玉走到她席上，且不坐下，站着向两张大圆桌子上的人看了一看，笑道："各位先生，且请缓用饭，我有一件事情要报告。"

大家听了这话，都抬起头来望着她，各人也就料着，必是为今日早上接菩萨的那幕喜剧。

丁古云却只是坐了微笑，不住地整理西装衣领，又将手去理齐面前摆的筷子。

蓝小姐看了大家一下，笑道："我这话说出来，各位也许并不怎样惊异。但疑问是不会没有的，那么我就痛痛快快一口气说出来。我和丁先生有了爱情，大家是早已不言而喻的。"她红了一下脸，露着雪白的牙齿，微微一笑。大家也都随她这一笑笑起来，然而很肃

195

静的，并没有作声。蓝小姐接着道："这话应该由丁先生宣布，可是……还是我痛快地说出来吧。在这个星期日，我们实行同居，而且同到香港去度蜜月。完了。"说着，她向大家鞠了一个躬，大家还不等她坐下，立刻哄然一声笑起来："恭喜呀，恭喜呀！"拍手的、顿脚的、敲着筷子叫好的，闹成一团。

仰天和夏水两个人首先离了座位，奔向丁古云身边。蓝田玉伸手做个拦住的姿势笑道："请坐，请坐！我的话没有完。"

丁古云看了大家嘻嘻地笑，大家看看他，又看看她，由她说了几遍请坐方才坐下。

夏、仰两人却是静止的，站在丁古云座后。她牵了一牵衣襟，下巴微扬着，眼珠向屋顶看了一看，笑道："为什么说同居不说结婚呢？因为丁先生是有太太的，法律上不许可我们结婚。我们只要彼此相爱，就过着共同的生活，不结婚又何妨？朋友们口里虽不肯说，心里头一定疑问着，难道蓝田玉愿做丁古云的姨太太吗？我为解除大家的疑虑起见，我干脆地答应一声，愿！反正这个办法不是自我作古。抗战以前，家里一个太太外面一个太太的多着呢。外面这个太太，而且是最公开的，有个新名词，叫新太太。抗战以后不用提了，到处可以碰见，有的叫国难太太，有的叫伪组织。所以我们这样结合也并不稀奇，我为了爱他，我就要嫁他。为了爱情，什么牺牲我在所不惜，社会上说我是姨太太也罢，新太太也罢，伪组织也罢，国难太太也罢，我爱他我就嫁他。我这股精神，各位说勇敢不勇敢？"

大家不约而同地叫了一声："勇敢！勇敢！"仰天最高兴，跳着道："勇敢！勇敢！蓝小姐，你真勇敢！"他跳着把皮鞋脱落了，索性拿在手上，向屋顶上一抛。

第十九章

爱情与钱

仰天这一只皮鞋抛了上去，当然是不会久在空间，当它落下来的时候，却好是冠履倒置，打在丁古云头上。他拿手去接时，皮鞋已敲过他的头，落到地上来了。他向仰天笑道："你也真勇敢。"说着，他伸手摸摸头发。

陈东圃和他同桌，拿着筷子，敲了桌子沿道："丁兄丁兄，今日之下，可谓踌躇满志矣。"

田艺夫与王美今在另一席，隔了桌子角，他伸过头来靠近王美今的肩膀，低声笑道："我早想到这会是幕喜剧，但绝不想到这样揭晓，而且这样快。我和夏小姐的事恐怕要落后了。"立刻两张桌上的人议论纷纷起来，丁、蓝二人只是微笑。席上也有人提议，应当怎样庆贺。

丁古云笑道："国难期间，一切从简。关于我们自身要怎样安排还没有议定，自不能接受朋友的隆仪。"

仰天在那边桌上，由人头上伸出一只空碗来，叫道："至少喜酒是要喝的。"

丁古云道："好！请许可我们二十四小时以后再作答复。实不相瞒，关于这件事情的消息，我也仅仅比各位早晓得三四小时，我又

197

是一个整装待发的人，我怎么来得及布置？"

陈东圃向蓝田玉道："蓝小姐，你这个闪击战好厉害，事前一点儿不露声色，事后闪击得我们头昏眼花。"

仰天那边插嘴道："她闪击得丁翁头昏眼花则有之，怎么会让你头昏眼花呢？"

王美今道："是有点儿头昏眼花。不是头昏眼花，怎会说出此种话来呢？"于是大家哈哈大笑。

到了这个时候，丁、蓝二人也就不怕人家玩笑。饭后，他们索性同在工作室里讨论当前问题。直到晚上九十点钟，丁古云方才送她回寓去。十点钟，在乡间已是夜深了。

次日早上，丁古云一起床，匆匆地漱洗过，就向蓝小姐寓所去。昨晚夜半发生的雾这时正还在滋生，十丈路以外的树木田园都隐藏在弥漫的白气里面，只看到一些模糊的轮廓影子。在小路旁边有一所草盖的小屋，破烂不堪，外面的两块菜地，几棵弯曲的槐树，那人家既有粪坑又喂猪，平常经过这里，总觉它是这田坝上最讨厌的一个地方。现在浓雾把远近的风景完全笼罩了，便是这间茅草屋也埋葬在白气里，只有一个四方的立体影子模糊着现出轮廓，看不清门窗户扇。那些杂乱的草木也都看不见了，而几枝槐树的粗枝干，在屋外透出影子，反点缀了这立体影子的姿势，凑足了画意。他看得很有趣，觉得这简直是一幅投影画的样本。他由这里联想到，宇宙中的丑恶东西给它撒些云雾来笼罩，不难变成美术品。自己和蓝田玉这段恋爱，平心论之，实在不正常。可是笼统地加上爱情高于一切的帽子，只透露着彼此的勇敢，把其余都掩饰了，也正是一场美丽的姻缘。他这样想着，在雾气里面慢慢地走，忽然感觉到这样做下去，有一天云消雾散了，这丑茅草屋的原形似乎……他接着又一转念，管他呢？事情已做到了现在，还有什么变幻不成？他自己摇了两摇头，又加快了脚步。

到了蓝田玉的寓所门口，那位房东太太蒙眬着两眼，正开了大门出来，看见他，便笑道："丁先生这样早？"她一手揉着眼睛，一手扶了衣服的纽扣。

丁古云看了这样子，不便猛可地进去，因道："都没有起来吗？"

房东太太笑道："蓝小姐昨夜好大夜深才睡觉呀。"

丁古云踌躇了一会儿，笑道："我在门外问她两句话吧，我要进城去。"他果然走到蓝田玉房门外，轻轻问了一声道："还没有醒吗？"里面答道："好早！我来开门吧。"

丁古云道："不必了，房东说是你是夜深才睡。"她答道："写了几封信，也不怎样夜深。"说话时，门呀的一声开了，丁古云推着半开的门进去，见蓝小姐上身穿了小汗衫，下面穿了短岔裙，踏着鞋子，赶快向床上一钻，拖了被条，将身子盖着。在被头上伸出一只雪白的膀子来，连指了两指房门。

丁古云掩上了门，坐在书桌边椅子上，笑道："对不起，我来得冒失一点儿。"

蓝小姐将两个枕头叠起来，头枕得高高的，白枕头上披散了许多长发，向他笑道："有什么冒失？再过一星期……"她露出雪白的牙齿微微一笑。又牵了一牵被子，盖着露出来的肩膀。

丁古云笑道："我也正为此，一早就来吵醒你了。我想进城去和老尚商议一下子……"

蓝小姐伸出手臂来，轻轻地拍了两拍床沿，又向他勾了两勾头。丁古云会意，坐到床上来，半侧了身子，向她笑道："我想应该给你做两件新衣服，打一个戒指，买一双……"

蓝小姐笑着摇头道："你还闹这些老妈妈大全，本来我就不需要这些虚套。而况国难期间，又是一切从简。我们是马上要到香港去的人，在重庆做衣服买皮鞋带了去，有神经病吗?"

丁古云道："礼拜这一天，就让你这样平常装束，我有点儿不过意。"

她笑道："你要怎样才过意，你穿上大礼服，我披上喜纱? 可是，这又是办不到的事。"

丁古云见她有只手在被头上，便握住了她的手，将身子俯下一点儿，正了色道："提起了这个，我真觉得是对不起你。一切都让你受着委屈。"蓝田玉道："我既愿意，就无所谓委屈不委屈，就算委屈，我也是认定了委屈来做的。不过你提到这个，我倒更有一个闪击的法子。你能不能够和尚专员商议一下子，在三五天之内我们就走。把预定的这个日子放在旅行期中。那么，你无须顾虑到我怎样装束，还可以免了朋友们一场起哄，省了一笔酒席钱。"

丁古云道："我无所谓，但不知道车子哪一天开。若不是请护照手续麻烦，索性坐飞机到香港，把这好日子放在香港度，那就太美丽了。"

蓝小姐抽出手掌来，在丁古云手膀上轻轻拍了一下，笑道："哧! 开倒车，好日子也说出来了。"

丁古云笑着，脸上又带了三分郑重的样子，因道："实在的，自从你宣布了爱我以后，我觉得换了一个世界，这世界委实可爱。"

蓝小姐指着床柱搭的衣服，点点头。

丁古云道："你多睡一会子吧。我要进城去，所以特来知会你一声。"她一掀被条坐了起来。光着两只雪白的手膀，抬起来清理着头发。她那紧身汗衫更把两个乳峰顶起，这位老夫子心房不住乱跳，笑着刚要抬起一只手。

蓝小姐立刻把他的手捉住，笑道："快拿衣服来给我披上，若把我冻着了，你说的那个好日子会展期的。"

他只好站起来，取过床柱上的衣服。蓝小姐已是光了腿子走下床来，将背对了他。他两手提着衣抬肩，她伸手将衣袖穿起，笑着道了一声谢谢。

丁古云笑道："这就谢谢。我觉得我受着你伟大爱情的感召，我为你死了，都不能报答万一。"

蓝田玉道："但愿你这话能为我一辈子。"

他笑道："你疑心我不能为你一辈子吗？"她没有答复，站在桌子边，对了镜子扣纽扣，向了镜子笑道："你说爱情伟大，还有比爱情更伟大的吗？"

丁古云他在背影里向镜子里看，没看到她的脸色，不知她是何意思，因道："是祖国？"她摇摇头。又道："是宇宙？"她还是摇摇头。又道："是……"她回转身来，向他笑道："你越说越远了，我告诉你，是金钱！"

丁古云对她望着，呆了一呆。蓝小姐很自然地拿了脸盆去舀水，水舀来了，她将盆放在脸架上，低头洗脸，继续着道："你站着出神，还没有想透这个理。你想，我们若没有钱，怎么去得了香港？那个姓倪的，他牺牲了爱情，却爱上了钱。他和我有个条件外的附带条件，要赔偿他的损失。我为了和他急于解除婚约，就答应了赔偿他五千元的损失。五千元在今日，算得了什么？可是他为了这五千元就签字在解除婚约的字据上了，这岂不是金钱比爱情还要伟大？"她说着话，把脸洗完，走到桌子边，将上面雪花膏盒子打开，取了雪花膏在手心，两手揉搓着，双手向脸上去摸匀，她对了镜子，没有理会丁古云听这话的态度。

他道："五千元自不多，可是，你哪里有这笔款子给他呢？"他站近了桌子，看她抹完了雪花膏，继续开了香粉盒子，左手取了小镜子，右手将粉扑子在盒子里搣上了粉，送到鼻子边，向两腮去轻轻摸扑着。她很自然又很从容地道："写了一张字据给他，三天内给他钱，夏小姐做的保人。我昨晚上一宿没睡，就是想到这五千元到哪里去找呢？"她继续扑着粉，只看了镜子。

丁古云道："五千元还难不倒我们啦。"蓝小姐道："刚才你疑心我到哪里去找五千元，现在又说难不倒我们。这个说法，不有些自相矛盾吗？"说时，她放下了粉扑，顺手摸着粉盒旁边的胭脂盒，取了那盒里的胭脂扑，将三个细白的手指夹着，放在脸腮上去慢慢涂敷胭脂。

丁古云道："我这是有个说法的。你一个清寒的女青年，根本没有存款，和那姓倪的匆忙办着交涉，哪能够立时找到五千元？你说是开期票要给他的，并非当时给他钱，这疑问我是问得对了。至于说难不倒我们一句话，这理由很简单，现在有二三十万款子经过我们的手，难道我挪移五千元先用一下，这还有什么问题吗？我今天就去办。"

蓝小姐抹好了胭脂，在桌子抽屉里取出一支短短的铅笔。她换了个方向站着，面对了丁先生，依然是左手举了圆镜子，右手拿了那笔，对照了镜子，慢慢地描画着眉毛。丁古云不说话了，咴咴地一笑。蓝小姐放下镜子，向他看了一眼，见他眉飞色舞，也问道："你笑什么？"他笑道："就是这几天，我念着唐诗人朱庆余的一首诗：洞房昨夜停红烛，待晓堂前拜舅姑，妆罢低声问夫婿，画眉深浅入时无？"蓝小姐笑道："我以为你想到五千元有了绝大把握，忽然会想到唐诗上去了。"

丁古云道："怎么没有把握？"

她换了一只手拿镜子，继续地描画眉毛，对镜子道："你的办法我知道，可是这事办不通，也当考虑。第一，是老莫给我们的款子，是要交给关校长换香港支票的，不是现钱。至于给我们的几千元现

202

款，我们路上不用花吗？要不然，扯用五六千元，这个小漏洞到了香港我也弥补得起来。就是那位会计先生，托我们带东西的三万元，这是夏小姐知道的，恐怕不能移动。第二，就是能在老莫款子上可以移动五六千元，为了信用关系，也当考虑。"

丁古云道："考虑什么？我们用我们应得的钱，又不侵吞公款，不过在重庆提前挪移一下子罢了。至于老莫的支票，这样好了，不是三十万吗？我去和关校长商量，他拨一万现款给我，他只开二十九万元支票给我。在私人交情上，他不会不办，反正又不多要他一文，依然是三十万元调换他三十万元。"

蓝小姐描画了眉毛，放下镜子和铅笔，在桌上取了一支口红管子，拔开盖子，弯腰对了桌上支架的大镜子，向嘴唇上抹着胭脂膏，只将眼睛瞟了他一眼，却没有作声。直等她这张脸化妆完了，才一面整理着桌上化妆品，一面向他笑道："你今天进城就是这样子去办吗？"

丁古云见她鲜红的嘴唇露出雪白的牙齿，格外妩媚，他失去了一切的勇敢，无法能向她说一个不字，因道："自然是越快越好。"

蓝小姐道："那么，我陪你去。"

丁古云望了她只觉心房有一阵荡漾，笑道："可是我们今天回来不了。"

蓝小姐道："我也没有说要你今天回来。既然进城拿钱，当然以是否拿钱为目的。"说到这里突然转变了一个话题，因道，"我们应当弄点儿东西吃了再走。"

丁古云道："到场上小馆子里去吃点儿东西就是了，顺便等着车子。"

蓝小姐陪他说着话，又是抽屉里找找，床下瓦缸里摸摸，她在书架下摸出了一只精细的篦篮子，一篮子盛了猪油罐子、酱油瓶子、白糖罐子和几个鸡蛋，笑道："我去做一碗点心你来吃。书架子上有几本电影杂志，你拿了去看吧。"

丁古云道："你收拾得干干净净的，又到厨房里去……"她已走出了房门，回头向他嫣然一笑。他口里虽然是这样阻止她，可是对于她这种举动却十二分地高兴。看到蓝小姐的床还是凌乱的，就来牵扯被条，和她折叠整齐，当自己牵着被条抖动的时候，不但有一阵胭脂香气，而且手触着被子里面，还是很温暖的。他拿着情不自禁地送到鼻子尖上嗅了两嗅。因为窗子外有了脚步声，这才把它折叠好，堆在床头边，随后是牵扯着被单，再后是拿起枕头来，扯扯枕头套布来放在叠的被条上。一转头过来，却看到一张日记本子上的纸片，用自来水笔写了四个字，"金钱第一"。在四个字下面，有个问号。丁古云不觉捡起来看了一看，分明是蓝小姐的笔迹，这是她的枕中秘记。心里这样想时，翻过纸的背面来看，还是"金钱第一"四个字，可是下面的问号换了个惊叹号了。他不免对这张纸出神了一会儿，心想，她昨夜晚上考虑了半夜，大概就是这四个字。所以见了我就提出什么比爱情伟大的问题了。

究竟是一位小姐，五千元的担负就让她一夜不安。且把这张纸条放在桌上，依了她的话，在书架子上拿了几本电影杂志，横躺在床上看着。只翻了几页，蓝田玉用篮子提了两碗煮蛋来放在桌上，笑道："我很武断地替你煮了一碗甜的，可是我自己却是吃咸的。"

丁古云坐起来笑道："甜的就好！甜甜的更好。"

蓝小姐向桌上放着碗，看到那张字条，情不自禁地哟了一声。

丁古云笑道："这不算秘密，纵然是秘密，也是我们共有的秘密。所以我看了没和你藏起来。"

她立刻笑了，因道："既是我们共有的秘密，你就不该放在桌上。你看，我想了半夜，不就是这句话吗？没有钱，姓倪的那张契

204

约不能发生效力。"说着，她两手捧了那碗蛋，送到床面前，笑道，"这个蛋，我有点儿技巧，糖渗进蛋黄里去煮的，它有个洋泾浜式的名词。"说着，她声音低了一低，笑道，"叫着，The egg of sweet heart。"

丁古云听了，真个一股甜气直透心脏，两手接了蛋碗，向她笑道："My sweet heart！"蓝小姐微微一笑，自去吃她放在桌上的那碗蛋。这么一闹甜心，把那个金钱第一的问题就放到一边而丢开了。吃过点心以后，蓝小姐就匆匆地收拾了一只旅行袋，陪着丁先生回寄宿舍去拿东西。不到十分钟，两人又并肩走着向公路上去赶汽车。

在寄宿舍里的朋友们，虽然感到这是正常的，可又感到这情形出现得过于突兀。他们俩的影子在田坝上快消逝了，寄宿舍里朋友还在窗户里伸出头来望着呢。丁、蓝二人自各有他们心中的伟大希望，人家的嫉妒与羡慕，他们绝未曾计较到。下午两点多钟的时候，在重庆找到一家上等旅馆歇脚了。两人走进房间的时候，不约而同地笑了一笑。丁古云道："今天不会有问题了吧？"

蓝田玉自脱下大衣，挂上衣架，并将旅行袋里东西断续取出，似乎没有听到这句话。茶房送着登记簿和笔砚进来，丁古云右手拿了笔，左手托了簿子，送到她面前笑道："请你填一填好吗？"

蓝小姐很自然地道："只写你的名字，附带眷属一人，我还用写什么！"他含着笑，在她当面把簿子填好，交给了茶房。另一茶房送着茶水进来，蓝小姐将自己带来的手巾在脸盆里拧了一把，递给丁古云。他双手接着，笑道："这样客气，晚上我请你吃小馆、看电影。"蓝小姐向他脸上看了一看，笑道："你忘了我们是进城来干什么事的了。我们预备几天之内就走，而……"

丁古云挺了胸道："不成问题，我马上就去找老尚。又不要他马上拿现钱，一张支票，什么开不出来。"蓝田玉坐到桌子边来，将桌上新泡的一壶茶斟了两杯，一杯送到桌沿边，向他瞅了一眼，笑道："喝茶。"然后她自捧着一杯热茶，坐了喝着，眼望了茶杯笑道："这第一步，自不成问题。假如尚专员他直接地向美专方面调一张香港支票给我们，我们是画饼充饥。"

丁古云道："他早就说了，莫先生到西北去了，他忙得很，支票开给我，让我去调，我想是这样，今天把老尚的支票拿到手，明天一早我去见美专校长。就说明了我要在重庆用一万元，要求他给一万元现款，开二十九万元支票。万一有问题，那托我们带东西的三万元也可以用。那一张支票你带在身上没有？"

她拍了胸口道："我怕放在皮包里会靠不住，很小心地放在我小背心口袋里，只是这一笔款子最好不动。因为……"她喝着一口茶，把话停顿了。

丁古云道："那也好，我们和人家新共事，信用是要紧的。"他说着话，手里捧了杯茶在屋子里来回地踱着步子。

蓝小姐道："既然如此，你就去吧，我在旅馆里等着你。"他笑着，正要说什么，她又笑道："你不要担心我在这里寂寞，昨晚上没睡得好，我正可以在这房间里补上一觉。"笑着，她叹了一口气。

丁古云道："没有什么困难呀，你发愁干什么？"

她笑道："还是金钱魔力大。你看，我们奔到城里来，一点儿也不曾休息，就要出去奔走了。"口里虽是这样说着，可是她已把挂在衣架上那顶新呢帽子取了在手，交给了丁古云。他一手接过帽子，一手拍着她的肩膀，笑道："你在旅馆里等着吧，我一定给你带了好消息回来。"说着，含了笑容出去了。

蓝小姐却真是依了他的话，掩上房门，横倒在床上睡了。丁先生回来的时候，屋子里已亮着电灯。他见她横睡在床上将被子盖了半截身体，两只腿露在外蜷缩着，便轻轻地牵了被子给她盖着。自言自语地道："让她休息一下吧。"蓝小姐将眼睛微微地开着，瞥了他一眼。丁古云道："你没睡着?"她笑道："我担心你支票没有拿着，老在这里想，我们第二步应该怎么做呢?"丁古云站在床面前含着笑，在身上一掏，掏出一张支票来，弯了腰伸手交给她。她接过一看，上面是丁古云的抬头，三十万元的数目，一文不少，不由扑哧一声笑了。

丁先生将身子伏在床上，向她低声笑问道："你笑什么?"她道："我笑支票开着你的名字，好像你真有这些钱一样，我们真有这些钱那就好了。"说时将手在他脸上轻轻拧了一把。丁古云见她两只灵活的眼珠一转，脸上小酒窝儿掀起两个圆印，雪白的牙齿在红嘴唇里露出，他把生平所倡导的一切尊严都消失了，三分钟后，他和她并头睡在折叠的被单上，笑道："果然我真有这样多的钱，你该多么高兴?"

她笑道："你没有这张支票，我就不敢承认我是你的。虽然这里面的钱只有二十分之一而已。我倒要问你一句话，为什么老尚不写美专的抬头的名字，写着你的名字呢?"

丁古云道："这是我的要求。我想，与其再去求美专校长一次，不如明天早上直接兑换一张二十九万元的支票交给他，我们先腾下二十分之一来用。你觉这办法好吗?"

蓝小姐连说着好好。他们咯咯地笑着，又寂然两三分钟了。

第二十章

？？？

晚上的十点钟，丁古云先生和蓝田玉小姐已经吃过了小馆子，看过了电影，一同回到旅馆里来了。蓝小姐一进房门，就回沙发上赖着身子坐下去，抬起一只手来，轻轻捶着额角道："喝醉了！喝醉了！"

丁古云望了她笑道："只有三杯白酒，你就喝醉了吗?"

她斜了身子，靠在椅子背上，把手扶了脸腮微闭了眼睛。屋子里很沉寂。蓝小姐酒后加重的呼吸声，远站两丈外，都可以听得见。悬在屋子中间的那盏电灯越发地亮了，光线照在醉人脸腮上泛出了桃花瓣的颜色。电灯光也射照在梳妆台上，旅伴带来的化妆品很整齐地陈列着，那脂粉上的香气透过了电灯上的空间袭入了鼻端，让人更加了一种幽思。电灯光也照在床上，鸳鸯格锦绸被面的被条，平平地展开了铺在床上。两个雪白枕罩的枕头，一字儿排在床头边。电灯光也照在床边的小灯柜上，丁先生的手表放在那里。短针过了十点，长针在九点钟那里向前爬动。人生是那样长，也许有七八十年，也许有一百年，可是它却在这表针慢慢爬动间很容易地消失了。一生如此，一日一夜可知。

当这短针第二次在十点钟上，长针在九点钟上慢慢爬起的时候，屋子里放进了透出重雾的阳光，没有电灯光了。蓝小姐站在梳妆台上，手心里揉搓着雪花膏，对了镜子，正慢慢向脸上去敷。

丁古云背了两手，站在她身后，不住地对了镜子里微笑，蓝小姐向镜子里一撩眼皮微笑道："你愉快得很吗？"

他将手轻轻拍了她的肩膀道："你不觉得愉快吗？"

蓝小姐笑道："我自然愉快。可是我们别为了眼前的愉快忘了大事。"她说着，拿了粉扑在手，继续地在脸上扑着粉。

丁先生道："我晓得，我立刻去兑那张支票。"

蓝小姐道："钱不忙，银行里整日地开着门，还怕来不及取款吗？只是第二件事应该办了，这车子是什么日子开行呢？我就是这样性急，第一件事办完了，我又赶快要办第二件事了。"

丁古云道："好的好的，我立刻到南岸去，打听打听车子是什么时候走。那么你怎么呢？"

蓝田玉道："我还是在旅馆里等你。你有三小时可以回来吗？我想等你回来吃饭。"

丁古云把小灯柜上的手表拿了起来，戴在手臂上，一看时间，已经到了十点三刻了，便沉思了道："就算一点钟吃饭吧，也只有两点钟了，要我赶回来吃饭，可有些来不及。那么，吃了饭再去吧。"

蓝田玉拿小乌骨梳从容地梳着头发。她对镜子摇摇头道："那不好。吃过饭去，混混就是一两点钟了，假如遇不着答话的人，今天岂不要耽误一天？"

丁古云道："那么，我陪你去吃些早点吧。"

蓝小姐道："吃点心也是要耗费一点钟的。总之，午饭只好各自为政，晚上我痛痛快快再陪你喝两杯酒。"他听了这句话，似乎触着了他的痒处，不由得扛了肩膀，咯咯地笑道："昨天你就埋怨我存心把你灌醉了，今天还要痛痛快快陪我喝几杯酒呢？"

她已是梳好了头发，将一条绸手绢拂着肩膀上的碎头发，回转头来向他瞥了一眼，将嘴一撇道："还说昨天呢，你这人不守信用。"

丁先生笑道："可是这酒是你很兴奋地喝下去的，不能完全怪我，而且照你的计划，我们也不过仅仅提前三天罢了。"

蓝小姐瞪了他一眼，微笑道："不像话！"

丁先生将手连连地推了她的肩膀，哈哈大笑起来。蓝小姐把化妆品的盒子罐子匆匆整理了一番，对镜子又看了一看，便将衣架上的大衣取了下来搭在手臂上。

丁古云道："你也要出去吗？"她道："你瞧，你老是在我身边纠缠着，正事不去办。干脆，我陪你到南岸去，午饭也就在南岸吃，免得你一心挂两头。"

他笑道："那太好了，我是有这个要求又怕你身体疲倦，所以没说出来。"

蓝小姐挽了他一只手臂，笑道："走吧走吧。"

丁先生随了她这一挽，走出了旅馆，两人坐了车子，直奔储奇门江边。下了车，由马路上踏着下岸的石坡，两人在挽了手臂走。约莫走了一半的石坡，蓝小姐呀了一声，站定了脚。丁先生看她脸上时，面皮红红的，似乎带了三分惊慌，因问道："你落了什么东西吗？"

她道："怎么不是？你那三十万元的支票放在我手提皮包里，那皮包放在旅馆里没有拿来。虽说那是抬头支票，可是昨晚在上面盖了章。万一有个遗失，那还了得？"

丁古云笑道："不要紧，银行里付出三十万元的大款子，绝不肯含糊交给人家的。而且那银行里的协理认得我，我的抬头支票，我相信别人无法可以冒领得去。"

蓝小姐道："虽然如此，究竟这数目太大了，我们应当小心一点

210

儿。这样吧，放弃今天上午到南岸去的计划，我们一同回旅馆去，把那张支票拿着。"

丁古云站着踌躇了一会子，笑道："那么，我就和你回去吧。"说着，挽了她的手，向回头路上走。走了几十步路，蓝小姐摇摇头道："还是不妥。假如我们到了旅馆里，就在这个空当里出了毛病。那未免睁眼睛吃亏。这里到银行里不远，我们先到银行里去通知一声吧。顺便我们就去吃个小馆。"

丁先生笑道："你一小心起来，就加倍地小心，好，我和你一路到银行里去吧。"说着，两人坐了人力车子，立刻就奔向银行，这银行，丁先生果然是相当熟识，他经过营业处，向柜台里面的人连连地点了几个头。人家看到丁先生后面跟着一位摩登少女，也是不约而同地向他注视着。他见人家注视了他的新夫人，他心里就发生了一种不能形容的愉快，昂起了他那顶新帽子，向屋子后面走去。转过小天井，便是经理室。

那协理赵柱人先生隔了玻璃窗户就看到他带一个少女进来。他心里立刻解释了一个疑问。近来外面传说，丁古云割须弃袍，爱上了一个少女，快要结婚了，颇不相信此事。这一双人影证实这传言不假了。便迎了出来道："丁翁今天有工夫到我这里来?"

丁先生和他握了一握手，介绍着她道："这是蓝小姐。"他说着话，身子略微闪到一边，向两人看着脸上带了一种陶醉的微笑。因为他脸上略有红晕，而双眉上扬，又像是极得意的样子。

蓝小姐略露笑意从容地一个九十度鞠躬，并没有谈话。赵柱人让着一对男女进了经理屋子，他见着蓝小姐苹果色的鹅蛋脸，两只水活的点漆眼睛，首先就有了一个聪明而美丽的印象在脑子里。及至让座以后，蓝小姐两手操了大衣袋正襟危坐，并不向周围乱看一眼。

赵柱人想道:摩登的风度、封建的操守,这不是一般男子对占有女人的希望吗?这位蓝小姐,漂亮,贞静,太好了,怪不得丁先生要牺牲那一部大胡子了。

丁先生见主人脸上带了笑容陪坐,自知他心里在那里发着议论。这议论毋宁说是自己很愿意人家发生的,便笑道:"我们是老朋友。有事必得告诉你。我们两人最近要有点儿举动,大概是到香港去举行。"

赵柱人拱拱手道:"恭喜恭喜。可是,我们要喝不着喜酒了。"

丁古云笑道:"倒不是有意躲避请客,因为我们两人都有点儿工作,急于要到香港去进行。自然重庆的朋友都要引着见面一下。等我们回来,一定还是要补请的。今天我引了她来,正是有点儿关于出门的事托你。我们的一张三十万元的抬头支票请你兑付一下。"

赵柱人立刻接了嘴笑道:"那还成为问题吗?你拿支票来,我交给营业部去办。当然你是要带到香港去用,还是买港币呢,还是……"

蓝小姐微笑了一笑,拦着道:"我们要现款,就在重庆用,支票还放在旅馆里忘记带出来。也是慎重的意思,特先来通知贵行一声,这款子我们自己来取。"

赵柱人点点头道:"那当然,这样大数目的款子,又是抬头支票,我们也不会乱付出去的。"

蓝小姐听了这话,向丁先生看了一眼,好像表示这才算放了心。两人坐了一会儿,起身告辞,出去就在附近找了一家小馆子,吃过午饭。蓝小姐一看手表,已是一点钟。她坐在桌子边,微开着口,要打呵欠,立刻拿着手绢,将口掩上。

丁古云笑道:"你疲倦得很吗?"

她摇摇头道:"不!我陪你到南岸去一趟吧。"她这样说时情不自禁地又抬起两只手来要伸一个懒腰。但她自己很惊觉地中止了，两只手微微有点儿抬着，就垂下来。

丁先生笑道："你还说不疲倦呢。南岸不必去了，你回旅馆休息休息吧。"

蓝小姐微笑着瞟了他一眼道："都是你昨晚摆龙门阵摆得太久了，睡眠不够。"

丁古云笑道："今天晚上不说天说地就是了。那么，我到南岸去打听车子，两小时以内准回旅馆。"

蓝田玉想了一想道："我实在想去。我有一个女同学的家庭住在南山新村，我想去问一声，她在香港什么地方。她是我最好的一个女朋友，到了香港，我非找着她不可！我不过河，你能不能和我跑一趟呢？其实也不必你走路，你坐轿子来往，有一小时，也就可以回到江边了。"

丁先生笑道："你叫我做的事，我有个不去的吗？你开个地址给我就是。"

她道："用不着开地址，他们是南山最著名的一幢房子，叫兰桂山庄，门口有两棵大的黄桷树，最容易找。"

丁古云道："好！我一定找到，给你带个回信转来。你回去休息吧。"

蓝小姐笑着，手扶了桌沿慢慢站起，笑道："这真成了那话，饭后呆，现在疲乏得不得了。"说着，将手绢掩了嘴，又闷住一个呵欠，不让它打了出来。

丁先生看到她这样娇弱无力的样子，便挽住她一只手臂，向馆子外面走着，笑道："我本来可以陪你回旅馆，可是耽误打听车子的日期，又是你所不愿意的。"

蓝田玉站在街上的行人路上，向街两边张望着。

丁古云道："你要叫车子吗?"

她道："时间不早了,你赶快过南岸去吧,我自己还不会叫车子吗?"

丁先生对这位未婚妻却是疼爱备至,哪里肯依从她的话,直等把人力车子叫好了,看到她上了车子,车子又拉走了,方才开步向过江的码头走去。老远的,蓝小姐在车上回过头来笑着叫道："你要快点儿回来哟,我还等着你去看电影呢。"

丁先生笑着连连点头。蓝小姐的背影不见了,他看着手表,只是一点半钟,他心想,三点半或四点钟可以赶回旅馆,看五点钟这场电影,是不会有什么问题的,于是赶着坐车,赶着上渡轮,在四十分钟之内就到了海棠溪。尚先生所说开往云南的汽车现时停在江岸不远的地方。公路边的旅馆里,有个接洽车子的办事处。丁古云慢慢将这地方访到了,会着这里的办事员。他知道丁先生是为了替国家尽力要到香港去的,除了告诉他,车子后天一早就开走之外,并说,这虽是卡车,决定把司机旁边两个座位让给丁先生。请丁先生后天一早过江,若能够早一天过江在海棠溪住上一晚,那就更方便了。

丁古云听说,心里十分高兴。心想,真合了俗话,人的好运来了,门板都抵挡不住。看看手表,还只有两点半钟,这对于蓝小姐所约,赶着去看五点钟这场电影,绝没有什么问题。于是雇着轿子到南山新村去找兰桂山庄。坐在轿子上,曾把这个庄名问过轿夫。无如这名字太雅了,就用着纯粹的重庆话去问他们,他们还是答复不出来。也就只好让他们抬到南山新村口上为止,下轿付过了轿钱,自己顺着一条修理整洁的石板路缓缓向村子里走去。这里有草房,有瓦房,有西式楼房,有苏式院落,却不见哪幢房屋门口有两棵大黄桷树的。站在一个高坡上,对四处打量一番,依然看不到黄桷树。

到四川来了两年，对黄桷树已有相当的认识，它是树形粗大丑陋，树身高耸，树叶浓绿肥大的，在旷野或树林里都很容易看出来。蓝小姐又说的是两棵大黄桷树，这应该没有什么难找。是了，必是最近有人把这两棵老树砍伐了。这个标志既取消了，一望几座山谷，全是零落高低的屋子，这要糊里糊涂去找兰桂山庄，必须大大地费着时间，为了赶回重庆去看电影起见，还是向人打听打听吧。

于是等着有人经过，就把这个庄名去问人。不料在一切进行顺利之中，这件小事却遭遇到困难，一连问了七个过路人，年老的也有，年轻的也有，操本地腔的人也有，操外省腔的人也有，所答复的话，不是说不知道这个地方，就是说没有这个地方。自然，自己也不肯灰心作罢，顺了这条路，向更远的地方走去。上坡下坡，累得周身是汗。一连拜访了二十几幢房屋，不但不见人家门首挂着兰桂山庄的匾额，而且也见不着一棵黄桷树。由大路分走三条小路，走过三条小路之后，又回到大路，还是访问不到。抬起手臂上的手表看时，已是三点半钟了。心里想着，要替她找到这位同学家，就不能陪她去看五点钟这场电影，论势不能再向下去找兰桂山庄。走着，自己踌躇了一会子。顺了脚下的石板路，绕着一道山脚，快要回到原来土山的大路了。闪过一丛树林子，却看到山岔里有一棵很古老的黄桷树，虽在雾季还簇拥着一部浓绿的树叶子，伸入了高空。在那黄桷树荫里，正有一所瓦房，被灰色砖墙围绕着。心里想道：哈！踏破铁鞋无觅处，得来全不费功夫。这就用不着什么考虑，径直地就向那树下走去。

这人家门首倒是有块直匾，但是不横在门上，悬在门边。上面写的字不是兰桂山庄，而是某某军某某司法处。看着那块直匾未免愕然一下，一个武装同志身上背了步枪，由树身后转了过来，操着北方口音，问道："干吗的?"

215

丁先生扶了帽子，点着头道："对不起！老乡，我是寻找门牌的。"那武装同志见他西装革履又很客气，是个体面人，就含了笑道："寻找门牌的？这里几所房子全是军事楼阁，没有住户。"

丁先生也不便向他打听兰桂山庄，点了个头，赶快走开。再看手表，已是四点钟了。自己埋怨自己，不该夸下海口，一定可以找着这兰桂山庄，现在赶回旅馆，就没有法子交卷了。虽然，这究竟不是什么要紧的事。回旅馆去，向她赔个不是也就完了，于是带了三分扫兴，顺着下山路向江边走去。来时有轿子坐，还不觉得怎样路远，现在走了回去，就透着这路是加倍地远。本待提快了脚步，赶着走一截路，正是自己走不到五十步路的时候，路上的人问道：有空袭吗？他虽然说明不是，可是继续地跑下去，究竟引人太注意，只好放缓了步子走。

这样，渡一道长江，爬两次坡，再坐一大截路的人力车子，赶到旅馆，已经五点三刻了。蓝小姐所托的事没有办到，电影又看不成，自己也是相当懊丧，先预备了满脸的笑容，以便向蓝小姐表示歉意，然后才到房门口去推门，一推门时，门却是锁的，正奇怪着，茶房随后来开房门，笑道："太太留下话来，她先下乡了。请丁先生明天一早就回去。"

丁古云哦了一声，看时，见衣架上的女大衣与旅行袋都不见了。那梳妆台上，倒还有一盒香粉和一把乌骨梳子未曾带走。想来走得匆忙。镜子旁，有一个洋纸信封斜立着，上面写了"丁兄亲启，玉留"六个字，乃是自来水笔写的，正是蓝小姐留下的信，拿过来，抽出里面一张信笺，依然是自来水笔，草写了几行字说：

　　回旅馆时，途遇倪某，出言不逊。我想，一人留在旅馆，恐受包围，只好匆匆下乡，回寄宿舍去，免遭不测。

支票及现款我均已带回，请释念。速回，明晨八时至九时我在公路上接你。旅馆费已代付清矣。

你的玉×

丁先生将信看了两遍，心想道：她不是和姓倪的把交涉办好了吗？怎么反害怕起来了呢？他拿了信，站着出了一会儿神，点点头道："是啊！那倪某同党不少。她究竟是个少女，手边上带有三十多万元款子，就加倍地小心。不看她在今天上午，因为没有带支票在身上，吓得不敢渡江，就要回来吗？"他随后看到"你的玉×"一行字，又忍不住笑了。因为这"你的玉"三个字固然是够亲切，而这个×呢，彼此约好了的，代着吻字。她那样忙着要回去，还没有忘记留下一个吻。究竟新婚燕尔，彼此都是十分的甜蜜亲爱。

他在这里想着出神，茶房已给他送过了茶水，带上了房门而去。总有十分钟，丁先生才回想过来，看看手表，还只六点半钟。心想早回来一点钟就好了，也许还赶得上末班长途汽车。现在除了坐人力车，没有法子回去。然而就是坐人力车，也未必有车子肯拉夜路。再说，有了这张字条，她已说得很明白为什么要先回去，若是冒夜赶了回去，到家必已夜深，难道还能在三更半夜，到她寓所里去捶门问她什么话不成？反正是明天早上见面，又何必要忙着今晚上回去？他坐在屋子里呆想了一会儿，虽然感到她突然地离开了旅馆，是一种不愉快的事，可是想到上次在旅馆里，姓倪的那班人恶作剧的事，又觉得她首先走开，却也是必要的手段，只怕她这样匆匆地走着，已是受惊不小了。自己想了一会儿，自己又解答了一会儿，觉得也没有什么意外问题会发生。纵然有，自己一个人住在旅馆里，那姓倪的来了也好，那班被自己开除的学生再来也好，实在是无须乎把他们放在心上的。如此想着便把心中略有的疑虑丢开。身上还有五百多元法币，零用钱是很充足的，便到饭馆子里去独自吃了一顿晚饭。

此晚不作他想，老早地回到旅馆里来休息。自己预先计算好了，坐七点半钟第一班汽车回去，免得蓝小姐一大早地冒着早晨的寒气在车站上等候。如此想着，一觉醒来，便要起床，可是看看手表，还只有十二点半钟，自己暗笑了一阵，依然睡了。第二次醒来，遥遥地听到喊着一二三四，是受训的庄丁已经在马路上上操，总觉心里不能坦然睡着，虽然到上汽车的时候还早，也就不必再睡了。起来把旅馆夜班茶房叫来用过了茶水，屋子里还亮着电灯。推开窗子向外面看去，天空里虽已变成鱼肚色，宿雾弥漫了长空。这里是山城最高的所在，但见下方三三五五的灯火在早雾里零落高低地亮着，还看不到一幢房屋。"向右看齐，开步走"，那一种粗鲁的口令声随了雾中的寒气不断地传了来。于是开了窗户，再在电灯下看一看手表，原来是五点三刻，到天亮，至少还有一二十分钟呢。两手捧了一壶热茶坐在桌子旁出神，心想，人一受了爱情的驱使，就是这样糊里糊涂的。自己五十将近的人，还是这样镇定不了自己，怪不得年轻人一到了爱情场合就什么事都干得出来了。

他这样静静地思想了一阵子，还是忍耐不住。看手表到了六点一刻钟，就夹着皮包，提了旅行袋，直奔汽车站。这时，大街在混茫的雾气里，还很少有几家店户开着店门。汽车站车棚底下，零落的几个旅客都瑟缩在寒气里。丁古云缩在站角落里一张椅上坐着，闲看旅客消遣。其中有两个青年，却是异样地引人注意。两个都是军人，面皮黄黑，带满脸风尘之色。一个穿了元青布面皮大衣，一个穿了黄呢大衣，全溅了泥点。心里这就有了个念头，这是前线来的，而且是西北前线来的。自己这个念头正没有猜错。那两个青年彼此说着话，却是一口极纯粹的国语。这样有半小时之久，他两人忽然说了几句英语。这更引起了他的注意了，心想大兵有这份程度？遥遥地听到那个穿皮大衣的青年说："我们把山上的衣服穿到这战时首都来，实在有些情调不合。"

这句话把丁先生的心事突然引起：莫不是西山上下来的？那是我大儿子的同志呀！心想到这里，柜上挤了一群人，正在开始买票，只好丢了这两位青年挤着去买车票。等着买完了票来寻找那二位青年时，已不见了。看看拿着车票的人已纷纷上车。自己怕没有座位，也就赶快上车了。上了车以后，心里就想着蓝小姐一定已到公路上等自己了，天气相当冷，不知道她穿不穿大衣出来。若不然，穿一件棉袍子站在公路上的湿雾里，这还冷得能受？一路替蓝小姐想着，车子到了站，赶快地就向窗子外张望着。但是这天乡间车站上特别零落，除了两个站役与一个站员而外，并没有第四个人。下了车，在公路上站着望望，并没有一个女人的影子。看看手表时，是八点三刻钟。心想，她不会失信的。必然是大雾的天，她不知道时间，睡失了晓了。索性到她寓所里去，出其不意地到了，让她惊异一下。或者她拥着棉被，散了满枕的乌云，还在好睡呢。

他如此想着，左手夹了皮包，右手提了旅行袋，匆忙地向她寓所走去。远远看到高坡上那一丛绿竹，而绿竹上又拥出了一角屋脊，心里又想着，阴冷的天，这里鸡犬无声，正好睡早觉呢。她若披了衣服起来开房门，我首先……自己咯咯地笑了。很快地走到了那丛绿竹下，隔了竹子听到女人的笑声，随着这庄屋里的女人出来。她蓬了一头干枯的短发，歪斜了一件青布袍，脸上黄黄的，还披了一子儿乱发，却是女房东，她笑道："丁先生回来了？早哇！蓝小姐呢？"

丁古云正待放下笑容来要问她一句话。被她先问着，不由得站在小路当中呆了一呆。

女房东向丁先生身后看了一看，是一条空空的田坎上小路，因又问了一声道："丁先生一个人回来的吗？蓝小姐没有回来吗?"

丁古云望了她道："她昨天不就回来了吗?"

房东道："她没有回来呀!"

丁先生觉得这句话实在出乎意外，要给蓝小姐的一下惊异，却是自己受到了。

第二十一章

"寻寻觅觅冷冷清清凄凄惨惨戚戚"

这是一件不可想象的哑谜，在丁先生心里这样惊异着。他和蓝小姐的爱情之火正燃烧到顶点，彼此几乎要融化到形神合一，她怎么会离开了旅馆，而又不曾回家呢？难道出了什么意外，她在昨晚上遇到了姓倪的，把她劫去了？或者昨日汽车出了什么毛病，抛锚在路上，她没有赶回来？除此，不会有第三个可疑之点。可是依据前说，姓倪的不会有那样大的胆，敢在这首都所在地抢人。而况蓝小姐不是一个无抵抗力的弱女子，可以让人抢了去的。依据后说，汽车抛了锚，也不会把她丢在公路上过夜，公路局必须另谋补救，把旅客送到或者运回。那么，另外还有别的岔子了，这岔子是什么呢？他听到了房东的答复，立刻发生了这种感想，站在路头上，足足发呆有十分钟之久。

女房东道："丁先生丢了什么东西了吗？"

丁古云这才发言了，答道："没有丢什么。我一把钥匙在蓝小姐身上，她没有回来，我开不了门了。"

房东笑道："她要知道丁先生回来了，她还不会赶快追了回来吗？"

丁古云也没有多说话，心里对于房东这个报告还有些不相信，或者是蓝小姐回来了，她还不知道。于是提了旅行袋，继续地走到这庄屋里去。到了蓝小姐房门口，见她的房门果然是向外倒锁着。由门缝里向里面张望一下，屋子里还是前天离开时那个样子，桌上陈设是往日那样摆着，床上被褥也是往日那样叠着，这样看来，绝不是她自动地不回来，屋子里没有一点儿她预先知道不回来的象征。也许房东那话对了，她会赶了回来的。她回来的话必定先奔寄宿舍去找未婚夫，声明她犯夜的缘故。那么回寄宿舍去等着她吧。他转了这样一个想法，觉得是比较正确的，于是又立刻奔回寄宿舍。

这时，宿雾是渐渐收了，鸡子黄色的太阳由半空一层淡烟似的空气里穿了过来，地面上是洒了混沌不清的黄光。远远看寄宿舍那一幢草房子，还被灰黑的薄雾笼罩了。时间这样早，在雾气里，各位先生大概都没有起来。于是悄悄地走了进去。

工友迎着，待开了房门，笑问道："丁先生这样早回来，蓝小姐没有回来吗？"他随便答应了一声，心里可也就随着发生了一个感想，蓝小姐也许今天早晨会赶回来的。如此想着，就推开了窗户，向外望着。

工友笑道："丁先生，恭喜你，和这样美的一位小姐结婚。蓝小姐真好，有学问又年轻，对人又和气。"

丁古云对工友这一番称赞，心里自也高兴。自己有这样一位新夫人，连工友都加以羡慕。此生幸福这还是刚开始，值得人家羡慕的事，日子还长着呢。这样想时自己也自笑了。可是又在窗子前站了一小时，而蓝小姐却没有踪影。也不知道是什么时候的事，工友已经送了茶水来了，自己喝着茶出了一会儿神，却听到外面工友叫道："蓝小姐才来？丁先生早回来了。"随了这声音，却听到她咯咯地笑了一阵。丁古云赶快走到窗子边，伸头向外看去。只听到蓝小姐的皮鞋咯咯发声，一件女衣的衣襟一闪，就由那边进大门来了。

丁古云想着，她开了我一个玩笑，我也开她一个玩笑，于是赶快关上了房门，倒在床上睡着。而且把眼睛紧紧闭上，做一个睡着了的样子。心想等她来时，只管装了个不知道。可是他这一个哑谜又为蓝小姐所猜破，那关着的房门始终是不曾听到有开动的声音，翻过身来向外看看，并无动静，只得坐了起来，静静地听着，远远地听到蓝小姐一阵笑声，却在那边房间里，于是自言自语地笑道："我们这些朋友，一来就把她包围住了，简直不要她到我这房间里来，我还是去解围吧。"于是牵牵西装的衣领，将领带也顺了一顺，对着墙上挂的那面小镜子，将手摸了几下头发，这才开房门走了出来。

那笑声格外清楚，迎了那笑声走去，却是在田艺夫屋里。丁古云也没有加以考虑，在外面便笑道："她一来了，大家就把她包围住。"里面有人笑道："丁先生快来解围吧。"说着的是夏小姐。

丁先生走进屋里，所看到的也是夏小姐。夏水、仰天、王美今全在这里坐着。田艺夫又是躺在床上，把两只脚在桌沿上架着。夏小姐两手反过去，撑了桌沿，背也靠了桌子，脸向外。她的皮鞋尖在地面上点着拍子，脸上含了很愉快的笑容，口里叮叮当当唱着英文歌的琴谱。这和蓝小姐一般，搭讪着的时候，就是这样一个举动。

她看到了他，口中止住了奏琴，笑着点了个头道："丁先生大喜呀！蓝小姐呢？"丁古云听了她这一问，心里头就是一跳，自己以为这里女人的笑声就是蓝小姐，于今她这样一问，显然她不是和蓝小姐一路来的。他心里犹豫着走进房来，就呆了一呆。

夏小姐笑道："把蓝小姐隐藏起来也好。你看这些先生，一来了，就哄我。"

丁古云向大家看看，就在旁边椅子上坐着，问道："怎么样哄你呢？"

夏小姐笑道："他们怎么样哄蓝小姐，就怎么样哄我。你瞧，我都成了老太婆了，哄我什么意思？哄蓝田玉那样的时代小姐才有趣味，哄我干什么？丁先生你艳福不浅呀！"

仰天拍了掌笑道："有趣有趣！夏小姐还说我们哄她呢，她还在这里哄丁老夫子哩！"

丁先生笑道："你怎么知道我把田玉隐起来了？你看见她了吗？"

夏小姐道："我看见了她怎么又会说是你藏起来了呢？有道是金屋藏娇。娇这个字，我武断说：蓝小姐十分承当得起，但不知道所预备的金屋是怎么样子一个金屋？"

丁古云没有什么话说，只是笑了一笑。这里朋友们哪里会知道丁先生有什么心事，大家是继续地笑谈着，都说丁先生此生幸福，于今开始，抗战把一班艺术朋友抗苦了，只有丁先生一个却是抗好了。丁古云依然没什么辩护，只是笑着。大家一阵喧笑，转眼就是午饭时间。丁先生与朋友们吃过了午饭，却不能再事安定，他想着蓝小姐在今天上午不回来，一定发生了什么事情。然而这件事既不好打听，自己也不愿公开打听，闷在寄宿舍里等着吧？而蓝小姐万一出了什么事情，需要自己去补救时，自己不去，岂不叫她大为失望？

在屋子里闷坐了一会儿，并无较好的主意，还是悄悄地走到公路车站上来等候。车站斜对门有家茶棚子，便择了最外面一副座头坐着，预备车子一到了，就可以看到车子上下来的每一个人。恰是这碗茶还不曾掺上开水，汽车就到了。自己还怕坐在茶棚子里不能看得清楚，便匆匆地付了茶钱，起身迎到车站上来。那长途汽车开了车门，只下来三个旅客，三个全是男子，很容易看得清楚。丁先生还不放心，怕是蓝小姐挤着下不来，又走到车边，伸颈向车窗子里张望了一下，虽有几个女客在座，都不是摩登装束，不会有蓝小姐在内。直等车子开走了，他才回转身来，依然回到茶棚子里去。

那茶棚里幺师自认得这班寄宿舍里的先生们。他泡的那碗茶还不曾收了，见丁古云坐下来，他又提着开水壶来掺水，因问道："你先生是来接人吗？"

他道："可不是来接车子？怎么今天这里下来的旅客这样少？"

幺师道："哪天也是这样，你接不着人，就觉得人少了。"

丁古云想了一想，因问道："昨天同今天，这里没有翻车的事情吗？"

幺师笑道："没有没有，出了这个危险，路上那还不是闹翻了吗？现在交通困难，出门人赶不上车，那也是常事，接不到人，就疑心人家翻了车，那要不得。"

丁先生点点头笑道："你说得是，这样疑心，那也让出门人丧气。"

他这样说着，也就另作一番想法，必是蓝小姐另出了什么事情。于是静悄悄地扶了那茶碗坐着。约莫有一小时，第二班车子来了，迎到车子边一看，下来的人和车上的人还是没有蓝小姐。拿起手表看看，已是下午三点钟，久在这车站上等着也是不耐，心里想着这事发生变化的可能，顺了脚步向寄宿舍里走去。心想，她和夏小姐是好朋友，夏小姐现在这里，果然有什么变化，夏小姐应该知道，去问问夏小姐吧。

自己这样估计着分明是要向寄宿舍里去，忽然面前有人问道："丁先生，蓝小姐回来了？"看时，女房东站在她家庄屋门外看水里站着的一对白鹭鸶在出神，口里说着，还在看了那对鸟。

丁先生抢近一步问道："蓝小姐回来了？我在车站上接她没有接到。"

女房东笑道："我是问丁先生她回来没有。你们像那鹭鸶一样成

225

双作对，怎样会分开了？"

丁先生听着微笑了一笑，还没有答话，忽见那对鹭鸶唰的一声，扇起四只白翅膀，飞了起来。水田那边人行路上，有个工友远远地抬起一只手，叫着道："丁先生快回家，城里专差送了信来。"

女房东笑道："蓝小姐派人来催丁先生进城去了，快去快去！"

丁古云道："大概是她派人通知我，和她收拾行李吧？除了她，也不会有别人专差送信来。"他说着，立刻减去了满脸的愁容，转身就向寄宿舍走来。不过虽是这样想着，他还不能断定蓝田玉为什么派人送信回来。她身上还收着一张三十万元的支票呢，虽然除了自己，别人拿不着这批款子，可是若把这支票弄毁坏了，少不得请尚专员补上一张，而又要特别声明一下，也是不少的麻烦。这样想着，也就急于要看看蓝小姐送回来的信，到底说的是什么。

一口气跑回寄宿舍里，早见一个穿灰布制服的勤务在大门口站着。心想这是机关里人，蓝小姐怎么托机关里人送信来？这时那个先跑到的工友指了他告诉那勤务道："这就是丁先生。"那勤务迎上前一步，举了一个大信封，双手递过来。丁古云接着一看，却是莫先生办事处的信封，下款还注了尚缄两字。他想，蓝小姐直接找老尚去了？于是就在门口将信拆开，抽出信笺来，只是一张八行。上面略写：

> 往滇专车明日午后准开，请速来城搭车前往。今晤关校长，支票亦尚未调换，何故？亦请从速办妥。

此外，并没有一个字提到蓝小姐。不料这又是一个错误，那勤务见他看完了信，怔上一怔也不解其何意，便道："尚专员还请丁先生回一封信。"

丁古云道：“不用回信了，我和你一路进城就是。”于是将信揣在身上，匆匆走回房去，取了旅费在身，夹了一个皮包，和那勤务就一同走着。工友由后面赶了来，将一把钥匙交给他，因道：“丁先生这样忙，房门都没有锁。”他接了钥匙，对着工友呆站了一站，然后又自己摇着头道：“也没有什么要对你说。”说毕，扭转身来就走。走了几步，反回转来，向工友招了两招手，叫他近前来，因道：“若是蓝小姐回来了，你说我进城了，可以在尚专员那里找到我。”

工友笑着答应是。

工友之笑本是一种礼貌，在丁先生看来，觉得这里面带有一点儿讥讽。他不再说了，跟着来人赶汽车去了。

到了城里，尚专员已下办公室，留下一个字条，也就走出来。但是他心里有此一念，万一蓝田玉到这里来过也未可知。便又回转身来，走向传达室里，向传达打听着道：“有一位蓝田玉女士来见过尚先生没有？”

传达虽是以前曾向他傲慢过的传达，可是因他换了一身精致的西装，加上一件细呢大衣，便客气多了。他笑道：“这里很少有女客来。”

这个答复虽不十分满意，丁先生也就料到她没有来。第二个感想，便是重庆上百万人口，又不曾知道她哪里有落脚之处，人海茫茫，哪里去找她？但是她那天没有离开重庆的话，也许会回到旅馆里去找我。这至少是一线希望，且从这里着手。

于是回到原来住的旅馆原来那层楼找去，巧了，还找的是原来那房间住下。他还怕猛然问着茶房，会露出什么形迹，当了茶房送茶水进来的时候，很从容地向他笑问道：“我们太太先来等着我的，她竟是没有来过吗？”

茶房道：“你的太太不是那天先走的吗？”

丁先生道："她就是这样性急，先走可又先来。"

茶房道："没有来，也许到别家旅馆去了。"

丁先生只说了一声不会的，也没有再谈。他在旅馆里休息了一下，心中按捺不下，便揣想着，也许在马路上可以碰见她，便起身要向门外走。然而他只刚刚起来，但自己摇着头想道：若能在街上走，她就回寄宿舍了。若不肯回寄宿舍，她也不必在街上溜达。

于是又回转身来，依然坐在椅子上。这椅子和蓝小姐同坐过的，回想了一下，不是滋味。这样坐了十分钟之久，心里又闷得慌，还是叫茶房锁上门，向街上走来。毫没来由地在街上转了两小时，直觉得两只脚有点儿酸痛了，经过一家电影院门口，正遇着电影散场，又在门边站了一会儿，心想，万一蓝小姐在这人丛中走着呢。直等这群看电影的人都走完了，方才回旅馆去。当晚是糊里糊涂地睡了一宿，也梦了一宿。

睁眼看时，电灯已熄了，窗外别处的灯光隔着玻璃放射进来一些蒙混不清的亮光。四周的房间没有了什么声息，这让他想起不是新婚之夜的新婚之夜，在半夜里醒来，枕上洋溢了脂粉香，正和蓝小姐谈着下半辈子的共同生活。正是"七月七日长生殿，夜半无人私语时"。现在是旅馆的被褥单薄，匆忙地睡下，不曾叫茶房加被子，身上有些冷飕飕的。这情况和那晚的香暖温柔有天渊之隔了。以那晚她所说的话而论，她不会有什么变卦的。一切都是她操着主动，自己并不曾过分地追求。他一个转念，唯其是她对于这个半老先生动着恋爱，似乎有所企图吧？若是有企图的话，必是那三十多万元。可是以她那样目空一切而论，还能把她这一条身子来骗钱吗？

自己反复地推断了一番，有时觉得是对的，有时又觉得自己错误了。床上既然寒冷，忍受不住，只好穿衣坐了起来，静等着天亮。天亮以后，便叫茶房送了洗脸水来。漱洗以后，再也忍耐不住了，就到豆浆店去用些早点。这时，心里憋着一个问题，亟待解决。吃过早点，立刻就奔上银行去。可是他到了那里，银行还未曾开门。看看手表，八点钟没有到。站着出了一会儿神，又想到那位赵柱人协理不是一个普通行员，也不能银行一开门就来办公。益发在马路上多兜两个圈子，又到两处轮船码头看看。这虽然是一种消磨时光的无可奈何之举，却也不是完全没有意义的。他想着，万一在这里发现一点儿蓝小姐的行踪，也未可知。

这样延俄到了十点钟才向银行里来。到了银行门口静站了两三分钟，定住自己的神色，总怕自己的脸上有什么惊慌忧愁的样子会透露出来。自己觉得精神稳定了，然后走向银行的协理室来。那位赵协理又是在玻璃窗里看到了他，老远地就迎了出来道："丁兄，你还没有走吗？"说着，握了古云的手道，"我晓得你所以没有走是什么原因了。"

丁古云一路走来，已老早地在心里盘算了一个烂熟，要怎样来和赵柱人谈话，以便问及那张三十万元的支票是否业已兑换，不想一进门就被他将谜底揭破，便也笑了一笑道："你自然会知道我的心事。"说着，两人走进屋子坐了。

赵柱人笑道："这件事，今天报上都登载出来了。"

丁古云听说，心里大大地吓了一跳，立刻站了起来道："新闻记者怎么会知道这消息呢？"

赵柱人道："这事怎么会瞒得住人呢？你看吧。"说着，他对桌上的一张报用手一指题目。丁古云也来不及再问，将报拿起来，就捧了站着看了。那行题目是：

华北游击队壮士丁执戈来蓉。

229

他看着，口里哦了一声，还继续将报看下去。那报上载的是：

华北游击某某队，向来纵横河朔，威名卓著，并曾数度迫近北平破坏敌人各种建设。现有若干队员来后方述战。其队长丁执戈为某大学生，少年英俊，勇敢有为。据云：彼系大雕塑家丁古云之长子。不日将往陪都，与其父会晤，在蓉仅有极少时日之勾留。此间各界，敬佩其为人，定今晚做盛大之欢迎。

丁古云放下报道："是他来了。"

赵柱人看了他道："丁兄还不知道这件事吗？"

丁古云坐下，点点头道："前两天我看到他两名同志，虽有他到后方来的消息，我并没有接着他的信。"

赵柱人道："那么，你现在要在此地等着与他会面。你这位新夫人大概也不知道此事吧？"

丁先生点了一点道："那也无所谓。"

赵柱人道："你新夫人来拿款子的时候，很和我谈了一阵，她的见识极其开展。便是令郎来了，我想彼此见面也没有什么问题。"

丁古云看到儿子到后方的消息心里自是猛可地兴奋着。然而在心里头还憋着一个重大问题，未曾解决的时候，这兴奋还冲破不了他忧郁的包围，所以脸上还没有欢喜的颜色。及至赵柱人说了新夫人来拿款子一句话，那颗碰跳着的心脏直跳到腔子外面嗓子眼边来。脊梁上的汗直冒，他几乎有点儿昏晕了。

第二十二章

完了？

自到这银行门口以来，丁先生就丧失了他问话的勇气。于今赵柱人代他说出那个问题的一半了，他还是没有那直率相问的勇气。他怔了一怔，发出那种不自然的笑容，来遮盖他的惊慌。他看到赵柱人桌上放了一盒纸烟，自走过来取了一支在手。他拿起桌上的火柴盒，从容地擦了火柴点着烟吸了。他弯了腰将火柴盒轻轻放到桌上。他坐下椅子上去，架了腿，将手指夹了支烟，尽一切可能地装出他态度的安逸，然后笑问道："那么，她来拿款的时候，和你谈了些什么呢？"

赵柱人笑道："我当然是称赞她漂亮聪明，喂！其实她真也是漂亮聪明而且年轻。"说着深深地点了两下头，表示他的话切实。然后接着道："难得的，她竟猜着了社会的心理，她说：'我嫁了丁古云，人家都奇怪的，以为年岁不相称，而且丁先生是有太太的。其实，爱情这个东西是神秘的，只要彼此同心，什么牺牲在所不计。世间难得做到的莫过于皇帝，你看，前任英皇就为了一个女人牺牲了皇位。我这点儿身份上的牺牲算得了什么呢？'丁翁，她这样说着，可真是爱你到了极点，你今生幸福，是几生修到？"

丁古云微微一笑，又吸了几下烟，将身子向后靠着，觉得更安逸的样子，将架了的腿微微地摇撼着，笑道："虽然你很赞成她，不是我事先带她到这里来一趟，你还不能把这批款子兑给她吧？"

赵柱人道："那是自然，我倒要问你一句，那多钱，你为什么都要现款？当时，我听说要现款，也曾惊异了一下子。她说一家工厂要和你们借了一用，我也不便再问。可是你们不是马上就要走的人吗？借给人用，人家可能不误你的时期？"

丁古云到了这时，知道蓝田玉是处心积虑把三十万元弄走的，简直不曾用一元钱的支票与划汇。心脏被自己强制地镇定着，已是很安帖了，把这些话听到耳朵里去之后，那颗心又拼命地跳跃了起来。他两条腿本是微微地摇撼，来表示他的态度潇洒自然。可是到了这时，那两条腿的摇撼连及了他的全身，甚至他口里包含住了的牙齿也在表示着潇洒自然。他默然地用力吸着烟，没有接着说一个字。

赵柱人便笑道："那天我是尽可能地予以便利，全数给的百元一张的钞票。要不然，她带来的小皮箱，怎样容纳得下呢？她来取款的时候，说你到飞机场上接莫先生去了，在这里还等了你一会子，你到哪里去了？"

丁古云道："我是被琐碎事情纠缠住了。"他说完了这话，又自来桌上取第二支烟，他坐下去吸烟，沉默着没说什么。

赵柱人对他望着，笑道："丁兄，当你看过报之后，你心里好像陡然增加了一件心事。但是这无所谓。你和蓝小姐既没有用什么仪式结婚，也没有登报宣布同居。你愿意告诉令郎，你就告诉他。你不愿告诉他，做儿子的人，也没有权利可以质问父亲的男女交际。好在蓝小姐对于身份问题毫不介意，也没有什么困难给你。你不妨回去，看看她见过报之后是一种什么态度。"

丁古云突然站了起来，点着头道："是的，我要回去看看。再会

232

了！"他把挂在衣架上的帽子取了在手缓缓向外走。走到门外，他又回头来向赵柱人笑道："那天来拿款子的时候，她还说了什么？"

赵柱人走过来握了他的手笑道："难道你还疑心着为你大大牺牲的美丽小姐吗？那天根本没有想到令郎来川的消息，我们也无从谈到这事。"

丁古云笑道："我也不是谈这事，因为这笔款子她拿到手之后有点儿问题。"

赵柱人道："是那家工厂不能如期还你呢，还是你们汇港汇不出去？"

丁古云道："倒也不为此。我先回去一趟，明天再来和你谈谈。"

他交代了这句话，很快地走出银行。站在街中心，向四周看看，觉得眼前的天地都窄小了一半。心里说不出是一种什么情绪，胸中火烧一般。他两手插在大衣袋里，缓缓地低了头走着。他心想钱是无疑问的，她一手在银行里拿走了。但拿走之后，她把钱带向哪里去了呢？要找到线索，还要是问赵柱人。他出了一会儿神，转身要向银行里走。然而他还不曾移动脚步，立刻想到，若把话去问他，就要证明自己受骗。自己受骗不要紧，这公家一笔巨款却必须自己立刻拿钱去弥补。除那三十万元之外，有零支的一万余元，还有那位会计先生托买洋货的三万元，总共要拿出三十五万元来，才可以了结这件事。

一个抗战时代的艺术家，要他拿出三四十万元来，那简直是梦话。既不能拿出来，就必须秘密着，另想办法。这秘密两个字在脑子里一晃，他就失去了问赵柱人消息的勇气，于是低了头再缓缓地向前走着。忽然有人叫道："丁兄，哪里去？正找你呢。"看时，尚专员正迎面走来。他笑道："你还有工夫在街上闲溜达，车子在今天下午就要开了。"

丁古云不想偏是碰到了他，自己极力地镇定了自己的颜色，笑道："我一切都预备好了。"说着就走。

尚专员道："那张支票你和关校长方面调换过了没有？"

丁古云听他一问，心里像羊头摇着一样，乱点了头道："照办了！"

尚专员道："那方面连一个电话也没有给我。"

丁古云脖子一挺，笑道："那不要紧，款子反正有我负责。我不是给你收据了吗？"

尚专员笑道："也就因为信任了丁先生，这三十万元才随便交出来，请你自己去调换支票。一路遇到大站，望都给我一封信。我只好等你到香港再给你信了。再会再会！"说着，伸手和他握了一握，含笑告别。

丁先生站在街头，望着他的后影去得很远了，然后自言自语地道："到香港你再给我信？我永远是不会到香港的。三十万元我负责，一切我都负责。"他口里将他的心事不断地说出来，他自己得着一点儿安慰，觉得这并无所谓，无非是赔款，不会要赔命。自己牵了一牵大衣的领襟，鼓起了一阵勇气，毫无目的地又随了这条街道走。心里不住想着，车子是今天下午要开走了，自然是赶不上。便赶得上，自己也不能走。没有钱，一只空身子，能到香港去做什么呢？

现在唯一的希望，是蓝田玉并非有意拐了款子走，就是她有意拐走了款子，在大街上遇到了她，还可追回一部分款子回来。继而又想着，不会不会！细细想她以往的布置全是一个骗局。她牺牲了一夜的肉体，白得三四十万元，一个流浪在荒淫社会上的女子，何乐不为？何况她们这类人根本无所谓贞操，和男子配合，也正是她的需要，她又何尝有所牺牲？那么，所牺牲的只是我丁某了。我还不出老莫给的这批款，我就不能出头，纵然出头，吃官司，受徒刑，那还事小，数十年在教育界所造成的艺术偶像，变了卷拐三十万元款子的骗子。此生此世，休想有人睬我。

这样想，刚才那股不致赔命的设想与勇气便没有了，老是低了头走，却被对面来的人撞了一下。猛可地抬起头来，忽然眼前一阵空阔，原来这马路到了嘉陵江边了。冬季的江，虽在两边高岸之下成了一条沟，然而在十余丈的高岸上向下看去，那水清得成了淡绿色。对岸一片沙滩，像是雪地，越是衬着这江水颜色好看。他心里暗叫了一声，好！就在嘉陵江里完结了吧！与其落个无脸见人，不如变个无人见人。他一转念之间，顺了下江岸的石坡立刻就向下走。当那石坡一曲的所在，一堵墙上贴了许多日报，有几个人昂起头来对报上看着。心想我若跳江死了，尸首不漂起来，也就罢了，若是尸体漂起来而为人识破，报纸上倒是一条好社会新闻。自然人家会推究我为什么投江。若推究我为了国事不可为，忧愤而死，那也罢了。若是人家知道了事实的真相，是为了被一个女子骗去三十五万元而寻死，那是一个笑话。一个自负为艺术界权威，造成了偶像之人，为一个流浪的女子所骗，人骗了我的钱，我却失了社会的尊敬与信任。同是一骗，而我的罪更大。

想到了这里，他也站住了出神。又怕过路人以为形迹可疑，就顺便站在墙脚下，看那墙上的报。恰是一眼望了去，就看到了执戈到成都的那条消息。这张报和在银行里看的那张报不同。在版面的角上，另外还有个短评，短评大意说：我们知道丁执戈是丁古云的儿子。丁古云在艺术界里有圣人之号，所以他自己教育的儿子，绝对是热血的男儿。而丁先生最近有赴香港之行，要做一批雕刻品到美国去展览募款。一来一去，都是为了祖国。而丁执戈这回受到后方民众的盛大欢迎，也许鼓励他父亲不少吧？

丁先生把这短评看了一遍，又再看上一遍，他忽然自己喊了出来道："死不得！"这里正有几个人在看报，被他这三个字惊动，都回转头来向他望着。丁古云被所有人的眼光射在身上，自己猛可地醒悟过来，这句话有些冒昧，自言自语地笑道："报上登着一个教授自杀的消息。"他这样说了，搭讪着昂头看看天色，便顺脚走上坡去。他这时觉得在烟雾丛中得到了一线光明，心里想着，自前天到这时，人已是如醉如痴失去了理智的控制。在马路上这样胡想，如何拿得出一个主意来？

旅馆里房间还不曾结账，不如到旅馆里去静静地睡着，想一想心事。这事除了银行里的赵柱人，还没有第二个人知道，料着迟疑一夜半天，还没有什么人来揭破这个黑幕的。这样想了，立刻走回旅馆去，当自己在躺椅上坐下，感到了异样的舒适。就由于这异样的舒适，想到过去这半上午的奔走十分劳苦，自己把背贴了椅靠，闭上两眼，只管出神。

静静之中，听到隔壁屋子有两个操纯粹国语的人说话。其初听到两三句零碎的话，未曾予以注意。其后有一个人道："这件事，等我们丁队长来了就好办。他的父亲丁古云在教育界很有地位的。"他听到人家论着他自己的名字，不由他不为之一怔，便把精神凝聚了，把这话听下去。

又一人道："我们丁队长思想崭新，可是旧道德的观念又很深。他对人提起他父亲来，他总说他父亲很好，是一个合乎时代的父亲。"

那一个笑道："合乎时代的父亲，这个名词新奇极了。也许这话说在反面，这位老丁先生是不十分高明的人物。"

这一个人道："不，据丁队长说，他父亲简直是完人，他把他所以做到游击队长都归功于他父亲。他说，他到重庆来，若遇到了盛大的欢迎会，他第一讲演的题目就是他的父亲。同时，他要介绍他父亲给欢迎会，他以为这样，对于国家兵役问题是有所帮助的。"

丁先生没有料到无意中会听到这样一篇话，心里立刻想着，若是自己这个黑幕揭破了，不但是自己人格扫地，而自己的儿子也要受到莫大的耻辱。和浪漫女子幽会损失了公款三十余万元的人，这就是游击队长的合乎时代之父。在旅馆的簿籍上，写的是自己的真姓名，若被隔壁这两个人发现了自己前来拜访时，自己这个慌张不定的神情如何可以见人？

正在这时，茶房提着开水进来泡茶，因向他招了两招手，叫他到了面前，皱了眉低声道："我身体不大舒适，要好好地休息一会儿，明日一早下乡去，若是有人来找我，你只说我不在旅馆里。"

茶房看到他满脸的愁容，说话有气无力，他也相信丁先生真有了病，因点点头道："丁先生是不大舒服，我和你带上房门。"

茶房去了，丁古云倒真觉得身体有些不舒服，索性摸索到床上，直挺挺躺着。他虽未曾睡着，他忘了吃饭，也忘了喝茶，只是这样静静躺着，由上午十一点，躺到下午六点，丁古云都沉埋在幻想里，这幻想的主题是蓝田玉小姐、三十五万元现款、丁古云的偶像、丁执戈游击队长的荣誉。这些事情纠缠在一处，越想越乱，越乱越想，自己也找不出一个头绪。

直等屋子里电灯一亮，这才想起，竟是在这旅馆的屋子里睡了一整天，连饭都没有吃呢。于是走出旅舍，在附近的小饭馆子里去吃饭。自己摸着口袋里，还有四五百元法币。心里想着，我根本用不着留什么钱在身上，今天完了是完了，明天完了是完了，再过十天半月完了，也无补于自己的生活。管他呢，痛快了再说。这样一想，就要了两菜一汤半斤酒，一人在馆子里慢慢地享用。

他本是在散座上坐着的。这里差不多有十来副座头。虽是电灯下照着各副座头上坐满了男女顾客，而丁先生却丝毫没有感觉。他两只眼睛只是看桌上的酒和菜，心里可在那里计算着，蓝田玉小姐、儿子丁执戈、自己的偶像、公家三十万元的款子。在他出神的时候，左手扶了酒壶，右手扶了杯子或筷子，看到杯子里浅了些，便提起壶向杯子里斟着酒。斟了，也就跟着喝下去。他忘记了自己有多大酒量，也忘了酒是醉人的。那壶酒被他提着翻过来斟着，要现出壶底的时候，忽然有个人伸过一只手来，将他的手臂按着笑道："丁先生怎么一个人喝酒？"

丁古云回过头来，向那人望着，见是一个穿青布棉大衣的青年，虽有点儿认识，却想不起他姓名。手扶了桌子站起来，向那人点了两点头道："贵姓是？我面生得很。"

他牵着丁古云的衣襟，让他坐下，他也在桌子横头坐下。回头看了看邻座的人，然后低声道："我是你学生，你不认得我了。上两个月我还去拜望你，得着你的帮助呢。这不去管他了。我是特意来和你送一个信的。"

丁古云迷糊的脑筋里忽然醒悟一下，问道："你和我送信的？"

青年低声道："是的。这话我本来不愿说的，现在不得不说了。那蓝田玉为人我们知道得最清楚。她说是你学生，你想想看，有这么一个姓蓝的女生吗？"

丁古云望着他道："你这话什么意思？然而……"

青年道："是的，她实在也是你的学生。然而她不姓蓝。丁先生脑筋里也许有她这么一个旧影子，姓名你是记不清了。我知道她，我也小小地受过她的骗。"说着微笑了一笑，摇摇头道，"那值不得提了。到现在为止，她已改换姓名四次之多了，她是个失业的女子，住在一个姓夏的女友那里。她原来的意思，也许是想找你和她帮点儿工作，正如我们男生寻你一样，因为你是艺术界一尊偶像，只要你肯出面子，你总有办法的。那个介绍她给你的夏小姐，是为你常常给她难堪，她故意叫姓蓝的来毁你这偶像，无非是报复而已。可是到了现在，已经过了报复的限度。我知道，你手上有公款二三十万，预备到香港去，而且带她同去，丁先生，这是一个极危险的事情。你那公款千万不要经她的手，经她的手她就会吞蚀了的。她在汉口的时候，曾和一个公务员同居一个多月，骗了那人两三万元入川。那个时候，钱还很值钱，两三万不是个小数目，那人补不上亏空，急成一场大病，大概是死了。上次不是有一个被你开除过的同学和你去捣乱吗？那也是她干的事。"

丁古云手扶了酒杯，始终是睁大了眼向他望着，听他把话说下去。听到了这里他忍不住了，问道："你何所见而云然？"

青年道："这有许多缘由。她要促成你到香港去，就故意在重庆给你造下许多不愉快的事情。二来，她也故意要造一个骑虎之势，非和你同居不可。自然，推波助澜，那夏小姐和几个被开除的老同学也是有之。"

丁古云慢慢地听着，举起那最后的一杯酒向口里送去，喷的一声响，一仰脖子喝干了。他那正慌乱着的心房七碰八跳，他只有把这酒去遏止它。他放下杯子在桌上，将手按住了，望了那青年道："这一些，你也这样清楚？"

那青年红了脸，将眼光望了桌上一下，接着笑道："我不是说，我也小小地被她骗过吗？她怕我说破她的真面目，在前一个星期，还在把我当情人和我暗下通信，你若不信，我可把她的情书给你看。"

丁古云摇摇头道："无须，我已经很相信你了。但是你为什么不早一点儿来告诉我？"

青年道："丁先生，对不起，这就是我对你不起之处。她知道我有个哥哥当司机，老早和我约定，要我护送她到桂林去，就坐我哥哥这辆车子，而且一切的费用由她担任。你想，这不是我一个极好的机会吗？青年人是容易被骗的。我忘了她以前的罪恶，我便介绍她和我哥哥认识了。我哥哥的车子，本来是今天上午开……"

丁古云抢着问道："她坐了你哥哥的车子走了？"

青年道："若是那样，我今天还会在重庆吗？昨天下午我就在海棠溪等着她了。然而直到开车前五分钟，我才明白受了骗。她借了我哥哥介绍，又认识了好几位司机，她所认得的司机天天有人走，说不定她已经坐别人的车子走了。我晓得她和我通信的时候，她正宣布要和你同居，她告诉我不必吃醋，那是她要取得你一笔款子的手腕，不能不如此。我实在不对，我竟默认了和她作恶而不来告诉你。到了今日下午，我十分后悔了，但依然没有勇气去告诉你。今晚上，不想和你遇到了，我看到你这一种喝酒的情形，有着很大的心事，我的良心驱使我还是告诉你吧。万一你的钱……"

丁古云听他如此说着，摇着头，口里连连地道："完了！完了！"最后将桌子一拍道，"完了！"

那青年见他这样子，倒呆了一呆。

丁古云突然站起来，伸着手和他握了一握，酒红的脸上发出惨然的微笑，因道："老弟台，我不怪你。我造成功了的一尊偶像，我也被她诱惑得无恶不作，何况你不过是一个崇拜偶像的人呢。"说着，便在身上掏出一张五十元的钞票，丢在桌上，叫道，"拿钱去。"

茶房走过来，他问道："钱够不够"？茶房道："多着呢。"

丁古云道："明日再来算账。"说着，晃荡了身子就向店外走。

至于那个青年，他却不顾了。他回到了旅馆里的时候，茶房迎面嗅到他周身都带着一股酒气，知道他有些醉意，没有敢多问他的话，引着他进房去了。他进房之后，首先看到了床上的被褥和枕头。

他心里感觉到，在这时候，天下没有比被褥枕头更可爱的东西了。他昏昏然倒上床去，就失了知觉。在他恢复知觉的时候，是个惊异的呼声："失火失火！"

丁古云一骨碌爬起来，却见电灯熄了，而呼呼的火焰冲动声带了一种浓厚的焦煳气味。急忙中拉开房门来时，早是一阵浓烟向屋子里冲了来。在这一瞥间，但见门外烟雾弥漫，臭味蒸人。便又关了门，再回到屋子里来。回头看玻璃窗子外面时，别人家的粉墙壁上一片红光。这红光的反映，把他几小时前喝的酒兴完全都消失了，打开窗子向外看去，下面一条窄巷，但见左右窗户里，向外面乱抛东西。这是一个三层楼所在，去地面虽还不十分高，自己扶了窗台，向下看去，陡峭的墙壁，却又不敢跳。看到巷子里有几个人跑来跑去，便大喊着救命。可是这些跑来跑去的人，正也是自己逃命的，也许是匆忙中不曾听见，也许是无心管别人的性命，竟没有人对他望上一望。

丁古云没有了办法，还是开房门走吧。扭转身来，二次去开房门。但门还不曾完全开得，便有一股火焰抢了进来，吓得身子向后一闪，门被火焰冲得大开。那火焰像千百条红蛇，飞腾着身子，像千百只红鸟展着翅儿，像千百头怪兽在冲突，嘘嘘呼呼的一片吓人声音中，焰烟带了狂烈的热气向人扑着。

丁古云站在屋子里，大叫："完了完了！"

第二十三章

活 死 人

在两小时以后，丁古云所住的这家旅馆固然只剩了一片瓦砾，而且附近有七八户人家都也是一堆焦土。发火的时候，是晚上一点钟，在睡梦中的人是否一一逃出来了，这就是个疑问。到了次日早上，大家已在火场里发现了五具焦煳的尸体，旅馆所在，却占了五分之四。这些尸体是什么人，当时虽无所知。而这位旅馆账房恰好把旅客登记簿子抢出，他便把这个登记簿呈送到警察局，以便调查，倒也不致毫无线索可寻。有那勤敏的新闻记者，把当晚火灾情形，记述了个大概在报上发表。次日来看火场的人，已可以在火场边上买到报纸做参考了。去这火场不远有个茶馆，昨晚由火场里逃出的人，正也不少在这儿喝茶，以便等候亲友来访的。大家拿了报看，叹惜着这旅馆被烧死的人死得不值。尤其是这位艺术家丁古云死得太可惜了。

然而，他没有死，当他在那火焰向屋子里冲击的时候，他曾撕开一床被单，结成一根长带子，将带子头缚在窗台上，他终于是抓了这带子溜下地了。他在这旅馆里，只遗落下个旅行袋，所失有限，根本不曾介意。因是夜深无地可去，便在火场周围徘徊着。天明以后，打算喝杯茶下乡去，所以在茶馆里喝茶。他对了桌上一碗茶心

242

里正想着，昨晚烧死了也好。现在回乡去，至多能安帖住着三日。到了三日以后，尚专员知道自己未曾去香港，便要追问所拿去的三十万元的支票兑了现款交在何处。我或者可以说这三十万元钞票放在旅馆里烧了。那么他必问，这支票分明约定美专划拨的，你把支票交给美专好了，为什么要把款子提出放在手边？既无带三十万元现钞去香港之理，这一个举动分明就不可问。退一步说，带钞票去是可能的，为什么有专车不坐，要在重庆住旅馆？必是借了这场火，想赖去那三十万元，既可认为是赖账，更不妨疑心这火都是丁古云放的了。

　　这样说来，这场火不但不能为三十万元的巨款解除负担，竟是要增加自己一种犯罪的嫌疑了。这一份推测，让自己心里凉了大半截，那下乡的意思也完全都动摇了。只有两手捧起那茶碗，吸一口茶又吸一口茶，聊以排解心中的怅惘。

　　他正没了主意，忽听得旁座茶客说是丁古云死了，这倒心里一动，立刻向报贩子手上买了一份报来看。关于自己这段消息，报上这样记载着：

　　　　据旅馆茶房云：当时确知有旅客数人未曾逃出火窟，因彼系最后跳下楼房，曾目睹数人为烟焰熏倒也。此数人为谁，彼当时在火焰中突围而出，亦不能详认。但事后回忆，在九时前后，有一熟旅客名丁古云者，大醉而回旅社，回后即闭户熟睡。直至彼逃出三层楼时，见其门尚依然紧闭。因疑其将罹于难，逃出火窟后，曾以此告之同伙，在火场四周寻觅。虽大声疾呼，卒未之见，其身遭浩劫，大有可能云云。

　　　　按：丁古云为当代大塑像家，不但才学兼优，而道德尤极高尚。若果未脱险，是诚艺术界极巨大之损失矣。

丁古云将这段消息再三地看了，心里想着，新闻记者都疑心我死了，今天朋友们看到这新闻，必定到城里来探访我，我若被他们采访着，我的死讯可以证实不确，而我拐款的消息却要证实为千确万确了。我无论如何暂时见不得朋友，让他们暂时疑心我烧死了吧，虽然，我那儿子会因知道了这消息而难过，那不比宣布他父亲和奸女学生拐款三十五万元要好得多吗？

　　他一面沉思，一面喝茶，突然会了茶钱，站起身来就走。他留在身上的那五六百元零用钱还有一大半不曾用去，短程旅行还不成问题，于是他毫不踌躇地直奔了江边轮船码头。在四小时以后，他借着轮船的力量，到了重庆上游一个水边乡场上了。这个水码头是三日一赶场的，他来的这个日子正是场期。时间虽已过了十二点，去散场还早，他下得轮船来，首先惊异着的便是这江滩有一里路宽，沙地上摆满了摊贩，将每一条人行路挡住，向前一望，一片旷野在阴暗的江风里，全是人头攒动，看那个场的正街，高高的，拥着一带房屋，分了若干层，堆叠在山麓上。与江边上一排木船，高下相对照。虽不看到街上的情形，那里闹哄哄的一种人声，不住在空气中传了过来。

　　他心想，没有料到这样一个乡场有这么些个人。中国真是伟大。以中国之大，哪里不能安身？你看，这江滩上乱纷纷的人，谁曾挨着饿吗？暂时离开重庆市，正不必放在心上。大家有办法，难道就是我没办法？他坐在轮船上纳闷了几小时，现在被这广大活动的人群刺激了一下，心里便又兴奋起来了。

　　当时在这水码头上转了两个圈子，来到街上，又在人丛中挤着走了两个来回，遇到一家比较干净的小客店，便在那里住下了。次日，这街上已过了场期，出得门来，空荡荡的一条小石板小街，由十层坡子踏上去，窄狭得相对的屋檐相碰。在阴风里只有两三个行人走路，简直是条冷巷，回想到昨日那些个人，街上汹涌着人浪，便觉得这里格外有一种凄凉的意味。那小客店虽是比较干净的，然而一间小楼房可以伸手摸到瓦下面的白木椽子。屋子里只有五尺宽的竹床，上面堆了薄薄的一层稻草，将一条灰床单遮盖了。一床小薄被卷了个蓝布大枕头似的堆在床头。此外，屋子里只有一张两尺多长的三屉小桌，连椅凳都没有一具。人在这小屋子里走着，由楼板到四周的竹泥夹壁一齐在抖颤。加之朝外的小窗户是固定的木格子，上面糊了旧报纸，屋子里漆黑，要在屋子里闷坐也不可能。

因之他在江边望望，到小茶馆里喝喝茶，终日地闲混着。饿了，便到小饭馆子里去吃一顿饭。饭后无事，还是在江滩上走走。这里已不像昨日那样，被人潮遮盖了大地。这真是一片沙滩，有些地方也露出两三堆大小鹅卵石。枯浅的江水，带了一份鸭绿色，流着虫蛇钻动一般地急溜，绕了沙滩下去。水里有载满了蔬菜担子的木船，打桨顺流而下。这船是去重庆的，他便顺了江流，看向下方，那些铺展在薄雾里青黝而模糊的山影，那里该是重庆了。无端的，自己抛开了这个战时首都，竟是不能再去。

这么一想，心里头便有一种酸楚滋味，不敢再向下想，于是低了头走回去。可是沙滩上的地面，和他毫无关系，也会添了不少刺激。某一处地方撒满了橘子皮。某处地方撒了不少的烂萝卜与青菜叶。某些地方又撒了些零碎的稻草与木炭屑，他觉这都是昨日满沙滩热闹局面所遗留下来的残影。人生无论在什么场合，总必会有这样一个残影吧？他抬头一看，沙洲上远远地有两个挑水的人悄悄而去，此外便无伴侣。更回头看那江边，昨日那一排木船，今日也只剩了两三只，在空阔的地方孤单地停着。尽管这一些是这里很平常的情形，而他觉着事事物物都是凄凉透顶的，他仿佛有了极悲哀的

245

事发生在他面前，非痛哭一场不可。可是他绝无在旷野痛哭之理，便又立刻走到街上来。街上唯一可留恋的所在，只是几家小茶馆。在茶馆里坐了半小时，又走出来了。

他一面走，一面不住地想着心事，也忘记了饥饿。有时，他站着抬头望了一望。心想，没有想到我孤孤单单一个人会在这个地方过活着。这样也好，没有了身份，也没有了负担，也没有了毁誉。这样活下去自然没有什么意思，但是那晚上在旅馆里烧死了又会有什么意思吗？幸而是没有自杀，自杀是太冤枉了。从此起，社会上没有了丁古云。我是另外一个人，也可以说是才出世的一个毛孩子吧！

他想着，自己笑起来了。这样单独地在街外江滩上走了大半日，终于是觉得有些饿了，又慢慢走回乡场来，在小馆子里吃了两碗面。吃后又打算上小茶馆里去喝茶。无意中，却发现了街头转角有三间矮小屋子，门口挂了一块民众教育馆的牌子。隔了窗户，向里面张望，见有两三个人坐在长凳上翻阅杂志。心想，以前没有发现这地方，这倒是个消磨时间所在。于是信步踏了进去，见长桌上摊开了两份报，便坐下来，随手取了一份报来看。在那封面上，有丁古云三个大黑字首先射入了眼帘，不觉心房怦怦地连跳了几下。仔细看时，原来是一则广告。上面载着两行大字是追悼大雕塑家丁古云先生筹备会启事。其下有若干行小字是这样地说着：

大雕塑家丁古云先生潜心艺术，为一代宗匠，而处身端谨，接人慈祥。服务教育界二十余年，诲人不倦，尤足称道。近正拟出其作品，赴港展览。俾便筹募巨款，做劳军之用。不料旅馆失火，先生醉卧未醒，竟罹于难。同人等闻讯震悼，犹冀其非实。兹赴警局，检查旅馆当日旅客登记簿，先生名姓，赫然尚在。加以旅馆侍役言，目击先生酒醉归寓，火焚卧室时，门犹未启。灾后寻觅旅客，而先生又踪迹渺然。凡此诸迹象，均能证明先生之不幸。同人与先生多年友谊，万分悲感。除电其长公子执戈即日来渝共策善后外，敬念先生为艺术界泰斗，一旦物化，实为学术界之莫大损失。谨择于□年□月，在□□堂开会追悼，以资纪念。先生友好及门弟子在渝者颇多，望届时莅临，共慰英灵。如有祭奠物品联悼，请先期送□□办事处为荷。

　　文字下面便是一大串熟人的姓名。第一个署名的就是莫先生。心想老莫由西北回来了？这个启事至少是经他过目的，他也相信我烧死了。在启事中这样对我表示好感，那一笔款子大概是不去追究，以不了了之了。钱的责任大概是没有了。只是他们这样地大张旗鼓和我开追悼会，我便承担赔偿那几十万元，再挺身出来，也是一场大笑话。笑话不管它了，又哪里去找几十万元呢？找不出这几十万元，我只有将错就错这样死下去了。既是死下去，那么，必须记着我是一个死人，千万不可让人发现我还活着。自己这样设想，竟把这份报看了一小时之久。最后，他想得了一线希望，且看这广告登出之后有什么反应。于是自这日起，每日多了一项事，便是上民众教育馆看报。三日之后，在报上得着反应了。在新闻栏里，标着一行长题，民族英雄丁执戈莅渝。大题目上另有一行标题，形容着民族英雄的人望，乃是珊瑚坝欢迎者千人。心想，也罢，我虽死了，我儿子有功于国，代我补了这项罪过。且把新闻向下看，那文字这样记着：

　　华北名游击队长丁执戈，于昨日上午，由蓉乘机抵渝，

247

民众团体及男女青年，到珊瑚坝欢迎者，达千人以上。多数手举旗帜，上书各欢迎字样。丁氏下机后，即为欢迎者所包围，并受有热烈之鼓掌声数起，势如潮涌。丁氏身着灰色军服，外罩黄呢大衣，年仅二十余岁，身体壮健，目有英光，毫无风尘疲倦之色。丁氏接受群众请求，乃立凳上，做简短之演说。略云：受同胞如此欢迎，实不敢当，以后更当努力杀贼，以答谢同胞。关于在华北作战情形，未便发表，但略可言者，三年来，大小曾与敌人接触一百二十余次，除破坏敌人建设与交通外，且虏获其军用品不少（言时，指身上黄呢大衣），此即得自敌人之礼物。（热烈掌声）予来重庆，除述职外，即省视予慈爱伟大之老父。不幸予竟未能与予父得谋一面。最近因火烧旅寓而遭难（言时，做哽咽声，面有戚容）。予父为国内唯一无二之大雕塑家，即丁古云先生是也。然予与其称赞其艺术，莫如称赞其道德。予之受有良好教育，固予父所赐。而予之在华北游击，亦予父之命。彼离开北平时，曾先遣予赴某游击根据地。且云：吾已年老，不能执干戈卫社稷。尔当在敌后杀贼，以代予出力。诸君须知一事，予为独子，且为大学毕业生，人之爱子，谁不如我父。而予父独能牺牲其爱子，留在敌后杀贼，此种伟大精神，除之有身份之人士，请问有几？彼有身份者，早已送其子赴美国或大后方矣。（众热烈鼓掌）故予之成就，皆予父所赐，愈受诸公欢迎，予愈哀念老父云云。当时始终掌声不绝，丁君之思念老父，溢于言表。而知之者云，丁古云之为人，亦确如其子所称，故欢迎者均为其言所感动。丁君定敬谒主管长官后，即为其父开一盛大之追悼会，但在后方时期不多，否则将展览

丁老先生遗作，而以所得劳军，以竟其父生前之志愿。丁
老先生有此民族英雄之子，亦可含笑于九泉矣。

丁古云一句一字把这段新闻看了下去。看到儿子称赞他的时候，只觉心里一阵阵的热气由每个汗毛孔向外喷射，脊梁上不住出着热汗。心里那份酸楚滋味虽极力忍耐着，而肌肉却禁不住抖颤。他两手捧了报，斜遮了脸看着，报纸的下幅有一片湿迹，丁先生的眼泪已奔上了纸上，和他儿子的言语接着吻了。

这教育馆里还有几个看报人，他不能让别人看到他哭，他两手捧了报抖颤着，乱咳嗽了一阵。就着弯腰咳嗽这个姿势，他放下了报，转身赶快跑出了馆门。

在街上他不敢抬头，他由小巷里穿出来直奔上沙滩中，周围一看并没有人，于是放出声音来叫了一句："我那可怜的孩子！"也只这一句，他不能再说了，张开了口不能合拢，眼泪就像奔泉一般地在脸上挂下，他背朝了西，向东望着重庆那一带青隐隐的雾中山影。江上的西北风由他身后吹来，将他的头发吹散了在满头乱舞，将他每一角大衣的下摆吹得向前飘动，似乎它们在那里劝着，向东到重庆去看儿子吧。

丁古云跌了脚，哽咽着道："我要去看他，我要去看他，我不能忍耐下去了。"这江滩上始终是无人，空阔的地方，连丁先生的回声也没有，站立得久了，耳根清静，似乎听到急湍的江流在江岸上绕了过去，发出一些渐渐的微响。他静静地想了许久，没有人鼓励他，也没有人劝阻他。他再把脚一顿，口里念着道："我还是去，马上就去。"说毕，立刻就向街上走去。

他本来一身之外无长物，无须回客店去拿什么。到重庆是坐船，也不必走上街去，他走了几十步路，忽然止住，心想，今天轮船是

没有了，我就坐木船去吧。儿子坐飞机到重庆，是上千的群众欢迎着。而自己却坐了木船，随着挑担背筐的人上市，不但无人欢迎而且还怕会让人家看见。这一个强烈的对照，颇令人难堪。

这样转念到了难堪二字，就把刚才要进城去看儿子的那股勇气慢慢消沉下去。他站着想了想，自己这样去看民族英雄的儿子，若是被人发现了，自己这尊偶像毁坏了是毫无问题，而人家岂不要指责丁执戈？你那样称赞你父亲是个了不得的人，而你的父亲却是一个诱骗女生、掩款潜逃的罪人，证明丁执戈所说的一切都是撒谎。那是毁了我丁古云之外，再又要毁一个丁执戈。我儿子既成为了民族英雄，这是自己教育成功，是儿子的荣誉，也是我的荣誉。年纪轻的人血气方刚，爱荣誉甚于生命，我若在他有极大的荣誉之时，给他一个极不荣誉的影响，也许会影响到他的生命，那如何能做这创伤自己爱子的事情？

他想到了这里，又发生了第二个转念，便是我索性忍受到底，成全了我的儿子。成全了我的儿子，也就成全了我。我本来是个好人，我自己弄到这样子，我应当受着惩罚，我应当受惩罚！他的心里这样责备着自己，他又第三次跳着脚，昂了头对天上看望了一阵。那江面上似乎发生了一点儿异样，渐渐的响声变成了唆唆的响声，阴云像淡墨纸上更加了一重浓墨的影子，天只管在头顶上压下来。尽管川东的冬天景象本来是如此的，但他所感到的，便是今日的空气压在身上，也压在心上。

他觉这时站在沙滩上，几乎不能支持这条身子，只得扭转身来，再回转到街上去。经过那民众教育馆的门口，他觉着那报上所登的消息还有重看之必要。于是又回到里面去，再把那份报纸捡起，将这段消息仔仔细细地再看一遍。看后，他静静地坐在长凳子上想了有半小时，将粉壁墙上张贴的图书与格言都一一地看了。看到其中有一条双行正楷标语，乃是如下十二个字，"有杀身以成仁，无求生以害仁"。他暗暗地想着，我若死了，虽不见得杀身成仁，而我还活着在社会上去胡混的话，损人而不利己，简直是求生害仁。而况我并不需要死，我只要不在社会上再露面，就可以保留我儿子的荣誉，也可以保全我的荣誉，再不迟疑，就是这样办了。

他如此做了最后的决定，觉得心里空阔了许多，心里盘算了一天，又忘记了饥渴，回到小旅馆去，便静静地躺在小床铺上，把垫被将头枕得高高的，仰面望着天花板的席棚。他在这席棚上幻想出许多的影子，越看那影子像什么也就越像什么。在那席棚上看出了一个长胡子的人哭丧着脸，微闭了眼睛，垂直了两手，并直了两脚，横躺在一堆乱草上。心想，大概我将来的下场就是如此吧？

想到这里，不由得悲从中来，脸上又垂了两行眼泪。便在这时，这楼层一阵摇撼，有许多脚步声拥着几个人进了隔壁屋子。始而没有理会到这是什么人。后来听到其中有个人道："这个丁执戈这样年轻，做出这样惊人的事业，这是我们青年的好榜样。"

丁古云觉得这话太与自己有关了，便走出房门来看看。见那小屋里，有三个穿学生衣服的青年坐了谈话。

那三个青年见他穿了灰呢大衣，不是住这小客店的人，同样有点儿惊异，便共同站了起来。丁古云站在门外，向他们点个头道："你三位自重庆来？"

其中一个道："是的，我们回乡下去，路过这个场上，今天赶不到家，只好在这里住下了。你先生怎么也住在这小客店里？"

丁古云笑道："在这乡场上有点儿事情，这算是最好的一家旅馆，只好住下了。刚才三位谈到丁执戈，认识他吗？"

一个学生道："昨天晚上，我们在一个演讲会上看到他，他说到他深入敌后，而且出长城两次，讲了几件斗争的小故事，那实在让人太兴奋了。"

丁古云道："那位丁君除了说游击战的话，还谈了别的什么？"

那学生道："那就是他父亲丁古云的事了。他说他父亲是一位伟大的艺术家，是一位正直的教育家，他之所以成为游击队长，就是他父亲教育成功的。然而不幸得很，丁古云先生被火烧死了。"

丁古云笑道："中国人就是这样，死了的人都是好的。这位丁队长那样夸张他的父亲，也许是他父亲是死人的缘故。假如丁古云是个活人，他就不会夸赞他了。"

另一个学生由屋子里迎到屋门口来道："不，这个丁执戈先生在他父亲未死以前，在成都发表几次演说，就是这样夸赞他父亲的。而且丁古云许多朋友在报上登着启事，对他遭难，就很表示惋惜，这可证明，丁执戈绝不因他父亲是个死人才说他是个好人。"

丁古云站着想了一想，点着头道："我也略认识丁古云这个人，听说他曾……"他犹疑了这句话，把字音拖长，没有说下去。

有一个学生便拦着道："那丁执戈给予我们的印象很深。我们相信他，我们就相信他的父亲。假使丁古云还活着，他必定经他的儿子介绍，和我们青年见面，我想他会给我们一个极好的印象的。"

丁古云怔了一怔，他不自觉地抖动了一下他的衣领，态度有点儿振作。他心里叫着，我就是丁古云，你的印象如何？然而他又自己警戒着，绝不可说出来。虽然活着，丁古云却是个活死人。不但现在如此，我有生之年，而我永远要做个活死人。他不再言语，他回到那小床上去仰卧着，去看屋顶下席棚上幻想出来的那些幻影。

第二十四章

各有因缘莫羡人

在这个水码头上，住到三十天之后，丁古云带的几百元钞票已经花光了。而在这三十天之内，他虽昼夜地想着解救之法，也正和他收着的钞票一般，越想越少，因为在报上看到，朋友已经在重庆和他开过追悼会了。在他用到最后五十元钞票的时候，他觉得不能坐以待毙，就离开了这水码头，走到邻近一座大县城去。那时，拍卖行之开设，已传染到外县，他把身上这件大衣现价卖给拍卖行，按着当年的行市，得了八百元。拿了这八百元，再离开这个县城。

因为这里到重庆太近，下江人太多，识出本来面目，是老大的不便。但这时生活程度已经在逐日地增长，八百元的旅费，在一个月后又用光了。他身上做的那套西服还不破烂，又向所到的城市拍卖行里，将西装卖掉，买了一件青布夹袍子穿着。而身上残留下的，却只有二百元了。他住在一家鸡鸣早看天式的小客店里，吃着最简单的两顿饭，加上旅店费和坐茶馆费，每天还要十五元开销。

他终日想着，这二百元又能用几时呢？用完了，就不能再向拍卖行想法了。这一日，他徒步到河边，在一家小茶馆的茶座上，独捧了一碗茶，向着河岸上出神。他看到码头上的运夫光着肩膀，流着汗，扛抬着货担来去。其中有两个年老的，头发一半白了。他忽然想着，赚钱不一定要资本，智慧可以换到钱，劳力也可以换到钱。那种年老的运夫还在把他将尽的气力去为生活而奋斗。我不是那样老，气力虽没有，智慧是有的，我不能拿出我的智慧来换钱吗？

丁古云死了，我只是一个穿着青布夹袍的流浪者，已没有了缙绅身份。没有了缙绅身份，什么赚钱的事不能干？以前穿了那套西装，深受它的累，蒙人家叫一声先生。既为先生，做那下层阶级的营生就会引起人家惊奇，只得罢了。于今人家客气相称，在这件青布夹袍上，至多叫一声老板。开银行的是老板，挑破铜烂铁担子的也是老板。既是老板，干任何下层营生也不会引人注意，那就放手去做吧。十分钟的工夫，他把两三个月来所未能解决的问题突然解决了。

于是回到小客店里，向老板商量了，包住了他一间屋子，拿出几十元资本来，买了一些竹篾削刀颜料之类。在野田里选择了一块好泥地，搬了一篓黄泥回店，关起房门来，将黄泥用水调和得合宜，大大小小，做了几十个泥偶像胚子放在窗户边，让它们阴干。另外做些飞机坦克车的小模型，然后就用简单的颜料，涂抹着，分出了衣冠面目与翅膀车轮。在一个星期之后，第一批偶像完全成功，就在十字街头，找个隙地，把来陈列了。

为了是内地的县城，怕没有识货者。每个偶像下用纸条标着价钱，至多是五元钱一具，少的却只要一元钱。自己买了顶草帽子戴在头上，席地坐在人家墙荫下，守着这堆偶像与模型。

事有出乎意料，第一日的生意就很好，所有做的飞机坦克车，一元一具，被小孩子买光。其次是做的几个摩登女子像，五元钱一具的高价，被首先经过的几个西装朋友买去。此外是空军偶像与将官偶像也被人买去了四五具。到了下午四五点钟，收拾偶像回家，就卖得了七八十元。

这一种情形，给了他莫大的鼓励，连夜点起油灯，就加工做起飞机坦克车模型来。这样做了两三天生意，索性带了黄土坯子和颜料，就一面陈设摊子卖偶像，一面坐在墙阴下工作，引着好奇的人成群地围了他看。只要有人看就不愁没生意。又这样继续有十天上下，生意慢慢平淡下来，他就学得了小贩赶场的办法，用竹箩挑着偶像四处赶场。把近处的场赶完，再走远些。

　　好在黄土是随处可得的东西，而配合的材料，如颜料彩纸竹片之类，也不难在城市里买得，就索性以此为业，游历着内地大小城镇。生意好，一个城镇多住几天，生意不好，再走一处，倒也自由。为了生意经自己也起了个字号，用条白布做了长旗，写着"偶像专家邓万发"七个字，在陈设偶像的地摊前用一根竹竿挑起。这种生意虽不能有大发展，每天总可卖三四十元，除了每日的房饭，还可略有剩余，作为阴雨天不能摆摊子的补救。

　　这样混了十四个月，熬过了一个夏天，又到了深秋。先是由重庆慢慢地走远了去，现在却又慢慢地走了回来。这日到了一个县城，看到一家相馆，猛然想起自己在下层社会里混了这样久，也不知现在自己是个什么样子，那门口正有一块镜子，且去看看。

　　于是忙走向前去，对了镜子一看，却见一个穿破蓝布夹袍的白发老人，瞪了一双大眼向人望着。他脸腮向下瘦削着，围绕了下巴毛茸茸地长了大半圈白胡子。左边脸上长了一块巴掌大的顽癣。右边脸上夏天长了两个疖子，兀自留着两个大疮疤。就因为这十四个月来住的始终是下等客店，一切起居饮食都讲不到卫生，把一张脸弄成这个样子。这头发和胡须却不成问题，是忧虑的成绩。他对这镜子出了一会儿神，叹着一口气，挑了他身后的担子，便走去了。

　　原来他在流浪的一年中也置了些私产，一条竹子扁担配了两个竹篓子。竹篓子一头放了小铺盖卷儿，也有两只碗和一把壶，另有几件衣裤，一头放着了偶像和一些制造偶像的材料。他一路走着，他一路暗想，假使我这个样子向重庆走去，也不会有人认识我的。谁会在鬓发皓然的小贩里面，去找艺术界权威丁古云呢？

这样地想着，他也就坦然地在这个县城里混下去。究竟这是离首都较近的一个大县，他这些小偶像拿出来在地摊上陈列的时候，颇能得着识货的。这事传到教育界的耳朵里去了，竟有人找到他摊上来，向他买偶像的。丁古云也因偶像销路太好，便在这城市混留住了不曾走开。

约在一个月之后，却有个穿西装的人找到这地摊上来。丁古云一抬头便认识他，乃是自己一个得意的学生。他得了丁先生一些师传，已经在中学里当美术教员。在这个县城，中学不少，他必然是在这里当先生了。

丁古云心虚，便将头来低了，不去正眼看他。那人将地面上陈列的偶像轮流地拿起来看着，因点点头道："这些东西果然不错，你在哪里学来的这项手艺？"

丁古云揉着眼睛向他微笑了一笑。

那人把小偶像仔细地在手上看了一看，笑道："形象做得可以，比例也很合，只是有一个毛病，缺少书卷气。做手艺买卖人和雕塑家的出品有着大不同之处，原因就在这里。假使你们把这些匠气去掉，那就可以进艺术之宫了。"

丁古云听了这话，他怎样禁得住大笑？然而他能够开口来，只说出了一个哈字，立刻将声音来止住，弯下腰去咳嗽了一阵。那人见他这样子如何不知道他是嘲笑自己？

他正色道："你手艺做到这样子，当然你很自负。可是你仔细想想，假使你这副手艺没有可以批评的地方，你还会挑了个担子在街上摆摊子吗？你不妨到重庆去看一个塑像展览会。那都是塑像大家丁古云先生的遗作。他儿子丁执戈和他举办的。你看过这个展览会之后，保证你的手艺有进步。实不相瞒，我也是个学塑像的。丁古云就是我的老师。我正是站在艺术的立场上才肯和你说这些话。"

丁古云颇也能说几个地方的方言。他就操了湖南音问道："我也知道丁古云这个人的。有人要替他的遗作开展览会，怎么报上还没有登广告呢？"

那人道："快要登广告了。他的儿子还在华北，等他的儿子回到重庆来了，才可以决定日期。"

丁古云自言自语地道："他又要来？"

那人拿起一只偶像放到一边，在身上掏着钞票，正要照着他标的定价来给钱。听了这话忽然醒悟，因道："这样说来，你倒是很注意丁先生的事，你都知他的儿子来过了？"

丁古云道："也无非我懂得这一点儿手艺的缘故。"那人笑着将钞票交给他。丁古云摇了手没有接受，笑道："我的东西怎么敢卖艺术家的钱，你先生愿意要那个玩意儿，你拿去就是了。有不好的地方请多多指教。"

那人听了很是欢喜，丢了钞票在地上，把那一尊小泥人拿走了。

丁古云望着他的后影子走了，呆了很久，心想这就是我得意的学生。我的作品放在地摊上，他就认为不是艺术，那罢了，老师坐在街头摆小偶像摊子，也就不是老师了。这样看来，也许我这个人是太不像以前的我了。经过这番试验倒解除了他的忧虑。自今以后，尽管在外面当小贩子，大概就是自己儿子看到了，也不会相识的。他如此想着了，越发大胆地在这县城里摆下摊子去。过了几天，那人又带了别人来买泥人，顺便交了一张报纸给他，因道："这是今天到的重庆报纸，你看，这上面已经登着展览会的广告了。"

丁古云向他道谢了一声，接过报来一看，果然登了双行大字广告，丁古云先生塑像遗作展览会预告。日期是这个星期五起，至星期日止。另有几行小字是："丁先生塑像，冠绝一时，其艺术精妙，不让唐代杨惠之。且兼取西洋雕塑技巧，于筋肉眉宇之间，象征各种情绪，实为含有时代性之艺术结晶。先生在日，原拟制造大批作品，送欧美展览出售，以其所得，做劳军之用。不幸壮志未成，身罹火难。今其哲嗣丁执戈师长，欲完成乃翁遗志，除将先生遗留作品，大小八十余件胥以展览外，并得各友好之赞助，将先生送赠各校及机关团体或私人之作品一律随同展览，借增赏鉴者之兴趣。此项展览，在国中尚属鲜见。爱好艺术诸公，幸勿失之交臂。"下面是王美今十几个朋友出名同启。

丁古云心想，原来我的儿子当了师长，现在不是带游击队，是正式军官了。且不问他是在哪种部队里服役，可是像他这样年轻轻的，做到这个阶级，这实在是我丁古云一种荣耀。少年人总是好面子的。他自己做了一个民族英雄还嫌不够，又要把他已死的父亲拉了出来，捧成一位艺术大家，才觉得父是英雄儿好汉。那么，他要完成我的未竟之志，我也必须顾全到他十分风光的颜面。我这个人更只有永远地活着死下去，不要再露面了。

他拿着报在手上，这样地出神了一会儿，才想到面前还站着一个送报的人。然而抬头看时，那个得意门生已经走去了。他又将报看了一遍，心想，果然把我的作品开了展览会，我倒要去看。反正我这副面目已经没有人认得的，何妨去试上一次。倘若借了这个机会能把我儿子看到，却不是好？

这样想了，自这日起就开始准备到重庆去。除了他那满头白发、满腮白胡须已帮着他一个大忙，把面目改换了以外，而他左脸颊上一块顽癣、右颊两个疖疤，也掩饰了他不少的原来面目。他自己是个塑像圣手，他自然会化装。因之买了一些枯荷叶熬出汁水来，将脸涂抹过几次，让脸上发着惨黄色。再剪一块大橡皮膏药，横贴在鼻梁上，借得街头百货摊贩的小镜子照过两次，他绝对相信自己不认识自己。

到了星期五，他买了一张轮船票便回到了重庆。这次来，他没有挑着那个出卖小偶像的担子。身穿一件短平膝盖青布旧棉衣，下面是长筒粗布袜子，套了一双麻鞋。他肩上背着一只大的蓝布的旅行袋，随着登岸的旅客，一齐爬上坡来，这样让他发生了一个欣慰而又凄惨的感想，不料今生今世，居然还有到重庆来的一日。他首先找到一家小客店，安顿了背着的那个大旅行袋，又在附近公共食堂吃了一顿便宜饭，街上的电灯便发着光亮了。但时间并不晚，看看人家店铺里陈设的时钟，方才只交四点，原来今天的阴雾特别浓厚，仿佛是遮上了夜幕。他的计划原来也就是如此，越是阴暗的天气越好，这又可以代他脸上装了一层暗影。他将荒货摊上买来的一副接脚眼镜自衣袋里取出，向眼上罩着，自己鼓了十二分的勇气，向那塑像展览会走来。

远远看到那高耸的楼房之外，有一幅长可两三丈的红布，横列广场的上空。上面写着白字：丁古云先生遗作展览会。会场门口交叉着国旗。其下又横了一幅红布，写着展览会场四个字。也不知是丁古云号召的力量，也不知道是丁执戈号召的力量，那进会场去的人，正是三三两两，牵连不断。他走到门口，见拦门廊放了一张长桌子，上面放了笔砚和签名簿。两个穿着西服的年轻人散坐在旁边椅子上，正照料入场的人。

丁古云悄悄地由椅子边擦过去。偏是一个年轻人看到，用了很粗暴的声音问道："干什么的?"

丁古云看他时，站起来瞪了两只眼，颇不客气，因道："我要到会场里去参观参观，要入场券的吗?"

那人翻了眼向他周身望着，因道："你也要参观？"

丁古云笑道："先生，你不要看我穿这一身破旧，我也是个艺术信徒。"

正说到这里，出来一位黑胖面庞的青年，穿着一套青呢中山服，在笔挺的腰杆上透着壮健。丁古云虽罩在黑眼镜里，然而会场里四处电灯通明，他已看出了那是他儿子丁执戈。他不觉得周身麻木一阵，像触了电似的，立刻把头一低。

丁执戈笑问那人道："什么事有了争执？"

那人笑道："这个白发老头子，他也要进去参观。他自己还说是艺术的信徒呢。你看他脸上，又是疤又是癣又是橡皮膏药，弄得怕死人的。"

丁执戈笑道："那倒不然，好艺术的人也不一定每个人的脸上都擦着雪花膏。"便向丁古云点个头道，"老人家，你多大年纪了？"

丁古云依然不敢抬头，右手伸出大拇指、中指、食指，分了又伸着，比着一比。丁执戈道："啊！七十岁了。难得难得！请进请进。"说着，便在前面引路，将他引进会场来。

丁古云看时，这展览场在一个极大的礼堂里，布置的人却也煞费匠心，用了许多高低方圆的桌案茶几，在四周间杂地陈列着。每一张桌子和茶几都陈列着一项作品。作品旁边，或配上一个小盆景，或配上一小瓶花，使每个作品陈列得不至单调。在那正中的礼堂台上，正摆了一张长桌子，用雪白的桌布将桌面罩了，上面大小陈设了两尊偶像。这偶像便是丁古云得意之作，塑着自己的半身像。那一尊大的是放在自己工作室里的。旁边配着一只大磁盘子，里面放了六七个大佛手。那一尊小的是自己送给某大学陈列的，也是那几位不满意自己的学生演了一幕迎神喜剧，送回寄宿舍的。旁边配了个瓷瓶子，里面插了一束红梅花。丁先生对于这种香花供奉的待遇，一见之下，心里实在受着极大的冲动，在丁执戈的引导后，身子耸了两耸，更向后退了而走。

丁执戈一回头，看到他更退得远些，便点了个头道："老人家，你过来看，这两尊偶像就是这位丁老先生自己的塑像，是多么慈祥，是多么庄严，又是多么静穆。"

丁古云在他这每一句夸张中，都觉得身子颤动一下。但他极不愿这种震动在形态上表现出来，因之在脸上极力地放出一种钦敬那偶像的微笑。但他相距着丁执戈总还有五六步路。

丁执戈很可怜这位老头的畏缩情绪，近前一步，向他点了头道："老人家，我告诉你，这偶像就是我的……"这话未曾说完，忽见一个穿西服的人老远地走了过来，昂着头道："丁先生，丁先生，这里有人要和你谈话。"这一句丁先生已是吓得丁古云心里乱跳。而偏偏这个人却向自己面前直奔过来，这更让他心慌意乱，不知道怎样是好。随在这个西装之后的，乃是一个艳装少妇。这天气还不算十分冷，她已穿了一件海勃龙的大衣。在那大衣下面露出一截桃红色的绸袍子，用白色的漏花绦子滚了边，头发前半截蓬松了个螺峰，后半截烫了几绺长的螺旋纽披在肩上。她手上提了一只朱漆皮的大手提包，镀银锁口与镀银链子明晃晃的。那鹅蛋脸上的胭脂抹得很浓，越衬出一双睫毛簇拥的黑色眼珠。

丁老先生虽然已变为了活死人，然而他的记忆力还依然存在。在展览室的灯光下，他认得这个女人正是骗去自己三十余万元公款的蓝田玉小姐。他一见之下，心里头一股股怒火由体腔直奔上了脑门子。两只被眼镜挡住了的眼珠，几乎由眼眶里突出来。周身的肌肉都在发抖，他有一句话在胸口里要喷出来，暗下喊着："这就是女骗子蓝田玉呀！"然而他同时看着自己的儿子正站在那里和她说话。若把她的真面目揭破了，自己的真面目也必然揭破。一个挂有民族英雄名誉的师长，就在他老子的遗作展览会上，也就在那庄严慈祥的偶像下，发现了他老子还活着，而且是个伪君子，这给予这军人神圣的荣誉上，要涂上一层腥臭的黑墨。这个遗作展览会也必然成了笑话制造所。

正想到了这里，抬头见对面白粉壁上有两张偶像的标语。一副上写着民族至上，国家至上，一副上写着有钱出钱，有力出力。他继续地想着，这个展览会是丁执戈要完成他父亲之志，卖了这些作品，做劳军献金之用的。把自己当个死人，由负着声誉的师长来举行，这成绩一定很好的。若是戳穿了这个纸老虎，丁古云的作品会不值一文，那就是把这个很有意义的展览会也根本取消，而伤透丁执戈的心。为公为私，那是都不许自己和蓝田玉一拼的。

在这样几分钟的工夫，他心里翻来覆去转了好些个念头。而丁执戈已引着那个西装少年和蓝田玉走到这偶像台前来。他指了那偶像道："这就是丁老先生的偶像，他在这像上表现出了他内心的思想。这两尊偶像原本是非卖品。但有哪个看得中意，愿出一万元的时候，我就让一尊给他。为了献金的数目可以更多一点儿，我是可以牺牲成见的。柴经理，你可以……"

蓝田玉插嘴道："可以的，我们愿意出一万元买那一尊大的偶像。既帮助了丁师长，我们也得着一项超等的艺术品。"

丁执戈笑着向她点了个头道："柴夫人这样慷慨，我感激之至。"

那西装汉子笑道："我原来没有这个力量。但是我太太这样说了，那我就勉力从事。我身上没有许多现款，开一张支票，可以吗？"

丁执戈道："当然可以，就是柴经理先付一些定钱，也可以。"

柴经理笑道："反正迟早两三日就付清的，又何必费两次手脚。我就来开支票给你。"说着，他就走向订作品的桌案边去。他和蓝田玉由丁古云身边绕了路走向那边，丁古云将身子退后了一步，不敢去看她，把头低了。但觉得一阵浓厚的香气留在身子周围。

丁执戈对这个凑成义举的柴夫人是不能不跟了去敷衍一下，也随着走了去。走时，还向丁古云点个头道："老人家，你自由地参观吧。"

丁古云是什么也不能说，只睁眼遥遥地看了他们在那边签支票。心想，这个家伙支票带在身上跑，真有钱。就在这时，只见田艺夫、陈东圃、王美今三个人，由旁边休息室里走出来。

田艺夫先啊哟了一声道："蓝小姐，蓝小姐，久违啊！"于是他们在那桌子边一一地握着手。田艺夫笑道："我听说有人出一万元定了这尊偶像，特意出来看看，原来是你。好吗？"蓝田玉笑道："托福！我们在仰光有所颇好的房子，外子他要买些艺术品去点缀点缀。啊！田先生，我正在昆明看到夏小姐的。我们结婚，她还是来宾呢。"

田艺夫摇着头笑道："不必提她了。我们一个穷画匠，她早已忘了我了。应该结了婚吧！"

蓝田玉道："听说和一个汽车公司的经理很好。"说着，她向陈王两人望着笑道："陈先生、王先生好？"

陈东圃淡笑了一笑。

王美今道："总算没有像丁先生一样饮恨千古。"

蓝田玉笑道："客气客气。"她扯过头去向丁执戈道，"我们也许明天一早要飞昆明。假如我们走了的话，闭会以后就请把作品送到航空公司，我们会收到的。"

丁执戈答应了一声"好"。她向在面前的人点头说了一声"再见"，挽着那西装汉子的手臂就走出去了。

田艺夫叫起来道："她嫁了这个有钱的，门口那辆漂亮的蓝色汽

263

车是她的了。她有这样的好结果，也就怪不得姓夏的那个女人和汽车公司经理很好了。"

丁执戈道："她是什么人？"

陈东圃道："不相干，是王先生一个穷学生罢了。"

丁执戈笑道："做晚辈的要说一句老气横秋的话了，有道是'各有因缘莫羡人'。各位的精神寄托在艺术上，纯洁高尚，比寄托在女人身上那就好得多。有钱算什么，人死了钱都是人家的。只有建功立业的人可以千秋。先父一生，他就是把精神寄托在艺术上，有许多人欣慕他呢。"

丁古云在屋子那边听了这些话，他又觉得心里有一阵酸痛。正因为陈东圃几个人都把眼光看了自己，不敢再留恋了，低了头悄悄地由出场门溜了出去。他一路想着：是啊！"各有因缘莫羡人"。我恨她干什么？我又欣慕干什么？她死了不过是一堆黄土。我死了，我是个大艺术家，这展览会就是个老大证据。我儿子是个抗战英雄，我是抗战军人之父。我虽完了，我成就了我的儿子，我的儿子那样年轻，光明的前途正不可限量呢。我也许还不至于名随人亡。我儿子呢？他有那个志气，他可以千秋。我的举动没有错！

他照此想着，心里坦然了，走到街上，觉得所见的东西比来的时候都分外地有生气，越发是坦然地看看重庆之夜。转了两个弯，走到一所新开的大酒家门首，有两个穷老儿在争吵，一推一让，碰了他一下，他一个不留神，向后倒坐着，落在水泥路面上，只听到哗啦一声，站起来看时，那件旧棉袍下半截横撕了一条大缝。

丁古云不曾开口，第一个老儿叫道："好，你把人家衣服撕烂了，你要赔人家。"第二个老儿道："关我什么事！是他自己跌烂的。"丁古云扯过衣后襟，抖了两抖，惨笑道："听你二位说话，都是下江口音，那境遇也和我差不多。我自认倒霉。不必吵了！"第一

264

个老儿道："你不吵，我还要和他吵呢，我们要打官司。"

正说着，一辆蓝色汽车停在面前，车门开了，柴经理牵着蓝田玉的手走下车来。柴经理站着望了道："三个穷老头子吵什么？"第一个老儿指了第二个老儿道："我捡了一张十元的钞票，这个穷疯了的老家伙眼红，要分我的。"指了丁古云道，"他自己跌破了衣服，这个老家伙叫我赔他。"

蓝田玉笑道："十块钱，小事一件，吵什么呢？"说着，将手提包由胁下取出，唰的一声，扯开皮包口上的银锁链，取了几张十元钞票在手，向第二个老头子问道："钞票分了没有？"他道："我捡的钱，分什么？"她笑道："就算你的，你拿去吧。"向第一个老头子道，"各有各的命运，你不必分他的。我送你十块钱。"说着，掀了一张钞票交给他。又指了丁古云道："这个白胡子老头满脸是伤，衣服又破了，怪可怜的。喂！老头，我送你二十元。"在一阵香风中，走向了丁古云面前，她左手夹了皮包，右手将拿着的钞票向丁古云的手里一塞，笑道："这老头子发愣干什么？"

丁老先生垂了两手站着，正是呆了作不得声，钞票塞在他手上，他始而还没有感觉到，及至蓝田玉转身走了，他才醒悟过来，望了她时，她正挽着那柴经理的手，笑嘻嘻地同走进大酒家。他拿了钞票在手上看了一看，自言自语地笑道："她很慷慨，也很慈悲。"正说着，街上哄然一声，原来是停了电，街上人一阵喧嚷。满街正不曾预备其他灯烛，立刻眼前一片漆黑。他就在这黑暗中，摸索地走向了旅馆。

第二日在鸡叫声中，他提着小包裹离开了小旅馆。走到江边，天色已经微明，上下游的山影在薄雾中露出了几带黑影。抬头看时，一架巨型邮航机飞入天空，钻入山头上的云雾丛里，心想：这是蓝田玉和她新的丈夫回仰光去了吧！再看看江滩码头边停着一只小轮

265

船，离开重庆的人纷纷向那船上走，便向天空点个头道："再见吧，蓝小姐！我也有我的出路。仰光不一定是天堂，我去的城市，也不一定是地狱。"

说毕，他提了包裹，一步一步走向水边，去登那走上水的轮船，到他所要到的地方去了。

图书在版编目（CIP）数据

偶像／张恨水著. — 北京：中国文史出版社,2018.6
（民国通俗小说典藏文库·张恨水卷）
ISBN 978 - 7 - 5205 - 0018 - 0

Ⅰ. ①偶… Ⅱ. ①张… Ⅲ. ①长篇小说 – 中国 – 现代
Ⅳ. ①I246.5

中国版本图书馆 CIP 数据核字（2018）第 010239 号

整　　理：萧　霖
责任编辑：卢祥秋

出版发行：**中国文史出版社**
社　　址：北京市西城区太平桥大街 23 号　　邮编：100811
电　　话：010 - 66173572　66168268　66192736（发行部）
传　　真：010 - 66192703
印　　装：廊坊市海涛印刷有限公司
经　　销：全国新华书店
开　　本：720×1020　1/16
印　　张：17.75　　字数：222 千字
版　　次：2018 年 6 月第 1 版
印　　次：2018 年 6 月第 1 次印刷
定　　价：51.00 元